世界を読み解く
一冊の本

チョーサー

カンタベリー物語

ジャンルをめぐる冒険

松田隆美

慶應義塾大学出版会

「世界を読み解く一冊の本」

チョーサー

『カンタベリー物語』

ジャンルをめぐる冒険

目　次

序　『カンタベリー物語』の中世的な面白さ

二〇世紀後半を代表する批評家のハロルド・ブルームは一九九四年に、中世以降の欧米文学の代表作二六点を挙げて論じた『ウエスタン・キャノン』（西洋文学の正典）という評論を刊行した。そのなかで「シェイクスピアを除くと、チョーサーは第一位の英語作家である」と述べて、シェイクスピア、ダンテ、セルバンテスといった中世・近代初期のヨーロッパを代表する作家たちとチョーサーとを同列に論じている。[1] 英文学を代表する作家がシェイクスピアであることに異を唱える人は少ないだろう。続く第二位の作家が誰かについては、ジョン・ミルトンを筆頭として何人かの候補があがるだろうが、そのなかにジェフリー・チョーサー（一三四〇頃～一四〇〇年）も含まれることは間違いない。

チョーサーが英文学史上最重要作家の一人であるという認識は、近代になって英語文学の歴史が意識的に編纂された時にはすでに存在していた。一七世紀後半の王政復古期を代表する作家の一人ジョン・ドライデン（一六三一～一七〇〇年）は、一七〇〇年に翻訳詩集『古代と近代の寓話』を編纂した。これは、古代、中世の主要作品の抜粋を集めた「名作アンソロジー」の嚆矢ともいえる仕事で、ホメロス、オウィディウス、ボッカッチョの英訳、そしてチョーサーの『カンタベリー物語』、ドライデン自身の作品などが抜粋で収録されている。ドライデンは、自分の時代のイギリス文学を中世から古代へと溯る西洋文学の偉大な伝統に結びつけようとしていて、このアンソロジーの序文でチョーサーを「英詩の父」と呼んでいる。チョーサーはイギリス文学の伝統を形成する最初の重要作家であるという認識は、今日まで続いていると言える。

『カンタベリー物語』はそのジェフリー・チョーサーの代表作で、二九名の巡礼者たちが、ロンドンからカンタベリー大聖堂へと向かう道すがら、順番に話を披露するという物語集である。彼らに同行する宿屋の主人の発案で、全員が「行きと帰りに二つずつ」話をして、最後に一番ためになって一番愉快だった話を一つ選んで、その語り手に皆で食事を驕ってやろうという趣向である。巡礼たちは、騎士、女子修道院長、修道女、托鉢修道士、教区司祭、免償説教家、弁護士、貿易商人、郷士、粉屋、料理人、船長、バース近郊から来た婦人、そしてチョーサー自身など、身分も職業もばらばらな一行で、語られる話も多ジャンルに渡っている。『カンタベリー物語』は全部で二四の話で構成され、散文の二話を除くとすべて韻文で、多くは弱強五歩格の二行連句で書かれている。一四世紀の英語で記された原典は、綴り字や一部の文法規則が現代英語とは異なるため多少難しいが、中英語（一一〇〇年から一五世紀までの英語）の専門知識がなくても、慣れてくれば校訂版の注の助けを借りて読めるし、また、日本語訳も複数存在している。

二四の話はそれぞれ独立していて、語り手の多様性を反映してか、特定のジャンルやテーマに偏ることなく、古代を舞台にした騎士物語、エロティックな笑話、聖女の殉教伝、動物寓話、騎士道ロマンスのパロディなど実にさまざまである。これらの話（「騎士の話」、「女子修道院長の話」などと、内容ではなく語り手で呼び分けられている）は、現代の校訂版では全部で一〇のフラグメント（断片）と称されるグループに整理されている。その理由は、チョーサーが『カンタベリー物語』を晩年の一三八八年頃から書き始めて未完のまま一四〇〇年に没したため、書かれなかった話もおそらくあり、また、書き上がった話の場合でも、それらの最終的な並び順が不明だからである。この分類は一九世紀以降の編者が考えた便宜的なもので、中世に制作された『カンタベリー物語』の写本にそうした指示があるわけではない。しかし、チョーサーが意図したであろう話の並び順を念頭において考案されたもので、現在最も広く流通している校訂版（および日本語訳）では、冒頭の物語全体の序（総序の歌）に続いて、以下の順番で話が並んでいる（邦訳で用いられている別の呼称がある場合はあわせて括弧内に示す）。

Ⅰ　総序の歌、騎士の話、粉屋の話、荘園領管理人の話（家扶の話）、料理人の話
Ⅱ　弁護士の話
Ⅲ　バースの女房の話、托鉢修道士の話、（教会裁判所の）召喚吏の話
Ⅳ　学僧の話、貿易商人の話
Ⅴ　騎士の従者の話（見習騎士の話、近習の話）、郷士の話
Ⅵ　医者の話、免償説教家の話
Ⅶ　船長の話、女子修道院長の話、サー・トパスの話、メリベウスの話、修道士の話、修道女付き司祭の話
Ⅷ　第二の修道女の話、聖堂参事会員の従者の話（錬金術師の徒弟の話）

IX （法曹協会の）賄方の話
X 教区司祭の話、チョーサーの取り消し文

また、多くの場合、話本体に先だって、語り手が自己紹介をしたり話の前置きを語る「序」（プロローグ）がある。序はたいてい短いものだが、「バースの女房の話」や「免償説教家の話」のように語り手が長々と自己紹介をして、話本体よりも長くなっているものもある。またいくつかの話の後には、話くらべを仕切っている宿屋の主人や他の巡礼が短い感想を述べて次の語り手に話を引き継ぐ「つなぎ」（エピローグ）が存在する。

チョーサーの作品は今日まで人気が衰えることなく読み続けられ、二〇世紀前半までの作家や批評家は、『カンタベリー物語』は「神が与えし豊穣に溢れている」とか、「イギリス精神の完璧な類型である」とか、「現実の生き写しである」とか、その多様な登場人物と物語が作り出す生き生きとした描写と話の展開に対してさまざまな賛美を浴びせてきた。研究も盛んで、シェイクスピアと並んで最も研究されている英語作家と言ってよく、特に『カンタベリー物語』については今日では、新歴史主義、ジェンダー研究、ポストコロニアリズム、図像学、書物史など、文学文化研究の主要な方法論の多くを用いて、さまざまな視点からの研究がなされている。

しかし、誤解を恐れずに言うならば、『カンタベリー物語』の面白さは、今日の読者が中世に対して期待するヒーローやヒロインを中心に展開するグランド・ナラティブのそれではない。物語集なので一篇の話は概して短めで、クレチアン・ド・トロワのアーサー王ロマンスやトリスタンとイズーの

道ならぬ恋の物語のような、特定の登場人物の成長や行動を中心として、時に現実と異界を自由に行き来しつつ進展してゆくプロットとは性格が異なる。つまり、アーサー王ロマンス群やあるいは二一世紀における中世風ファンタジーの一例とされる「ゲーム・オヴ・スローンズ」のように、その作品群が作り出す物語世界——ナラティブ、登場人物、宗教観、地理、魔剣に代表されるガジェット——が周到に準備され、主筋に加えてさまざまな副筋やスピンオフの物語も存在する世界に心ゆくまで浸かるような体験を読者に提供するものではない。個々の話はそれぞれ独立していて、ジャンルも内容も実に多様である。「騎士の話」の宮廷風恋愛と騎士道の世界と、「第二の修道女の話」の初期キリスト教の奇蹟と殉教の世界と、さらには「メリベウスの話」として語られる道徳的提要に等しく興味と興奮を抱ける読者は少ないだろう。それは現代の『カンタベリー物語』の翻訳やアダプテーションにも表れている。イギリスのペンギン版の現代英語訳も現代作家のピーター・アクロイド（一九四九年生）が現代英語で「語り直した」版も、長くて教訓的な『メリベウスの話』と『教区司祭の話』は割愛している。一九一七年に刊行された金子健二による最初の日本語訳も、世俗的で喜劇的な話を主に選択した選集であった。『カンタベリー物語』は何度か映像化もされているが、ピエル・パオロ・パゾリーニ（一九二二〜七五年）が監督・脚本を担当し、ベルリン映画祭金熊賞を受賞した『カンタベリー物語』（一九七二年）を初めとして、いずれも恋愛がからむ世俗的な話を中心に数話を選ぶ傾向が強い。

もっとも、チョーサー自身がそうした選択的な読書に眉をひそめたとは限らない。『カンタベリー物語』のなかで、「聞きたくなければ、どうぞページを繰って別の話をお選びください」と述べて、読者に自由に好きな話を選んで読むように勧めている。しかし一方で、チョーサーはたんなる物語集を編纂しようとしたのではなく、すべての話が一緒になって一つの世界が生まれるべく『カンタベリー物語』を構想していて、それは冒頭の「総序の歌」を見るだけでも明らかである。『カンタベリー物語』の面白さは個々の話だけでなく、複数の話が共存することで生じる視点や前提の多様性にある。チョーサーは中世に存在した多種多様な物語文学のジャンルを念頭に置いてそれぞれの話を記し、それらが相互に補い合うようなかたちで一つの物語世界が生まれることを想定していた。物語集的な作品は中世において人気があり、たとえば同じ一四世紀に書かれたボッカッチョの『デカメロン』はその代表例と言える。しかし、主題やジャンルをこれだけ意識的に多様化した作品は『カンタベリー物語』以外にはないと言っても過言ではない。ヨーロッパ中世は、キリスト教を支柱とする一枚岩的な世界とみなされがちだが、その根幹には、この世界のものは例外なくすべて神の被造物で、むしろ部分の差異が全体としての美を作りあげているという認識があった。『カンタベリー物語』も同様で、職業も身分も異なる巡礼たちが、前提も機能も異なる多様なジャンルの話を語り合い、一緒にカンタベリー大聖堂という同じ一つのゴールを目指すという、フィクションでしか実現されない場を作り出す。『カンタベリー物語』という一つの作品を通して、この世界のダイヴァーシティを尊重し、すべてを包み込むような世界像を想像することが、巡礼たちにも現代の読者にも求められている中世的なものの見方なのである。

本書では、『カンタベリー物語』を構成しているすべての話にまんべんなく焦点をあてることで、その楽しみ方を中世の文脈と現代の読者としての視点の両方で考えたい。そのために二四の話を、校訂版に準ずるグループ分けではなく、テーマやジャンルでいくつかのグループに分類し、相互に参照しつつ、また同時代の類話とも比較しながら論じてみた。『カンタベリー物語』について読者が自分なりの読みを見いだす一助となれば嬉しいが、納得がいかなければページを繰って他の章を読んでいただきたい。文学の作品とは、作者と読者の相互作用によって、両者の間に立ち上がってくるものと考えることが可能である。作者が書き残した本文は同一でも、それを読む読者はそれぞれに異なった時代と文化に属していて、つねに変化している。その意味では、古典はつねに新たな視点からの読み直しが可能であり、本書が、読者がそれぞれの『カンタベリー物語』を見つけるガイドになれば幸いである。

『カンタベリー物語』の日本語による完訳としては、桝井迪夫訳、西脇順三郎訳、笹本長敬訳があり、容易に入手して読むことができるが、本書での『カンタベリー物語』からの引用については、桝井迪夫訳を参考にしてリバーサイド版から拙訳を試みた。[2] 読みやすさに配慮して注は出典を示すものを中心に最小限に止めたが、本文中で言及した『カンタベリー物語』と関連が深い中世文学の作品については、日本語訳がある場合は注で紹介するようにした。チョーサー作品の文脈や解釈についてさらに知りたい読者は、参考文献を参照していただきたい。『カンタベリー物語』からの引用箇所の明記は、校訂版の標準的ルールにしたがって、フラングメントの番号（一から一〇）と行番号による。

Ⅰ　『カンタベリー物語』の誕生

1　チョーサーの生涯と文学観

チョーサーの生涯――公的記録から

ヨーロッパ中世の作家のなかで部分的にせよ伝記が明らかになっている作家は決して多くはない。チョーサーが活躍した一四世紀後半は英文学史上最初の黄金時代であり、チョーサーの諸作品以外にも、頭韻詩で書かれた長い寓意ヴィジョン『農夫ピアズ』、ジョン・ガワーの『恋する男の告解』をはじめとする作品、アーサー王ロマンスの一つに数えられる『サー・ガウェインと緑の騎士』などが文学史上に名を残している。しかし、『農夫ピアズ』の作者ウィリアム・ラングランドについては名前以外の伝記的情報はほとんど残されておらず、『サー・ガウェインと緑の騎士』にいたっては、その英語の方言的特徴や作中の地理的言及によってイングランド中西部（おそらくスタフォードシャーあたり）で制作されたと推察されるものの、作者の名前も伝記も一切不明である。ジョン・ガワー（一三三〇頃～一四〇八年）はチョーサーと親交がありロンドンで法律関係の仕事をしていたようだが、その生涯はチョーサーほどには知られていない。しかし、こうした無名性は中世の作家に関するかぎり珍しいことではない。

一方でジェフリー・チョーサーについては、その生年は推測の域を出ないにしても、その生涯については同時代のイングランドのいかなる作家よりも、そしておそらくは後世のウィリアム・シェイクスピアよりも多くの事実がわかっている（図1）。その理由は、政治の中心であったイングランド国王の宮廷に出入りしていて、公文書に名前が繰り返し記録されているからである。チョーサーは、国

図1　17世紀に描かれたチョーサーの肖像

王エドワード三世とリチャード二世のもとで王室付渉外担当役やロンドン港の税関吏などの重要な役職を務めるかたわら、物語詩や抒情詩を創作し、生前から宮廷人を中心に熱心な読者を得ていた。

チョーサーの一族はサフォーク州イプスウィッチ出身の商家で、祖父の時代にはすでにロンドンに居住していた。父のジョンはワインの卸売り業を営み、代々税関吏を務めていた。ジェフリーは「ワイン卸売り商人、ジョン・チョーサーの息子」として記録されているが、生地や誕生日については不明である。ただ、一三八六年に「四〇歳過ぎ」であったと裁判記録にあることから、一三四〇年代の前半に生まれたと考えられている。

ジェフリーの両親ジョンとアグネスはロンドン市の中心の、富裕な商人層や貴族も住んでいた地区に居を構えていた。ジェフリーの学歴は不明だが、富裕なロンドン市民の子息は良い教育を受けられたし、彼のラテン語および古典作家に関する広範な知識を考慮すると、大学には行かずともグラマースクールでしっかり学んだと推察される。ジェフリー・チョーサーの名前が初めて登場するのはアルスター伯夫人エリザベス・ド・バーの出納簿である。一三五七年四月に衣服や「クリスマスの必要品」のために二シリング六ペンスを下賜されたという記録があり、一〇代のチョーサーはおそらく小姓として仕えていたと思われる。

チョーサーの時代のイングランドはフランスと長い百年戦争（一三三七〜一四五三年）に突入していた。一三五九年に、チョーサーはアルスター伯ライオネル公に付き従って、フランスに侵攻したエドワード三世の軍勢とともに行軍したが、ランスの郊外で捕虜となり翌年身代金が支払われて解放されている。その後、一三六〇年の秋にはカレーに行っているが、これは休戦協定に関連する書簡を届ける任務を命じられたためである。このフランスへの旅を皮切りとして、この後チョーサーは何度も大陸へ旅することとなる。一三六六年にはカスティリャへ他の三名とともに赴いたことが、ナヴァラ王国が発行した通行許可書から知れる。その目的は不明だが、エドワード三世の長男「黒太子」の命を受けて、王位を追われていたカスティリャのペドロ（一三三四〜六九年）を復位させるために画策した可能性が指摘されている。

一三六六年までにチョーサーはフィリパ・ロエ（一三四六頃〜八七年）という女性と結婚している。彼女は、エドワード三世の王妃フィリッパ・オブ・エノー（一三一四〜六九年）の侍女で、王妃と同じくエノー（現在のベルギーのワロン地域の一部）出身で、エドワード三世の四男ランカスター公ジョン・オブ・ゴーント（一三四〇〜一三九九年）の愛人で後に第三夫人となるキャサリン・スウィンフォードの姉であった。一三六七年には、チョーサーは王室に仕える一員として名前が記録されており、王室付渉外担当役として、その職を解かれるまで毎年のように国外へ派遣されている。一三七二年から翌年にかけては、おそらくはイタリア語の知識があったために、ジェノヴァとフィレンツェに旅をしている。

一三七四年にはロンドン港の税関吏に任命された。この年の聖ジョージの日（四月二三日）に、生涯に渡って毎日一ガロンのワインを支給されるという、一風変わった報償を国王から与えられた。これは後に年金に変更され、エドワード三世に続いて即位したリチャード二世、さらに最晩年にはランカスター家のヘンリー四世（一三九九年即位）によっても継続された。

チョーサーは晩年まで基本的にロンドンに居住していた。一三七四年には、六つあるロンドンの市門の一つ、オールゲイトの上の家を、職場の税関から数分の場所にあって便利だったからか、ロンドン市長から生涯無家賃で借り受けている（図2）。一三八一年に農民戦争が勃発した時には、反乱者の一団がオールゲイトから市中へとなだれ込んでくるのを自宅から目撃したかもしれない。反乱の鎮圧に尽力したロンドン市民たちは、チョーサーが税関吏の職務を通じて面識があった人々であった。『トロイラスとクリセイデ』や『名声の館』など多くの作品がそこで執筆されたとされる。

税関吏となった後も、やはり数回に渡って国王の命で大陸を訪れている。一三七八年にはミラノで君主のベルナボ・ヴィスコンティと交渉するためにロンバルディアに旅した。晩年は、カンタベリーのあるケント州に移り住んで治安判事を務め、下院議員にも選ばれている。『カンタベリー物語』冒頭の「総序の歌」を初めとしていくつかの話はこの時期に書かれたと思われる。カンタベリーは全国的に有名な巡礼地だったが、チョーサーにとっては地元としての繋がりもあったのである。

一三八九年からは二年間、リチャード王の書記官も務め、王室財産の管理や宮殿の修繕など重要な職務を果たし、さらにその後王室林務官代理の地位についた。一三九九年のリチャード二世の廃位がチョーサーの立場に何らかの影響を与えたという証拠は無く、同年にチョーサーはウェストミンスター修道院の敷地内に家を借りている。一四〇〇年六月の年金受け取りがチョーサーに関して残されている最後の記録である。チョーサーの墓はウェストミンスター修道院にあり、その墓碑銘によると一四〇〇年一〇月二五日に没したことになっているが、その墓は一六世紀中期に新たに建てられたものなので、この日付けを裏付けるものはない。チョーサーはウェストミンスター修道院のテナントであり、さらに長年王室に尽くしたことが評価されて、イングランド王家の墓所であった修道院に埋葬されたと思われる。墓のある南翼廊は現在「詩人のコーナー」と呼ばれて多くの作家が埋葬されている(図3)。

チョーサーにはフィリパとの間にトマス、ルイス(『天体観測儀論』で言及されている)、アグネスの三人の子どもがいたとされ、特にトマスは四人の国王に仕えた要人となり、その娘のアリス(一四〇四~七五年)はサフォーク公ウィリアム・ド・ラ・ポールと結婚してサフォーク公夫人となり、その

図2　チョーサーが住んだオールゲイト界隈(聖ボトロフ教会)

図3　チョーサーの墓(ウェストミンスター修道院「詩人のコーナー」、エッチング)

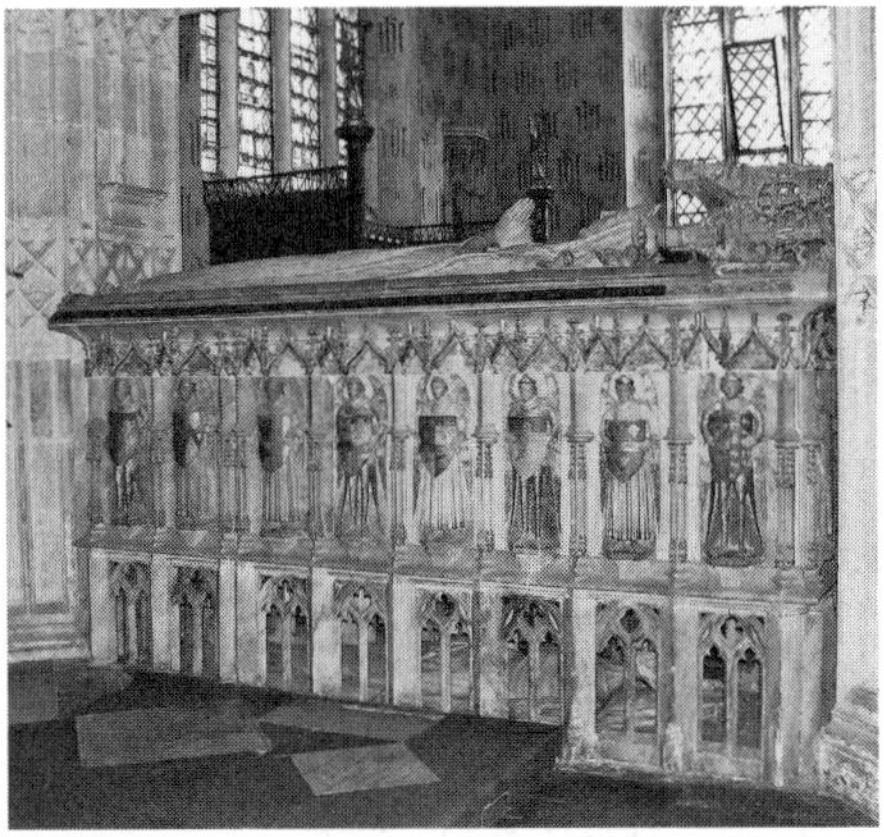

図4　チョーサーの孫アリスのトランジ墓（聖母教会、ユーム、オクスフォードシャー）

孫はリチャード三世の王位継承者に指名されていた（図4）。

チョーサーの創作活動――作品と制作年代

以上の伝記的事実からは、チョーサーが生涯を通じて多忙な公人で、その合間に詩作を続けていたことがわかる。チョーサーが活躍した一四世紀後半のイングランドは、政治的にはエドワード三世の死後に即位した少年王リチャード二世がヘンリー・ボリングブルック（後のヘンリー四世）によって廃位させられるという激動の時期で、さらに黒死病《ペスト》の爆発的な大流行、農民戦争の勃発と鎮圧、百年戦争とウィクリフ派の異端論争と、社会的にも非常に不安定な時期であった。チョーサーに限らず中世の作家たちは、政治や行政の中心近くにいることが比較的多い。それは彼らの多くが、作品を王侯貴族や高位聖職者などの有力者に献呈して報酬を得ていたためで、作品もあらかじめ特定の読者層を想定して構想され、ときには具体的な事件や行事が直接の契機となって書かれることも少なくなかった。チョーサーも、「揺るぎなさの欠如」や「財布に対する嘆き」として知られる短詩においては国王に呼びかけているし、『侯爵夫人の書』と題された夢物語詩は、チョーサーを庇護していたジョン・オブ・ゴーントの妻ランカスター公夫人ブランチの死（一三六八か六九年）を追悼して書かれたとされる。『カンタベリー物語』についても、たとえば「修道士の話」に登場するカスティリャのペドロの話は、チョーサーがスペインで見聞した事実に基づいて書かれたとする見解もある。しかし、チョーサーの伝記や一四世紀後半イングランドの政治社会状況が直接に作品に反映されていることは決して多くない。

少なくとも『カンタベリー物語』に関するかぎり、チョーサーの生涯が作品解読のためのヒントを直接提供してくれることは稀である。チョーサーは実人生が作品に影を落とすことが少ない作家のようである。一方で作品のなかでは、チョーサーは、しばしば詩人としての自分自身を一人称の語り手として登場させ、自己言及的な弁明も展開している。だがこうしたフィクションのなかのチョーサーの姿はたいてい諧謔的な仮面《ペルソナ》であり、そこからチョーサー自身の心情や思想を読み取ることはなかなか難しい。チョーサーほど、現実とフィクションは別物であることをはっきりと意識していた作家は少ないかもしれず、さらに『カンタベリー物語』では、語り手であると同時に巡礼の一人として自分自身を登場させ、その両者の違いによって読者を幻惑させるのである。

『カンタベリー物語』はチョーサーの最晩年の作品にあたる。中世では作家たちは現代のように締め切りに追われていなかっただろうし、また完成した作品が出版社を介して明示的に「出版」されたわけでもない。そのことは制作時期を同定することを困難にしているが、チョーサーの主要作の執筆については次のような順序が通説になっている。

一三七二年以前の最初期に『薔薇物語』の部分訳と『侯爵夫人の書』、ボッカッチョの『テセイダ』を種本とした物語詩「アネレイダとアルシーテ」、その後一三八〇年までに『名声の館』、そして一三八七年までの期間に『鳥たちの議会』、『トロイラスとクリセイデ』、『ボエス』（ボエティウス『哲学の慰め』の英訳）、『名婦列伝』が書かれ、一三九一〜九二年に『天体観測儀（アストロラーベ）論』が纏められたとされる。同じ頃に『惑星天体計測器（エクワトリウム）論』も執筆した可能性がある。この作品についてはしかし、チョーサーの作品であるかどうかの結論は出ていない。

『カンタベリー物語』については、冒頭の「総序の歌」で始まる第一フラグメントが一三八八〜九二年に書かれ、その後かなりの話が没年の一四〇〇年までに順次完成したと考えられるが、「騎士の話」の素材となる「アネレイダとアルシーテ」や「第二の修道女の話」となる「聖セシリア伝」（現存せず）のように、いくつかの話については、早いものでは一三七〇年代に初期形がすでに書かれていたと思われる。つまり、チョーサーは若い頃に単独で書いたいくつかの話を改訂して『カンタベリー物語』に再利用したのであり、その制作過程は、後ほど論じるように執筆というよりは編纂と言える。

以上に加えて、チョーサーの作品としては、おそらく生涯のさまざまな時期に書かれた二〇数編の抒情詩が残されている。詩の主題は多様だが、いずれもフランスの宮廷詩の詩形や技法を意識的に用いており、特に一四世紀を代表するフランス語の詩人ギヨーム・ド・マショー（一三〇〇〜七七年）の影響は顕著とされる。

これらの作品がチョーサーの筆になることを裏付けているのは、写本に写字生が記したチョーサーという作者名や作品内に見られる内的言及である。たとえば「弁護士の話」の序で、語り手の弁護士に次のように言わせている。

チョーサーは韻律や上手な押韻については無知なようですが、多くの方がご存じのように、昔の物語を彼が知るかぎりの英語で語ってしまっていて、もうそれ以外に私は相応しい話を知りません。そして、もし一つの本で語っていなくても別の本でそうしているのですから。大昔にオウィディウスが『書簡集』でした以上に、恋人たちについて上から下まで語っているのです。もう話され済みなのに、なぜ私がまた語る必要があるでしょうか？

彼は若いときにケイクスとアルキオーネの話を書いて、それから高貴な人妻や恋人たちについて一人ずつ語っています。彼の『キューピッド聖人伝』という分厚い本を紐解けば、ルクレチアやバビロニアのティスベの大きく開いた傷のことや、不実なアエネアスのせいで（自害した）ディドーの剣、（中略）についてわかります。（二・四六－六四）

ここで言及されているのは、『侯爵夫人の書』と『名婦列伝』のことである。

そうした内的言及から、現存していない作品もいくつかあることも確認されている。たとえば『カンタベリー物語』末尾の「取り消し文」には『獅子の書』という作品を書いたことが記されている。また、ロタ―リオ・デイ・セニ（後の教皇インノケンティウス三世）の『人間存在の悲惨さについて』および偽オリゲネスの『マグダラのマリアについて』の英訳も手がけたようである。

ヨーロッパ文学という文脈

チョーサーが自ら翻訳したり種本として利用した作品からは、彼が最低でもフランス語、ラテン語、イタリア語に長《た》けていたことがわかる。ノルマン征服後のイングランドはラテン語、フランス語、英語が併用される多言語文化で、一四世紀後半には英語が優勢になりつつあったが、それでも三言語が状況に応じて使い分けられていた。エドワード三世の宮廷ではアングロ・ノルマン語(ブリテン島で使用されていたフランス語)が主に使用されていただろうし、またチョーサーも家庭ではフランス系の妻とはフランス語で会話していた可能性もある。フランス語は通商における共通語(リングワ・フランカ)であり、また一五世紀に至るまで、イングランドの知的階級が物語を楽しむ際の読書言語でもあった。アーサー王ロマンスに代表される物語文学は英語よりもフランス語の作品が圧倒的に多く、それらはイングランドの読者によっても、必ずしも英訳を介することなく受容されたのである。また、中世においては「字が読める」とはラテン語が読めるという意味であり、ラテン語は知識人にとっては常識であった。

三言語を使いこなせることは中世後期のイングランドの作家にとっては当たり前のことなので、チョーサーが格別に外国語に秀でていたわけではない。ジョン・ガワーは代表的な三作をわざわざ英語、フランス語、ラテン語と言語を替えて執筆している。だがチョーサーの特長は、たんにオウィディウスや『薔薇物語』のようなラテン語やフランス語の古典的作品に精通していただけでなく、大陸訪問を通じてリアルタイムで最新かつ先進の俗語文学に触れて、それらを種本として活用しつつ、しかし、自ら書き記す言語としては一貫して英語を選択していることにある。

チョーサー作品を理解するうえで伝記的事実が有益だとすれば、それは詩人の創作活動の文化的文脈を具体的に知るうえにおいてである。中世後期のイングランドにおいて、チョーサーほど頻繁に大陸へ旅した作家はおらず、特にフランス、イタリア、そしておそらくはスペインの宮廷を訪問することで、彼は同時代の最新の俗語文学に直接触れている。イタリアでは、ダンテ・アリギエーリ（一二六五～一三二一年）、フランチェスコ・ペトラルカ（一三〇四～七四年）、ジョヴァンニ・ボッカッチョ（一三一三～七五年）の「三冠」から多大な影響を受けていることは間違いない。チョーサーは一三七三年にフィレンツェを訪問している。丁度その同じ年にフィレンツェは、七〇年前に追放した詩聖ダンテを記念する祝典を挙行しており、それはボッカッチョによる公開連続講義という形をとった。チョーサーのフィレンツェ訪問は、同年一〇月に予定されていたこの講義に向けて市中が盛り上がっていた時期のことであり、こうした時宜を得た訪問によってイタリアの作家を深く知ったことは想像に難くない。[1]

　イタリアの三冠はチョーサーが現代の作家として古典といかに関わるかについて、一つのモデルを提供してくれていた。その名声がヨーロッパ中に確立していたペトラルカは、チョーサーにとって古典とのかかわり方の一つの手本であったかもしれない。ペトラルカは自ら古典文学の本文校訂を行い、ラテン語の抒情詩『アフリカ』で名声を獲得し桂冠詩人の栄を受け、さらにラウラに捧げたイタリア語恋愛詩集『カンツォニエーレ』で俗語の詩人としても国際的な名声を獲得していた。『カンタベリー物語』の「学僧の話」はペトラルカがラテン語で著した『老年書簡』を種本としているし、また、ラウラへの恋愛詩は『トロイラスとクリセイデ』のなかで翻案されて利用されるとともに、チョーサーの恋愛抒情詩や物語中の恋愛場面の基盤となっている。また、ダンテは『俗語詩論』で、ラテン語は静的な言語だが俗語は生きた言語であると喝破して、イタリア語のトスカーナ方言の優位性を主張した。イタリア語で『神曲』を著したダンテは、チョーサーにとって模範となる先輩作家だったし、『名声の館』が『神曲』を意識していることは繰り返し指摘されている。『天体観測儀論』の訳では英語の語彙の貧弱さを嘆いているが、俗語としての英語に信を置いた背景にはダンテの存在があったのではないか。そして、世代が一番近いボッカッチョからは直接的な恩恵を受けている。チョーサーの最も長い二編の物語詩――『トロイラスとクリセイデ』と「騎士の話」――はいずれも、それぞれボッカッチョの『イル・フィロストラト』と『テセイダ』の翻案なのである。

一方でチョーサーが最初に、そして一番多く訪れた外国は対岸のフランスであり、フランス語の文学からも少なからず影響を受けた。休戦協定などのために何度もフランス王の宮廷を訪れたチョーサーは、ギヨーム・ド・マショーやユスターシュ・デシャン（一三四六～一四〇六年）をはじめとする同時代の詩人たちと交流を持った。デシャンは、古典作家に引き比べてチョーサーを讃えたバラッド形式の詩を残している。

> 哲学のソクラテス、道徳のセネカ、実践のアウルス・ゲッリウス、貴国の詩にとっての偉大なるオウィディウスよ。言葉においては簡潔で、修辞においては聡明な、はるか高みを飛ぶ鷲よ。汝の技巧でアエネアスの国、巨人の島、ブルータスの島［いずれもブリテン島のこと］に輝きを与え、フランス語を知らぬ者のために、花を植えて薔薇園を作った、偉大な翻訳家、高貴なるジェフリー・チョーサー。[2]

ここでデシャンがチョーサーに与えた賛辞が「偉大な翻訳家」であったことは注目に値する。その評価は先進の文学を輸入して紹介する役割に対してであり、チョーサー自身の詩作についてではない。デシャンは続くスタンザでチョーサーが『薔薇物語』を英訳したことにも触れている。ギヨーム・ド・ロリスの前編とジャン・ド・マンの後編からなる約二万行の『薔薇物語』(前編一二三〇年頃、後編一二七〇年頃)は、宮廷風恋愛的な愛の探求を軸とした博識な内容の寓意詩で、チョーサーをはじめ中世後期の多くの作家にとっての基本書である。さらにフランス語は俗語による古典受容の中核を担っていて、ギリシャ・ラテンの主な古典作品の多くはすでにフランス語に訳されていた。チョーサーは翻訳を精力的に手掛けると同時に、フランス詩のバラッド形式などを英語で初めて用いた大陸詩の先駆的な導入者でもあった。チョーサーの短詩は一五世紀の英語詩人の模範となったのである。

チョーサーは創作においてつねに空間的には大陸を、そして時間的には古典作家を見据えていて、同時代の海外文学との出会いは、作品のコスモポリタンな性格に大いに寄与したことは間違いない。一方で、一四世紀の英語がフランス語やラテン語と違って国際的な読者層を持ちえなかったことを考慮すると、英語での執筆は自然のなりゆきではなく意図的な選択であったと言える。百年戦争のせいで英語はナショナリズムとも結びついたであろうが、一方で、言語と政治は別物という意識も強かった。理由はなんであれ、チョーサーはガワーとは異なり、自作の言語として英語を一貫して用いる決断をし、恋愛抒情詩、ボエティウス訳のような哲学書、そして『天体観測儀論』のような科学書まで、多様なジャンルを英語で執筆すべく努力を続けたのである。

フランスやイタリアの文学状況はチョーサーに素材や手本を提供したが、同時に一つの壁でもあった。中世の詩人の大半はいわゆるミンストレル、宮廷詩人である。彼らの役割は宮廷文化の継承にあり、共有されている伝統を修辞的ヴァリエーションを用いて美しく再生産することにある。その創作活動は、文化的に受け継がれてきた規範を再確認するためのものであって、歴史を越える普遍的な視点から文化を理解するための媒体としての文学を意識的に提供しようとするものではない。[3]

　チョーサーもこうした宮廷詩人として活動を始めるが、自作中で模範として名前をあげる詩人たちは同時代か少し前の中世の作家ではなく、大半が古典作家である。『名声の館』では、伝統を支える柱として君臨する彼らを、チョーサーのペルソナは低いところから仰ぎ見ている。そこには『ユダヤ古代誌』によって旧約聖書時代を含むユダヤ人の歴史を記したヨセフス、古代ギリシャのテーバイを扱った叙事詩『テーバイド』を著したスタティウス、トロイア戦争を主題に詩作を残したホメロスおよびその後継者であるグイド・デッレ・コロンネやジェフリー・オヴ・モンマス等の中世の作家たち、さらにはウェルギリウス、オウィディウス、『ファルサリア』の著者ルーカーヌス、『プロセルピーナの略奪』の作者クローディアヌスがそれぞれ柱として君臨している（一四一九－一五一二行）。さらに、『トロイラスとクリセイデ』の終わり近くでは、「我が小さき書よ、他のいかなる創作も羨むことなく、すべての詩作に従順でありなさい。そして、ウェルギリウス、オウィディウス、ホメロス、ルカーヌス、スタティウスが歩んだ足跡に口づけをなさい」（五・一七八九－九二）と古典作家たちの名を挙げて自作を世に送り出し、それが古典から継承されてきた伝統に連なることを祈念している。

　中世が理解した古典とは、文化の普遍的基準を指し示す、権威となる作品である。チョーサーも、歴史に束縛されることなく、そうした普遍性を希求する文学伝統に自らの居場所を見つけたいと願っていたのかもしれない。もしそうであったならば、中世の古典受容の伝統は時に諸刃の剣であった。C・S・ルイスが指摘したように、「中世の作家たちは、まだ誰も書いていないものをあえて書くことはほとんどない」ので、[4] 彼らの創作活動は多くの場合、最終的には古典にまで遡れるナラティブの語り直しであると言える。実際、古典の原典と一四世紀の間には、先行する中世作家によって書かれた複数のヴァージョンがすでに存在していた。古典作家と中世のフランス、イタリアの大陸作家の両方がチョーサーの文筆活動にとっての文脈である。物語集である『カンタベリー物語』はこうした先人たちからの素材提供無しには書かれえなかったのであり、チョーサーはそれらを取り入れ活用するにあたっては、先行例や類似作品が属する伝統やジャンルに対してつねに意識的であった。

チョーサーは『トロイルスとクリセイデ』の終わりで自書の「ささやかな悲劇」を世に送り出すにあたって、「神が、その作者に、命あるうちに何か喜劇の形で創作をする力をお与えくださいますように」（五・一七八七－八八）と祈願している。これは『カンタベリー物語』のことを言っていると一般的に解釈されている。『カンタベリー物語』においてチョーサーは中世文学の慣習と前提を意識しつつ、それらを意図的に捉え直すことを試みている。それは必ずしも、自分が歴史を越えて古典に直接触れるヒューマニストになりたいということではない。むしろ、すでにある物語に対して自分なりのヴァージョンを創るにあたっては、同時代のさまざまなジャンルの存在に意識的になって、そのジャンルの可能性や限界を試すことで、一宮廷詩人としての役割からオリジナルな創作へと広がってゆこうとしたのである。

2　『カンタベリー物語』の写本と構造

未完の『カンタベリー物語』

『カンタベリー物語』やボッカッチョの『デカメロン』のような物語集的な構造の作品の場合には、多くの語り手が次々と別の話を披露することが不自然でないような状況を設定して、全体を一つの物語としてまとめるための枠が必要となる。それが無しではたんなるアンソロジーになってしまい、作品としての統一感を欠く。『デカメロン』では、ペストの大流行に襲われたフィレンツェから郊外の山荘に避難した一〇人の若い貴族の男女が、流行がおさまるまでの期間を規則正しく生活し、散策もままならぬ暑い日中を少しでも快適に過ごすために、毎日一人一話ずつ話をして、それを一〇日間続けたという設定である。冒頭の前書きでは、山荘の優雅な雰囲気とも、しばしば滑稽で市民的活力にあふれた話の数々とも対照的に、フィレンツェを襲ったペストの凄惨さが淡々と記述されている。

『カンタベリー物語』では、カンタベリーへと一緒に旅をする巡礼たちが道すがら順に話を披露するという枠が用意される。カンタベリーへ向かう街道は、テムズ川を挟んでロンドン（現在シティと称されている旧市街が中世のロンドン市であった）の対岸にあたるサザークを起点とし、チョーサーはそこの「陣羽織亭《タバード》」という宿屋に投宿する。「陣羽織亭」は実在した宿屋で、サザーク界隈の宿屋《イン》はシェイクスピアやディケンズにも登場し、今も一六世紀から続くジョージズ・インがロンドン最古のインとして営業している（図5）。

「総序の歌」では、「陣羽織亭」にカンタベリー巡礼に向かう二九人の男女が偶然集まって一緒に旅

図５　サザークのジョージズ・イン。陣羽織亭を出立する巡礼たち（ステンドグラス、1900 年、サザーク大聖堂）

をすることになった次第と、自ら同行を申し出た宿屋の主人の発案で、旅の途中で一人ずつ順番に話を披露するという取り決めがなされたことが説明される。中世の巡礼は旅の安全や便利さを考慮した団体旅行が一般的なので、こうした展開に不自然さはない。カンタベリーまでの一〇〇キロ強の道のりをゆっくりと三、四日かけて馬で往復する途上において、退屈することなく友好的に過ごすための工夫である。

『カンタベリー物語』の内容を論じる前に、我々はこの作品が未完であるという事実について具体的に理解し、何らかの判断を下す必要がある。近現代文学でも一見未完のまま残された作品は少なくない。たとえばローレンス・スターン（一七一三〜六八年）の『フランス、イタリアのセンチメンタル・ジャーニー』（一七六八年）はタイトルからは少なくともイタリアまでの旅が描かれると推測されるが、実際はフランスを南下する馬車旅の途中で突然、それも文の途中で終わっている。スターンの死による絶筆と思われるが、中断を装った意図的な終わりであるという解釈も存在する。『カンタベリー物語』の場合はそこまで唐突ではないが、チョーサーが没した時にはたしてどの程度完成していたのだろうか？　冒頭部分――「総序の歌」で始まり「騎士の話」、「粉屋の話」、「荘園領管理人の話」、未完の「料理人の話」

と続く第一フラグメント――がほぼ完成していることは、話のつなぎに交わされる巡礼たちのやりとりから明らかである。また、最終話が長い散文の「教区司祭の話」であることも、この話の序に見られる言及から明白である。『カンタベリー物語』の始まり方と終わり方については、チョーサーは生前に完成形に近いものを仕上げていたと考えてよい。しかし、その中間部分に関しては未完成な部分が残されている。巡礼たちは、宿屋の主人の「それぞれがカンタベリーへ行く道すがら二つの話をして、帰りの道でもさらに二つ話をする」という提案を受け入れるが、これを文字どおりに受け取るならば、最終的には二九人の語り手による全部で一二〇ほどの話が語られることとなり、まだ五分の一程度しか完成していないことになる。しかし、行き帰りに二つずつはあくまで宿屋の主人の提案であり、作者としてのチョーサーの意図を表明しているとは限らない。後述するエルズミア写本は、現存する話を全部含んでいて、『カンタベリー物語』の最良の写本とされているが、全部で二四〇葉（そのうち二三二葉が『カンタベリー物語』）あり、サイズも縦四〇センチ、横約二八センチと比較的大型である。もし一二〇話が完成形だとしたら、『カンタベリー物語』は写本数冊分の大著ということになり、これはヨーロッパ中世の物語文学の平均的長さに照らしてもおそらくありえないと思われる。つまり、我々の手元に残された『カンタベリー物語』は、一つの作品の長さとしてはすでに十分であり、チョーサーは話の数としてはかなり完成形に近いものを書き終えていたと推測できるのである。[5]

　未完部分はむしろ、話のつなぎ部分や全体の構成に見いだされる。完成形に近い冒頭の四話を見るかぎりでは、各話は「序」や「つなぎ」で展開される巡礼たちのやりとりによって前後の話と密接に繋がっている。つまりチョーサーは、語り手と話、そして話同士が緊密に結びついた有機的な統一体としての『カンタベリー物語』を構想していたが、それを果たさずに世を去った可能性が高い。このことは『カンタベリー物語』の出版事情からも推測できる。『カンタベリー物語』は一〇年以上に渡って断続的に執筆されたと思われるが、個々の話が独立してチョーサーの生前に発表された形跡はない。チョーサーは一つの話を、たとえば宮廷人の聴衆の前で朗読したことはあったかもしれないが、作品として出版するのは、すべての話を書き終え、それらが相互に結びつくことで一つの作品として完成してからだと考えていたのではないか。そのように考えると、完成した『カンタベリー物語』は、たとえばボッカッチョの『デカメロン』と同じ様な物語集的構造を有するとはいえ、作品としての方向性はかなり異なっていると言える。『デカメロン』を支配する整然とした枠は、個々の話の独立性を保証し、さらにペストによって生じたフィレンツェのカオス的状態に対して理性と秩序、礼節を対峙させる。一方で、『カンタベリー物語』の枠は、むしろ語り手たちの違いを際立たせ、しばしば秩序を危うくし、作品のダイナミズムに大いに寄与するのである。

『カンタベリー物語』の写本と出版

未完で残された『カンタベリー物語』はいかにして「出版」され、作者から読者の手元に渡ったのであろうか。中世と現代とでは出版の意味が異なるので確認しておきたい。ヨーロッパで書物が印刷されるようになるのはヨーハン・グーテンベルクが一四五〇年頃にドイツのマインツで活版印刷術を発明した後のことである。印刷本の時代になると、出版とは一つの作品が最低でも数十部単位で印刷され、不特定多数の読者に向けて書店を通じて販売されることを意味する。それ以前の作家であるチョーサーの場合、その作品は手書きの写本で流通した。写本時代における出版とは、原稿が出版社と書店を兼ねた写本制作工房の手に渡り、そこで必要に応じて清書され、転写によりコピーが作られて販売されることを意味する。そのプロセスはしばしば注文生産で、購入希望者から注文を受けてから写本を転写して製本することも多かったと思われる。注文主は既製品を購入するのではなく、写本の装飾などにある程度口を挟むことも可能であった。

中世の作家は、王侯貴族や高位聖職者などの有力者を後援者に持ち、彼らの経済的支援を受けるか、あるいはそれを期待して執筆活動をしている場合も多い。転写に従事する写字生は多くの場合専門の職人なので、正確かつ迅速に転写作業を遂行したとはいえ、作品は、まず作者の後援者や知人の間で読まれ、印刷本に比べると緩やかなスピードと量で他の読者へと広がっていっただろう。作者自身も、少なくとも自作の最初の読者層についてはは具体的なイメージを持っていて、不特定多数ではなく特定の読者層を念頭において執筆した。チョーサーの生前の読者層についてはほとんど情報が無いが、宮廷人たちや都市のギルドの信心会に集う男性たちであったという指摘がある。チョーサーが自作を披露する場面に関しては有名な挿絵がある。それは一五世紀初めに『トロイルスとクリセイデ』の豪華写本の扉絵として描かれたものである。この写本は要所要所に挿絵を入れる豪華な彩色写本として計画されたが、実際に完成したのは扉絵だけで、本文中の挿絵は描かれずじまいであった。そこでは、チョーサーと思える人物が男女の宮廷人の前で自作を朗読していて、聴衆のなかにはリチャード二世とアン王妃を初めとする王族たちが描かれているとされる。[6] この絵は特定の場面を描いたものではなく、想像で描かれた、ある意味理想化された一五世紀のチョーサー像だが、宮廷の男女が聴衆の中心であったことは間違いないであろう。

『カンタベリー物語』に関するかぎり、チョーサーの自筆原稿はもとより作者の生前に制作された写本も現存していない。しかし、一四〇〇年に作者が没すると、時をおかずに複数の写本が作られている。その理由は推測の域を出ないが、おそらくは、チョーサーが『カンタベリー物語』を全部書き上げてから発表しようと考えていたが、それを果たさずに世を去ったので、生前から懇意にしていた出版者や写字生が残された原稿をまとめて一冊の写本に転写し、『カンタベリー物語』として世に出したのであろう。現代でも作家の死後に編集者が執筆途中の原稿をまとめて出版することはあるが、この場合にもそうした要望が後援者などからあったと想像される。『カンタベリー物語』は物語集的な作品で、前述のように冒頭と結末部は完成しているので、まとめるだけならばその編集作業はさして難しいことではなかったと思われる。写本は転写を重ねて、主に一五世紀に制作された八二点の写本が現存している。八二という点数は、中世の俗語で書かれた文学作品のなかでは相当に多いほうで、『カンタベリー物語』の人気が高かったことがうかがえる。

　そのなかで最古の写本はヘングルット写本として知られている一冊で、一四〇〇年頃にチョーサーの没後すぐか、場合によっては死の直前に制作が開始されたと推察されている。制作者はアダム・ピンクハーストというプロの写字生で、それまでもチョーサーの作品を筆耕していたとされる人物である。その少し後にやはり同じ写字生によって制作された写本が現存していて、こちらはエルズミア写本として知られている。[7] どちらも現存する二四編の話をすべて収録しているが、しかし、この二つの写本ではそれらの配列順序が大きく異なっているのである。同じ写字生によってほぼ同時期に筆耕された二写本の配列順序に違いがあるのはなぜだろうか？

一つの有力な仮説は、チョーサーが没したとき『カンタベリー物語』は、作者が意図した配列順序が不明なまま、一話あるいは数話が転写された複数の冊子の形で残されていて、それらを順番に並べて『カンタベリー物語』として一冊にまとめるにあたっては、写字生や写本を注文した依頼主の意図が強く働いたという考えである。[8] ロンドンからカンタベリーへの旅の途上で巡礼者たちがどの順番で話をしたかは、ある程度は内的証拠から明らかである。話のつなぎの部分での巡礼者たちのやり取りのなかで次の語り手が紹介されたり、街道筋の具体的な地名が言及されていたりして、それらが話の語られた順序を決定する鍵として機能するのである。しかし、すべての話が都合良くつながっているわけではないので、推測に頼らざるをえない部分も多い。さらに注意が必要なのは、語り手と話本体の対応も最終的に確定してはいなかった点である。たとえば「弁護士の話」の序では散文で語ると述べられているのに、実際に「弁護士の話」として続く話は韻文である。弁護士が語る話としては別な話（一説では散文の「メリベウスの話」）が予定されていたのかもしれない。

いずれにせよ、チョーサー自身が最終的に意図していた配列順序が不明なので、編集方針は、写字生や写本の注文主の意図を反映して写本毎に異なっていた可能性がある。エルズミアとヘングルットの配列順序の違いも、どちらか一方が正しいのではなく、そうした方針の違いであると解釈されるのである。我々の手元に残されている写本の配列順序を、どれにせよ固定的に捉えることには慎重でなくてはならない。

いくつかある主要写本のなかで、チョーサーの研究者のあいだで最も重要視されてきたのはエルズミア写本である。文献学者のW・W・スキート（一八三五〜一九一二年）は一八九四年に六巻本の『チョーサー全集』を刊行したが、『カンタベリー物語』を校訂する際の底本としてエルズミア写本を採用した。スキートの版は最初の本格的な校訂版として高い評価を獲得し、その編集方針は現在の代表的な校訂版であるリバーサイド版（一九八七年初版）にも受け継がれている。日本語訳もこの系統の校訂本からの翻訳なので、我々が原文にせよ翻訳にせよ、今日『カンタベリー物語』を読む場合は、エルズミア写本に基づいた校訂版で読むことが通例であり、「序」に示した話の一覧もエルズミア写本の配列順序に基づいている。しかし、配列順序が異なるヘングルット写本を底本にして校訂された『カンタベリー物語』も刊行されているし、書誌学者のヘンリー・ブラッドショー（一八三一〜八六年）は、エルズミア写本の配列順序の矛盾を解消するために、新たな配列順を独自に考案した。これは、よって立つ当時の写本が無い、いわば「現代の」配列だが、実はスキートの版は、本文はエルズミア写本を底本としつつも、話の配列順序はブラッドショーを採用しているので話が複雑になる。

配列順序へのこだわりと中世の作品観

現代において、話の配列順序が異なる少なくとも三種類の『カンタベリー物語』の校訂版が存在しているという事実は、スキートを初めとして『カンタベリー物語』の編集者が、チョーサーが意図したであろう配列順序に少しでも近いものを確定することに大いにこだわってきた証拠に他ならない。話間の内的繋がりを根拠にして一〇の物語群（フラグメント）に分けるという発想自体がそもそも一九世紀のものである。そのこだわりの背後には、文学作品には作者が意図した唯一の有機的構造があるはずであり、それは部分的にせよ、現存する写本に残されているはずだという前提が存在する。さらに、話の配列順序を確定することで、複数の話を共通テーマのもとで論じたり、あるいは二つの連続する話を対照的に論じたりと、『カンタベリー物語』を一つの有機的な作品として解釈する可能性が広がることは確かである。たとえば、二〇世紀初めのハーバード大学英文学教授G・L・キトリッジは、「マリッジ・グループ」という呼称を使って、「バースの女房の話」、「学僧の話」など数点の連続する話を、結婚を主題とする物語群として関連づけて論じた。

しかし、優れたフィクションには作者によってあらかじめ準備された内的整合性が前提として存在するという考え方は近代以降のものである。『カンタベリー物語』の写本制作における写字生の積極的介入は、作品が生まれるにあたって、必ずしも作者が唯一絶対の決定権を有していたとは限らないことの証である。これは『カンタベリー物語』が未完であったために生じた純粋に文献学上のこととして扱われるような問題ではない。中世文学の作品は、特定の作者の知的資産として固定され保護されるのではなく、写本の転写や時には口承による伝承のせいでつねに改変にさらされているため、必然的にさまざまなヴァージョンで存在することになるのである。違いは語句のレベルにとどまらず、ときに章単位での削除や追加、順序の入れ替えなど、作品全体の構造に関わる差異に及ぶこともある。このつねに変化しうる流動的な性質を中世フランス文学者のポール・ズムトールは、「ムヴァンス」（流動性、可変性）と名付けていて、それを中世文学の本質的特徴と捉えている。[9] 中世文学における「作品」とは、作者が記した唯一の本文ではなく、むしろ写本の転写によって生まれた複数のヴァージョンの集合体であって、それは、最初の読者である写本の写字生や注文主の意図も取り込むようなかたちで、伝播の過程を通じて成長、変容、そして衰退するものに他ならない。

そこには、手作業による書物生産という物理的事情だけではなく、中世文学を特徴付けている文学観が積極的に関与している。それは一言で言うならば、中世の作者は、本文が正確に転写されることとそれが「作品」としてどう受容されるかとは、基本的に別のことと認識していたということである。自分が書いた本文が正確に伝わることに対しては中世の作者も決して無頓着であったわけではなく、可能なかぎり責任を持とうとしている。その姿勢を裏付けるものとして、チョーサーが写字生のアダム・ピンクハーストに寄せたとされる戯れ歌が残っている。それは「筆耕人のアダムよ、もし今度、ボエティウスや『トロイラス』をまた新たに書き写すことがあったら、もっと正確に俺が作ったとおりに書かないと、お前の長い髪の下に腫れ物をこさえてやる。日に何度も俺は、お前の書いたものを直すために、(羊皮紙を)擦ったり削ったりせなならんのだ。それも皆、お前が不注意でせっかちなせいだ。」という短いものだが、そこからは、チョーサーが自作の原稿をアダムに渡して清書させ、それを自ら校正していた様子をうかがい知ることができる。[10] この詩は一つの写本でしか現存しておらず、チョーサーの真作ではなく後世のねつ造である可能性も否定できないとはいえ、中世の作者と写字生の関係を生き生きと伝えている。また、『トロイラスとクリセイデ』では、チョーサーは終わり近くで自作を世に送り出すに際して、「我々の言語、英語の書き方には実にさまざまな多様性があるので、言葉を知らないせいで、誰もお前を書き間違えたり、韻律を誤ったりしないように」(五・一七九三-九六)と祈念している。チョーサーは自作が正確に筆耕されて世に出ること、つまり本文が信頼できるものであることにつねに気を配っていたことがわかるが、しかし、本文の正確な筆写へのこだわりと自作の読まれ方に対する意識は別物なのである。

　中世の作家たちは、読者が作品をどのように読むか、あるいはそれに先だって写本の制作者が本文をどのような意図で「編集」するかについては、近代とは異なる、ある意味寛容な姿勢を持っていた。「作品」とは基本的に作者ではなく読者の側に位置するものであって、それが収録されている写本のコンテクストや個々の読者の読書形態によって、その姿は変わりうることを容認、あるいは積極的に受け入れていたのである。極端な話、作者が書いた本文は実際に読者に読まれることで初めて「作品」となると考えるならば、読者の数だけ「作品」が存在すると言える。そしてチョーサー自身も、作品の受容に関しては読者寄りの立場を取っていた。

　そのことを示すエピソードが『カンタベリー物語』にもある。最初の「騎士の話」が終わると進行役の宿屋の主人は、続く語り手として修道士を指名する。進行役は、話くらべの余興を「秩序だって」進めると述べていて、世俗階級の巡礼者たちのなかでは一番身分の高い騎士に続いて、聖職者たちのなかでは年長の修道士に話を振ることで、身分の高い者や年長者から順に話をするという段取りを考えている。ところが酒に酔った粉屋が次は自分の番だと割り込んできて、このもくろみは早々と崩壊する。その成り行きは語り手のチョーサーの口から、次のように弁解される。


　この粉屋は誰に対しても言葉を慎しもうとせず、自分の下品な話を自分なりの語り口でしたという以外に、私は何を言うことがありましょうか。その話をここで繰り返すのは遺憾であります。そこで上品な方々に私からお願いですが、神様への愛にかけて、私が悪意から語っているとは思わないでください。だって私は、良かろうと悪かろうと、彼らの話を残らず繰り返さないとなりません。さもないと、中身を少し偽ることになりますから。そういうわけですから、聞きたくなければ、どうぞページを繰って別の話をお選びください。礼節、道徳、敬虔に関するあらゆる種類の実話が十分に見つかるはずです。選択を間違えたからと言って、私を責めないでください。
（一・三一六七－八二）

チョーサーは「聞きたくなければ、どうぞページを繰って別の話をお選びください」と言い訳して、読む話の選択が読者の自己責任であることを示すとともに、すべての話を聞いたとおりに繰り返すしかない自分の無力な立場を強調する。その姿は、われわれが想像する作者のそれではなく、むしろ作者の意向を尊重して一冊の本を作り上げる編集者の立場に近い。

そうしたスタンスを裏付ける証拠は他にもある。エルズミア写本の末尾には「ジェフリー・チョーサーによって編纂されたカンタベリーの物語の書、ここに終わる」という奥書がついている。また、『カンタベリー物語』と同時期に執筆していた『天球観測儀論』でも、同じ「編纂」という表現を用いて、自分は「古代の天文学者の業績の無学な編纂者」にすぎないと記している。

神学者のボナヴェントゥラ（一二二一～七四年）の定義によると、著述に携わる人間には著者と編纂者の二種類があり、著者とは自説を他人の見解で補強しながらオリジナルな著述をする者で、一方編纂者（コンピラトール）とは、文字どおり「コンピラティオ」（編纂物）を作る者、つまり自分の見解は付け加えずに他人の書いたものを集めて一つに編纂する者である。そして著者（英語のオーサー）

という呼称は、後世の作家が参照する「権威」（オーソリティ）となるテクストを著した人物を指す場合にのみ使われ、新約聖書の書簡の作者であるパウロ、ラテン語訳聖書（ウルガタ聖書）を完成させたヒエロニムス、アウグスティヌスに代表される「教父」と呼ばれる初期キリスト教会の神学者たち、さらに古典作家のウェルギリウス等の限られた著述家のみがそう呼ばれるにふさわしいと考えられた。それ以降の「現代の」書き手たちは皆等しく「編纂者」で、その役割は「著者」が残したテクストを再話し、編纂することにある。

こうした作者観のもとでは、もしチョーサーが『カンタベリー物語』の完成形を生前に書き上げたとしても、中世の読者が、そしてチョーサー自身が、それが定められた配列順序で読まれることに果たしてどこまでこだわっただろうか、という疑問がわいてくる。

この許容度にはもちろん個人差がある。ジョン・ガワーの『恋する男の告解』は、やはり複数の物語を集めて編纂したコンピラティオ的な構造の作品で、四九点の写本で現存している。そのうち一四二五年頃までに制作された二八点に関しては、本文の異同が少ないばかりか、全体の構成はもとより多くはページレイアウトも共通している。この画一性は、ガワー自身が写本の制作過程に関与し、死後もその方針が尊重された結果であると考えられており、そこには、自作がつねに同じ姿で読者に提示されることへの作者としてのこだわりが感じられる。[11] チョーサー自身も、第一フラグメントで実現されている話間の緊密な繋がりを考慮すると、完成した『カンタベリー物語』が有機的に統一された一つの作品として、「総序の歌」から「教区司祭の話」まで通読されることを望んでいた可能性はある。そうならば「聞きたくなければ、どうぞページを繰って別の話をお選びください」という弁明は作者による謙虚さのトポスであって、真意ではないとも考えられるだろう。しかし、読者に作品の読み方をゆだねる許容度の広さは中世文学を特徴付けている大きな傾向と言うことができる。

実際、『カンタベリー物語』の写本においてはかなり自由な編集がなされている。現存する八九点の写本のうち、二四話すべて（あるいはほとんどすべて）を収録している写本は五五点とされ、それ以外は数話のみ、場合によっては一話のみを含む写本である。そうした写本の場合は編集方針も独特である。たとえば一五世紀後半に制作された一つの写本には、『カンタベリー物語』のなかの教訓的な話――「学僧の話」、「女子修道院長の話」、「メリベウスの話」など――だけが収録されている。この写本はロンドンの商人が所有していたので、徒弟たちの教育に役立つ話だけを『カンタベリー物語』から選び出したと考えられている。

こうした個別の事情は、目的に応じて異なるいくつもの『カンタベリー物語』を生むこととなり、一五世紀の読者は、場合によっては相当に異なるヴァージョンをそれぞれ『カンタベリー物語』として読んでいたと推察できる。しかし、読者の視点から見るかぎり、そのどれもが『カンタベリー物語』であることに変わりはない。こうした状況における「作品」とは、作者が裁可し承認した単一の決定版に収斂されるものではなく、複数の写本で現存するさまざまなヴァージョンの総体に他ならない。『カンタベリー物語』は、チョーサーという一人の作家の作品であると同時に、一四世紀末から一五世紀にかけて、写字生も参加して作り上げた一つの文化的所産であると言える。

こうした作者と読者の関係は『カンタベリー物語』の構造に反映されている。話を語る巡礼たちは同時に『カンタベリー物語』の最初の聞き手でもある。巡礼たちは特定のジャンルの話をリクエストし、語られた話を賞賛し、ナイーブな感想を漏らし、時には話を遮ったり、順番に割り込んだりする。巡礼たちの多様性は読者の多様性に呼応する。上述したように、チョーサーは『カンタベリー物語』の最初の読者として宮廷人やロンドン市民を思い描いていたかもしれないが、作品内では、話はつねに職業も身分も異なる巡礼たちに向けて平等に語られる。巡礼たちは順に話を披露し、お互いの話に反応しあうことで、『カンタベリー物語』という一つの作品が作り上げられてゆくプロセスに参加しているのであり、カンタベリー巡礼という設定はナラティブのたんなる枠組ではなく、作品が生まれるためのダイナミックな舞台なのである。

3　巡礼という枠組と「総序の詩」

『カンタベリー物語』は次のように春の訪れで始まる。

四月がそのやさしいにわか雨で、三月の旱魃を根元までしみ通らせ、すべての葉脈を浸して、そこから花が生まれる時、そしてまた、春の西風がそのかぐわしい息吹でもって、あらゆる木立や野で新芽に命を吹き込み、若い太陽が白羊宮のなかを半分過ぎて、小鳥たちが歌いさえずり、一晩中目を開けて眠る時――そんな風に自然は小鳥たちの心を刺激している――、丁度その時、人々は巡礼に行きたくなり、巡礼者たちは異郷の地を求め行く、いろんな国で知られている遠くの聖堂を目指して。そして特にイングランド各州の津々浦々からカンタベリーへと旅をする、病の時にお助けくださった聖なる尊き殉教者を求めて。（一・一－一八）

冒頭の一文は一三行にわたる長い複文で、その前半は季節描写に終始している。「若い太陽が白羊宮のなかを半分過ぎ」たという占星学的言及は、この四月が暦を意識したものであることを示す。チョーサーは暦書や天文学書に関しては専門的知識を持っていて、それは『カンタベリー物語』でも随所に披露されている。自然界の春の訪れは天体の運行に呼応し、究極的にはより大きな宇宙の動きの結果として生じている。明るく暖かな季節の訪れによって旅心を刺激された人間たちは、巡礼の旅に出たいと願う。この冒頭の文では、大宇宙での天体の運行、自然界の再生をもたらす月下の季節のめぐり、暦に従った人間の営み、小宇宙としての人間の霊的再生が、同心円を描くように調和し、相互に密接に結びついたものとして提示されている。

図6　カンタベリー大聖堂。境内に残る巡礼宿舎の階段

巡礼自体は、「人々は巡礼に行きたくなり、巡礼者たち（英語のパーマー）は異郷の地を求め」、そしてなによりも「病の時にお助けくださった聖なる尊き殉教者を求めて」カンタベリーへと旅をすると記されている（図6）。この記述の意義を理解するために、まずそもそも巡礼とは何かを確認し

ておく必要がある。

一四世紀のカンタベリー巡礼

ロンドンから南東へ約九〇キロのところに位置するケント州のカンタベリーは、ノーフォーク州のウォルシンガムと並んで、イングランド国内で最も人気のある巡礼地であった。一一七〇年に、カンタベリー大司教トマス・ベケット（一一一九〜七〇年）が大聖堂内で暗殺されるという事件が起きる（図7）。犯人は国王派の騎士たちで、トマス・ベケットは以前から国王ヘンリー二世とことあるごとに対立していたのである。その三年後に教皇アレクサンデル三世によってベケットは殉教者として列聖され、トマス・ベケット殉教の地であるカンタベリー大聖堂は多くの巡礼者を引きつけることとなった。

図７　聖堂内のベケット殉教の場所

記録によると、暗殺されたまさにその夜に大聖堂内に居合わせた一信徒が、床に流れたベケットの血を布にしみこませて病気の妻の回復を願って持ち帰り、また、埋葬時には、遺体から脱がされた衣服の切れ端を会衆が奪い合ったとされる。こうしたエピソードはベケットの聖性を強調するための後世のフィクションかもしれないが、殉教の後、時をおかずしてカルトが生まれていたようである。病を癒やすことは聖人に期待される奇跡としては最も多いものの一つである。殉教の翌年には、聖人の血を一滴混ぜた水が、――後には境内の井戸から汲まれた水で代用されるが――「カンタベリー・ウォーター」と称されて、治癒効果のある水として配られた。その水を入れた小さな鉛の容器（アンピュラ）は、巡礼地のバッチとともに、安価で人気のある土産物だった（図8）。大聖堂内のベケットを祀った霊廟は多くの巡礼を引きつけ、すでに一一八六年の段階では教皇庁が無視できない額の献金を集めていたとされる。[12]『カンタベリー物語』冒頭の記述はこうした人気を素直に反映していると読めるが、しかし聖人に御利益を期待することは巡礼という制度の一面でしかない。

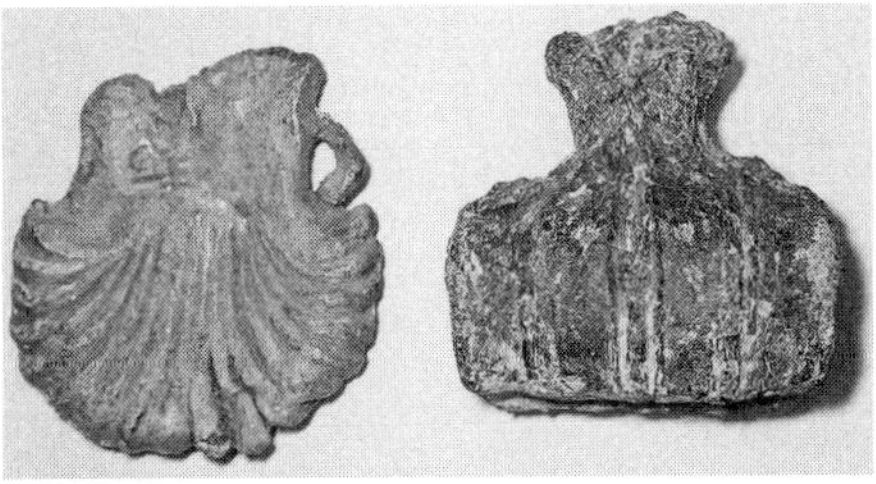

図8　聖水を入れた鉛の小容器（アンピュラ）

『カンタベリー物語』の巡礼たちは、温暖な春の季節に自ら望んで巡礼に赴くが、巡礼とは自発的に行うものとは限らない。巡礼は本質的に贖罪行為である。苦痛と不便をともなう旅により聖人の執り成しが得られるとされ、告解規程書は中世初期から、罪の償いのためにさまざまな長さの巡礼を罪人に命じている。たとえば、自分の教区の女性と関係をもった聖職者には一二年の巡礼、聖職者に対する傷害は二〇年の巡礼、さらに聖具室で窃盗を働いた者は、七年の巡礼の後、悔悛が不十分ならば永久追放されるなどである。[13]この追放とは、故郷を追われて贖罪のために終わりなき巡礼を続けることである。

また、自発的に巡礼を行う場合でも、それが贖罪行為である以上、心身に苦行を課す旅のプロセス自体が重要であり、それは自分の足で歩くことと結びついている。中世後期のベストセラーの一つ、ギヨーム・ド・ディ

図9　巡礼（ジョン・リドゲイト訳『人生の巡礼』より）。カンタベリーへの巡礼たちと聖トマス・ベケットの霊廟（ステンドグラス、13 世紀、カンタベリー大聖堂）

ギュルヴィルがフランス語で記した教訓的寓意詩『人生の巡礼』（一三三〇～三一、一三五五年）の主人公「巡礼」は、杖を手にしてずだ袋を肩にかけた巡礼姿で描かれている（図9）。『カンタベリー物語』の巡礼は対照的に全員が騎乗で、泥酔して馬上で居眠りする者もいるので、旅そのものに伴う疲労や不便、危険とは一見無縁であるだけでなく、旅自体による償いの効果は期待できそうにない。大半の巡礼たちにとって、それは巡礼を口実にした手頃な距離の物見遊山の旅で、実際、彼らの多くが本来の宗教的意義を忘れて自由奔放に振る舞う。いわば落語の「大山詣り」のような旅である。『カンタベリー物語』冒頭においてあえて触れられていないのは、歩むプロセス自体に贖罪効果がある、本来の巡礼の姿なのである。

さらに「総序の歌」冒頭に登場する巡礼者を意味する「パーマー」という単語も注目に値する。エルサレムへの巡礼者がその印としてシュロの葉（英語のパーム）を用いていたことに由来するこの単語は、巡礼者一般を指すとともに、健康上の理由などで自ら巡礼に行けない人物の代理で巡礼をする職業巡礼者を指す。巡礼の代行がなぜ可能かの説明は長くなるので割愛するが、本来贖罪のための制度である巡礼が巧妙に商業化されている。この世俗化された巡礼の姿は、最後の

「教区司祭の話」で言及される天上のエルサレムへの霊的巡礼と対照的で、中間の個々の話はこの巡礼の二面性を意識しながら展開されてゆく。

語り手の巡礼たち

冒頭の長い一文が終わると、語り手の「私」が登場してサザークの旅籠で他の巡礼たちと出会い、総勢二九人で一緒にカンタベリーまで旅することになった経緯を簡潔に語る。この「私」はチョーサー自身で、巡礼たちが道すがら語った話や巡礼たちの反応を忠実に語り伝えるとともに、自らも巡礼の一人として話を披露することとなる。「総序の歌」では、この語り手チョーサーの口を通じて、まず巡礼仲間が一人ずつ紹介される。

巡礼たちは社会的地位も職業もさまざまな男女で、「総序の歌」では一人につき平均十数行を割いて、その身体的特徴、服装、立ち居振る舞い、日頃の発言、職業上の評判などが語り手のチョーサーの視線から具体的に紹介される。その詳細な描写はつねに読者の注目を集め、語られる話の解釈にも少なからず影響を与えてきた。個々の描写については必要に応じて話との関連で触れることとして、巡礼たちのポートレートの性質と話との関係について全般的に確認しておきたい。

二〇世紀前半の批評の多くは、このそれぞれに個別化された巡礼たちの姿をリアルなキャラクターととらえて、巡礼とその話の結びつきを時には必要以上に強調した。極端な例としては、G・L・キトリッジは、話を語っているのはまさに登場人物としての巡礼その者であって、「巡礼たちが話のために存在しているのではなく、むしろその逆である。構造上は、話は、何人かの巡礼たちの性格を直接あるいは間接に表現している長広舌に他ならない。その点では、それは、ハムレット、イアーゴ、マクベスの独白に比肩する」と喝破した。[14] 一九世紀のシェイクスピア研究は性格悲劇という視点を導入して、四大悲劇の主人公に他に類のない個性を認めて、悲劇的な末路はまさにその個性によって生み出されたと論じた。キトリッジの主張もそうした解釈を背景としていると思われるが、しかし登場人物に独立した個性を付与することは中世的な発想ではない。

「総序の歌」のポートレートは、中世のさまざまな職種や地位の伝統的な人物像の類型に基づいたもので、近代的な意味でのフィクションのキャラクターではないし、ディテールが積み重ねられていてもそれは整合性のある一個人を形作るためではない。たとえば騎士はヨーロッパ全域からイスラム圏の中東までの十数の地域で君主に仕えて戦ったと紹介され、また、バース出身の女房はエルサレム、ローマ、イベリア半島西端のサンチアゴ・デ・コンポステーラなどの中世の主要な巡礼地を一度となく訪れたと描かれるが、一人の人物のリアルな造型としては無理があることは少し考えればわかることである。むしろ、騎士のポートレートは、騎士道の真摯な追求を具現化した結果誕生した一つの理念的な型であり、バース出身の女房の巡礼も、活力と好奇心に溢れた男まさりの女傑という、反女性文学に登場する型を作り上げるための細部である。確かに、語り手たちが話の前後にお互いに応酬したり、また話に先だって長い自己紹介を披露するような場面は、巡礼たちに個性的な輪郭を与える効果があるし、彼らを主人公とした一つのロード・ナラティブが想像できる箇所も存在する。しかし、たとえば修道士の場合のように、「総序の歌」のポートレートが実際に話をする語り手の印象と食い違っていることもある。登場人物に一貫した心理や性格を想定し、リアリズム的に整合性のある人物造型を前提とすることには注意深くあらねばならないし、そもそも語り手の存在を前提として話が用意されたとは限らないのである。

その一方で、巡礼たちが固有の性格や信条を持ったキャラクターではなく、特定の地位や職業の類型に基づいているという前提は、また別の批評の視点を生み出した。それは、彼らが一つの類型ならば、しばしば誇張され歪められたその描かれ方には、その階級や職種に対する作者による何らかの価値判断が表明されているという推測である。ときにチョーサーは風刺とも間接的な批判ともとれるコメントでポートレートを締めくくる。たとえば、「狩人は聖職者にあらずとか、また、戒律を守らぬ修道士は水をはなれた魚も同然」という批判など歯牙にもかけないとうそぶく狩猟好きの修道士について「私は彼の意見は立派なものだと言いました」と述べ、貿易商人の紹介を「まったく、彼は実に立派な人物でした。だが、実を言いますと、私は人々が彼のことをどう呼んでいるのか知らないのです」と締めくくり、免償説教家について「こんな風に、見せかけのお世辞や詐欺で司祭や人々を馬鹿にしたのでした。しかし最後に本当のことを申し上げますと、彼は教会では立派な聖職者でした」と前言を覆す。こうしたコメントゆえに、チョーサーは特定の職種（特に教会関係者）のあり方に対して批判的で、制度や慣習を乱用して自分たちの権益だけを追求する社会の有り様を暴露的に描こうとしている、さらにはイデオロギー的対立や騒乱が不可避な社会状況を活写しようとしたという見解もある。

しかし一方で、一般信徒の霊的生活の導き手である教区司祭を「この方以上に立派な聖職者はどこにもいないと私は信じます。（中略）彼は、キリストとその十二使徒の教えを説きましたが、まず初めに自らその教えに従ったのです」と率直に賞賛し、『カンタベリー物語』をこの人物による正統な教訓文学で締めくくらせていることを考えると、『カンタベリー物語』に通底する姿勢はヒエラルキーに基づいたキリスト教社会を是認する保守的なものと考えられる。それならば、「総序の歌」の批判的に見えるポートレートは、外部からの体制批判ではなく、教会が自らの内部で展開していた批判を反映しており、キリスト教社会に内在している矛盾を描き出しているに過ぎないことになる。

このように「総序の歌」の視点は意図的に揺らいでいる。女子修道院長のポートレートはその典型的な例である。清貧を旨とすべき修道会の女子修道院長が、ペットの子犬に上等な白パンを与えて養い、小動物が傷ついたりぶたれたりすると涙を流すという描写は、戒律を破る贅沢の批判なのか、か弱い被造物にも分け隔て無く愛情を注ぐ心根の優しさの賞賛なのか、あるいはそうした矛盾をはらんだ修道会全体の風刺なのか複数の解釈が可能である。語り手自身は何ら価値判断を下さず、慎重に沈黙している。

解釈の相違が生じるのは、我々がヨーロッパ中世から隔たっているからとはかぎらない。実際、中世の読者が思い描いた巡礼像にも時にかなりの揺れ幅が認められる。たとえば、料理人のポートレートは職業的能力を具体的に述べることに終始しており、その記述を見るかぎりでは優秀な料理人である。しかし、そのなかに不潔で不健康な生活を示唆する「向こう脛に壊疽《えそ》ができている」という一行が挿入されているため人物像は複雑になり、読者の印象も分かれることとなる。この点は、複数の写本に描かれた料理人の挿絵を比較してみるとよくわかる（図10）。ケンブリッジ大学図書館所蔵写本の立派な身なりのまじめな表情の人物からは、高い技量を身につけた職業人の姿が想像されるが、対

図10　『カンタベリー物語』の2写本に描かれた料理人の姿

照的にエルズミア写本の貧しい身なりのポートレートでは壊疽がしっかりと描かれている。[15] この差は、「総序の歌」の記述のどの点に注目して挿絵が描かれたかによる。

　料理人をめぐる人物像のゆらぎは、他の巡礼との応酬を通じてさらに拡張されている。料理人は二度にわたって、それぞれ宿屋の主人と法学院の賄い方から、その仕事ぶりをめぐって揶揄されている。「料理人の話」の序では、宿屋の主人から温め直した総菜を売り、厨房では蠅が飛び回っていると指摘される。そのとおりならば、不衛生なキッチンで調理する職業倫理にいささか問題がある人物のようであり、実際、彼の道中の言動から想像される人物像はエルズミア写本の挿絵を裏書きするように読める。しかし、料理人は同時に肝の据わった狡猾な男としても描かれている。宿屋の主人に料理のごまかしを指摘された時は、すぐに応酬することはせずに、「本当の冗談は悪い冗談」といなし、お返しの話を後ですることになるかもしれないと警告するに止めている。また、泥酔した料理人をからかった賄い方は、職場では抜け目なく雇い主の法曹家たちを欺く百戦錬磨の狡猾な人物であると描写されているにもかかわらず、仕返しを恐れてすぐに自分の冗談を取り消し、和解にやっきになるのである。この料理人の沈黙には一抹の不気味さがともない、ロンドンの裏社会ともつながりを持つ、ある意味危険な人物であることが暗示されているとも言えよう。これは「総序の歌」のポートレートからは見えない、料理人のまた別の一面である。

以上のように、巡礼に一貫した性格や個性を期待することは難しい。その前提のうえで、語り手のポートレートや自己紹介は、さまざまな齟齬や矛盾も含みつつも個々の話にとっての最初の文脈となりうる。しかしそれは話に対して特定の解釈や教訓を押しつけるものではなく、むしろ、中世の典礼写本においてラテン語の祈禱文の余白に描かれる世俗的でしばしば野卑な挿絵と同様に、話の内容とは時に矛盾、対立しつつも、話の解釈の幅を広げるのに寄与しているのである。[16] 巡礼たちの感想や反応もまた同様である。そしてチョーサー自身は、無力な記録係として振る舞うことで、当事者間で作り出される解釈のダイナミズムに貢献している。そうして編纂された『カンタベリー物語』は、特権的な著者が一方的に真実を教えるのではなく、多様な視点のあいだでの議論を誘発する作品となる。あいまいさに特徴付けられる巡礼たちのポートレートは、読者にとっての相対化の文脈として機能するのである。

ジャンルをめぐる冒険

『カンタベリー物語』において視点の多様性と解釈の相対化を実現しているもう一つの要素として、

作者が語り手の多様性に対応するかたちで、中世のさまざまなジャンルの物語を意識的に語らせていることがある。文学におけるジャンルとは、様式、文体、さらにテーマなどの要素によって区別される創作におけるカテゴリーで、その起源はプラトンの『国家』やアリストテレースの『詩学』で扱われている劇、叙事詩、抒情詩という三分野とされる。ジャンルを決定する要素としてジェラール・ジュネット『アルシテクスト序説』(一九七九年)は、テーマ、様式、形式という三つの超歴史的な不変のパラメーターを想定し、この三要素の掛け合わせによって文学史上にさまざまなジャンルが成立するとした。[17] 中世の物語文学においても、ロマンス、例話(エグゼンプルム)、幻視(ヴィジオ)などは比較的頻繁に用いられるジャンルの呼称である。[18]

しかし、ジャンルは作品を分類するための不変なカテゴリーではなく、新たな作品が登場するたびに修正や変更にさらされ、歴史のなかでつねに変化している。ハンス・ロベルト・ヤウスは、読者(および聞き手)は新たなテクストに出会うと、それまでに読んだテクストを通じて慣れ親しんでいる「期待の地平とゲームの規則」をまず呼び起こすと指摘する。そして、新たなテクストを読むことで、「その地平と規則は変更され、拡張され、修正されうるが、あるいは、変容させられたり、消し去られたり、あるいはただたんに再生されることもある」のである。[19] ジャンルにはそれぞれに固有の約束事(ヤウスの「ゲームの規則」)があり、文学作品を楽しみ解釈するためには、読者はそれを「期待の地平」として共有する必要がある。しかしその約束事は明確に言語化される性質のものではなく、同時代の読者の間で漠然と共有されているため、別の時代の読者がそれを知ることは必ずしも容易ではない。それでも作品の導入部には、ジャンルを特徴付ける「期待の地平とゲームの規則」を知る手がかりがしばしば用意されているし、実際『カンタベリー物語』はジャンルへの意識的な言及が多い作品である。たとえば「サー・トパスの話」はその始まり方と詩形により、騎士を主人公とした脚韻ロマンスの一例であることはすぐにわかる。また、「郷士の話」は「ブルトン・レー」という物語詩のジャンルの説明で始まるし、「粉屋の話」も、「ある学生が大工をさんざんな目にあわせた」内容だという紹介で、それが中世の笑い話の定番である、間男の「ファブリオ」であることは想像がつく。時には、たとえば「学僧の話」や「第二の修道女の話」のように、種本となっている作品を明示することで「期待の地平」を明らかにしている。実際、『カンタベリー物語』で語られる話の多くには、チョーサーが種本として用いた作品や、あるいは同時代に他の作家によって書かれた同じ話（類話）が現存しているので、それらと比較することは「期待の地平」を知る一つの方法であり、また『カンタベリー物語』での批評の出発点となる。

しかし『カンタベリー物語』において、そうした期待は大抵の場合見事に裏切られる。たとえば「サー・トパスの話」を中世後期の他の騎士道ロマンス作品と少し比べてみるだけで、この話が騎士道ロマンスそのものではなく、むしろそのバーレスクとして意図されていることがすぐにわかる。「サー・トパスの話」はわかりやすい例だが、他の多くの話も、期待されるジャンルの前提をさまざまな形で裏切ることで話としての独創性を作りだし、また、一つのジャンルの限界や新たな可能性自体を主題とするメタナラティブとしても機能しているのである。『カンタベリー物語』の多様性と独創性は、まさにジャンルをめぐるナラティブの冒険によって生み出されているのであり、第Ⅱ章では、そうしたジャンル的特性によって話をグループ分けして、その特徴を考えてみることとする。

II

話の饗宴——『カンタベリー物語』のダイナミズム

1　ヨーロッパ中世と古代

進行役を買って出た宿屋の主人の指示で全員が籤を引いた結果、騎士が最初に話をすることが決まる。騎士は「総序の歌」でも最初に紹介されていて、巡礼たちのなかでも最も身分の高い人物の一人である。「騎士道、真実と名誉、寛容と礼節を愛する」有徳の騎士で、キリスト教国に限らず西アジアや北アフリカにも遠征して戦い、「いつもその手柄ゆえに名誉を与えられていた」が、勇敢なだけでなく思慮深く、「そのふるまいは乙女のように慎み深く」つねに言葉丁寧であった。「総序の歌」では、騎士が活躍した国や都市（すべて一四世紀に起きた異教徒や異端との戦い）が列挙されて輝かしい戦歴が披露される。しかし、ムーア人の王国やトルコなど異教徒の君主にも仕えたと記されることから、この騎士は、一四世紀にイタリアで活躍したイギリス人の傭兵隊長ジョン・ホークウッド（一三二〇～九四年）のような存在、つまりロマンスの騎士ではなくビジネスライクな傭兵であって、チョーサーの視点には風刺がこめられているという解釈もなされた。しかし、誇張ともとれる戦歴は非の打ち所のない騎士の文学的類型であり、あえて歴史上のモデルを探して、身分としての騎士の歴史的現実に引きつけて解釈する必要はない。

「騎士の話」は騎士道の華に割り振られるに相応しい、古代のテーバイを舞台とした若き騎士の恋の物語で、『カンタベリー物語』のなかでは最も長く荘重な韻文の話である。粗筋を紹介しておく。

第一部　アテーナイの君主セシウスの捕虜となった二人の騎士パラモンとアルシーテは、中庭を散策するセシウスの娘エミリアを牢獄の格子越しに見て一目惚れをし、恋のライバルとなる。やがてアルシーテは、アテーナイからの追放を条件に解放される。**第二部**　恋にやつれて容貌が変わってしまったアルシーテは密かにアテーナイに戻り、フィロストラーテという偽名でエミリアの小姓として仕える。一方でパラモンはついに脱獄する。二人は町外れで偶然出会い、エミリアをめぐって死闘を繰り広げる。丁度そこにセシウスが通りかかって事情を知り、誰がエミリアを娶るかを馬上槍試合で決めると命じる。**第三部**　パラモンはヴィーナスの神殿で恋の成就を、アルシーテはマルスの神殿で戦いの勝利をそれぞれ祈願し、いずれも願いが聞き入れられる。また、エミリアはディアーナの神殿で純潔を祈願するが、ディアーナ神から運命はすでに定まっていると知らされる。ヴィーナスとマルスはどちらの騎士の願いを聞き入れるべきかで争いになるが、サトゥルヌスが両者をなだめてどちらも成就すると約束する。**第四部**　それぞれが一〇〇名の騎士を引き連れて戦った馬上槍試合はアルシーテが勝利するが、その直後に、サトゥルヌスの計略によって落馬して瀕死の状態になり、パラモンをエミリアに託して命を落とす。パラモンとエミリアは悲しみに沈み、アルシーテの葬儀が盛大に行われる。数年後にセシウスはアテーナイで議会を招集し、アルシーテの死に触れて哲学的考察を展開し、パラモンとエミリアは結婚する。

中世の物語文学の多くがそうであるように、「騎士の話」にも種本となる作品がある。この話はボッカッチョの『テセイダ――エミリアの婚姻に関するテゼオ（セシウス）の物語』（一三三九〜四一年頃）の翻案で、ボッカッチョは、アテーナイの君主セシウスの輝かしい生涯における一エピソードとして、娘エミリアの寵愛をめぐって争うアルシーテとパラモンの話を語っている。チョーサーは『テセイダ』を忠実に翻案しつつも一方で大きく改変している箇所も見られ、その点に注目することでチヨーサー独自の視点が見えてくる。

ボッカッチョとの相違点

ボッカッチョとの違いの一つはエミリアの描写にみられる。ボッカッチョは、その標題が示すように『セシウスの生涯』という伝記的な枠組のなかで語っているのに対し、「騎士の話」の主人公は若い二人の騎士であり、一貫して彼らの恋の苦悩を中心に展開してゆく。二人がなぜ捕虜となったかはセシウスの生涯にとっても重要な出来事だが、その経緯は簡潔に記されるだけで、物語が実際に動き出すのは二人が中庭を散策するエミリアを牢獄の鉄格子越しに目にした瞬間からである。

するとし、運によるものか、それとも偶然によるものか、梁のように角張った太い鉄格子がしっかりとはまった窓越しに、彼（パラモン）はエミリアの上に視線を投げかけました。するとすぐに目がくらみ、まるで心臓に何かが突き刺さったかのように、「ああ！」と叫び声をあげました。

（一・一〇七四―七九）

直後にアルシーテも同じ愛の矢で傷つき、「あの女性のみずみずしい美しさが即座に私を殺してしまう」と嘆く。この出会いは宮廷風恋愛の典型的な一目惚れである。ダンテもペトラルカも、それぞれベアトリーチェとラウラの眼から発せられる光線に射ぬかれて恋に落ちる（図1）。ペトラルカが意中の人ラウラに捧げた恋愛詩集『カンツォニエーレ』（一三三六〜七四年）は宮廷風恋愛詩のさまざまな比喩表現の宝庫で、チョーサーも当然に知っていた。そのなかでラウラについて「その眼は我が年月を速やかに岸辺に運ぶ」――冥界へと渡るアケローン川の岸辺、つまり死ぬということ――と歌っている[1]。

『テセイダ』でも二人は中庭のエミリアを見初めて恋に落ちるという展開は同じだが（先に見るのはアルシーテで、チョーサーはその場面を省略しているが）、エミリアの反応が次のように詳しく記されている（図2）。

図１　ラウラの眼からペトラルカに向けて発せられる愛の矢

図２　中庭のエミリアを見初めるパラモンとアルシーテ（出産盆、イタリア 1440–10 年頃）

「ああ！」という叫びを聞くと、その若い娘は素早く左を向いて、その視線は真っ直ぐにまさにその小窓へと向けられました。そして、声の主が誰かわからなかったので、彼女の白い頬は恥ずかしさで赤く染まったのです。そして、落ち着きを取り戻すと、摘んだ花を手に立ち上がって、帰る支度をしました。

しかし、立ち去りつつも「ああ」という叫びを忘れたわけではなく、愛の成就には未だ準備不足の娘でしたが、その暗示することはわかっていました。そして、そのことの真実を知ったと思い、魅力的に映ったことが嬉しく、自分のことをいつも以上に綺麗だと感じ、次に庭に出るときはもっと美しくして来たのです。（中略）

このように、時には一人で、時には楽しみのために仲間たちと一緒にこの美しい庭を繰り返し訪れ、最初にパラモンの叫びが聞こえた窓の方へ、幾度も視線を向けるのでした。それは愛ゆえにではなく、誰か自分を見ているかを知るためでした。

そして見られているとわかると、気づかないふりをして、美しい綺麗な声で歌ったりして楽しむのでした。そして、草や茂みのあいだを優雅にしかし慎み深く、ゆっくりと散歩して、見ている者に向かってより強く訴えかけるように工夫したのです。（『テセイダ』三・一八－一九、二八－二九）[2]

「騎士の話」にはこのエミリアの自発的な行動に相当する記述は存在しない。エミリアは二人が市外で死闘を繰り広げている場面に偶然遭遇するまで、彼らの気持ちをまったく知らないのである。エミリアの不在は、男女間の恋の駆け引きを封印することで、エミリアへの恋を一〇〇パーセント二人の内面の問題へと転化する。彼らはどちらにエミリアを愛する権利があるかで激しく言い争うが、囚人という境遇を再認識することにしかならない。しかし、アルシーテがアテーナイからの追放を条件に解放されることで、両者の運命は分かれる。語り手は宮廷風恋愛文学の典型的な「愛の質問」の形式で、次のように聴衆に問いかける。

あなた方、恋をしている人たちに、私はこの質問をします。アルシーテとパラモンのどちらがよりいっそう不幸でしょうか。一方は毎日愛する人を見ることができますが、ずっと牢獄に留まらねばなりません。他方はどこでも好きなところへ行けますが、二度と愛する人を目にすることはできないのです。さあ、わかる人は好きなように判断してください。(一・一三四七―五三)

この問いかけには宮廷風恋愛のパラドックスがこめられている。愛する人が遠国にあって会えない苦しみは、愛を浄化してより強いものとする。南フランスの宮廷詩人、トルバドゥールの一人ジャウフレ・リュデル・デ・ブライア(一一二五頃~四八年)は、「五月の日の長い頃」と始まる詩で、外国にいる意中の人を恋い慕う「遠い彼方の恋」を歌っている。一方で、一三世紀になってから作られた架空の評伝によると、ジャウフレ・リュデルは、噂を耳にしただけで恋をしたトリポリ伯夫人に一目会うために、十字軍に加わって遠くトリポリまで命がけの船旅をして病にかかり、瀕死状態で夫人にみまえて客死している（図3）。会えずにいつまでも思い続ける苦しみと命をかけた出会いのパラドックスは、パラモンとアルシーテの境遇そのままである。二人はお互いの境遇を羨みつつ、パラモンは愛の殉教者としてやつれ果て、一方でアルシーテはシェイクスピア『十二夜』にも登場する「恋の憂鬱症」のせいで同じように変わり果ててしまう。状況が変わって物理的に牢獄を抜け出しても、二人とも相変わらず愛の牢獄にいることは変わりない。そして、ついに脱獄したパラモンと正体を隠して小姓となったアルシーテは偶然に市壁の外で出会って、エミリアを愛する権利をめぐって理性のない獣のように決闘するのである。

エミリアの意思とは無関係にどんどん内にこもってエスカレートする二人の激情は、セシウスに見つかることでようやく変化の兆しを得る。セシウスは二人を騎士道社会の儀礼のなかに引き戻し、死ぬまで戦う決闘から二手に分かれての競技場での馬上槍試合というスポーツによる決着へと変更し、大人の社会的な解決を示す。それによって現実的な社会秩序としての騎士道を間接的に称揚しているが、こうした制度的枠組みの確認はロマンスがジャンルとして持っている特徴である。パラモンとアルシーテは従兄弟同士で、少なくとも恋敵となるまでは固い友情で結ばれている。同性間のホモソーシャルな友情もロマンスの重要な主題であり、たとえば、親友の命を救うために我が子を犠牲にするアミとアミルの友情物語は、一三世紀のフランス語版や中英語版（『アミスとアミ

図3　トリポリ伯夫人に抱かれて息を引き取るジャウフレ・リュデル（13世紀）

ルーン』）で広く知られていた。[3] 通常のロマンスの文脈では、試合の勝者がエミリアを勝ち得て二人は和解し幸せな結婚で終わると想像されるが、「騎士の話」はそうではない。エミリアを勝ち得たアルシーテが不慮の死を迎えることで、物語は新たな方向へ展開してゆくのである。

「騎士の話」におけるジャンルの変容

『テセイダ』とのもう一つの大きな違いは、勝者アルシーテの不運な死への対応に見られる。ボッカッチョもチョーサーも、アルシーテの死を表面的には人間の運命を支配している神々の都合によって引き起こされたものとして扱っている。その神々はギリシャ・ローマ神話の異教神の性質を受け継いだ惑星神である。愛の神ヴィーナスや軍神マルスといった存在は中世人にとってもなじみのものであったが、彼らは惑星神として月下の事象を支配し、その占星学的な属性によって人間の性格を形作り運命を決定するのである。登場人物たちもそのように認識していて、彼らは天体の運行に照らして正しい時刻に、それぞれヴィーナス（金星）、マルス（火星）、ディアーナ（月）に祈りを捧げ、ヴィーナスとマルスはそれぞれにパラモンとアルシーテの願いを聞き届けると約束する。矛盾を解消するためにサトゥルヌスは、祈願者が本当に求めているものではなく、それぞれが口に出して要求したもの——戦いの勝利と恋の成就——を別々に与えるという詭弁的な解決をし、それが悲劇を生む。

アルシーテの不運な死は、死んだアルシーテの魂の行方と残された者たちの慰めという二つの普遍的な課題を提示してくる。中世のキリスト教文化においては死後の運命は何らかのかたちで言及が求められる事柄であった。ここで「騎士の話」は『テセイダ』からかなり大きく外れ、独自の展開をする。『テセイダ』では、アルシーテが惑星の軌道のさらに上の第八圏へと昇って、そこから現世を諦観することが記されている。

アルシータが、世界中の誰よりも愛したその人の名を呼んで息絶えると、彼の解放された魂はそこまでの圏の外延を後にして第八圏の内側へと上っていきました。そこから、星々の整然とした動きと至高の美しさに驚きのうちに目を見張り、最高の甘美さに満たされた音色を聴いたのでした。

そして、彼が後にしてきた場所をふたたび見ようと下を見下ろしました。海と大気に囲まれ、その上に火がある小さな大地の地球をみて、それらはすべて、天国と比べると無価値だと思ったのです。しかし、少しの間後ろを振り返って、彼の肉体が残されているその場所を眺めるがままにしていました。

そして彼は、ギリシャ人と彼らの悲しみのすべてに思いを馳せて一人微笑み、現世の偽りの誘惑を狂ったように追い求めて、天に背を向けるほどに心を曇らせ躍起になっている現世の人間たちの無益な行動を大いに嘆きました。そして彼は、メルクリウスが彼のために定めた場所へと向かっていきました。(『テセイダ』一一・一－三)

この箇所をチョーサーは訳していないが、一方で『トロイラスとクリセイデ』の結末部で、昇天したトロイラスの描写(五・一八〇七－二七)に再利用していることから、意図的に削除したことは明白である。「騎士の話」に関するかぎり、チョーサーは死後の運命への言及を徹底して避けて、死後の救済の可能性についても口をつぐむ。

彼(アルシーテ)のいまわの際の言葉は「憐れみを、エミリア!」でした。彼の魂はところを変えてどこかへ行きましたが、私は行ったことがないので、どこかはわかりません。だから私は沈黙することにします。私は神学者ではありませんから。魂のことについてはこの記録には出てきませんし、その居場所について書いている人がいても、その人たちの見解を語りたくはありません。(一・二八〇八－一四)

魂の不死を否定はしないものの、アルシーテの死は純粋に医学的な症状として「胸は腫れあがり、傷は彼の心臓のあたりでさらに痛みを増し」、「両肺の管は膨れるばかりで、胸の下部の筋肉はすべて毒や腐敗物で腐ってしまった」と記述される。「騎士の話」は、キリスト教的な死後の救済はもとより死後世界への言及は、それが「騎士の語」の歴史的コンテクストに合致する古典的なものでさえも極力さけている。『テセイダ』にはアケローンへの言及があるが、これも「騎士の話」では削除されている。地獄や煉獄といった単語はいつ終わるとも知れぬ恋の苦悩の比喩としては登場するが、死後世界や死後の運命についてはは一切記述がない。アルシーテの死後の運命はチョーサーのナラティブの対象外なのであり、そのように視点を限定することで、神々の都合に支配されている現世の有り様を際立たせ、悲劇とは本質的に現世的なものであることを示すのである。

このことは一方で、永遠の天国に迎えられるというキリスト教的な慰めが悲劇への心理的解決として使えないことを意味する。その前提のもとで、アルシーテの死はいかに受け入れられるのだろうか。この点について、『テセイダ』ではセシウスは次のように述べる。

生きたことがない者は死ぬことがないように、生きていた者が死ななかったためしもない。それ故に、現世に境界を設ける神は、生きている我々は皆死ぬことをお望みなのだ。我々は、神々の意志には逆らえないのだから、機嫌良く従うべきなのだ。

時間をかけて大きくなり、長命な樫の木でもいつかは朽ちる。私たちの足下の硬い石でもいろいろな作用で擦り切れる。古い川が干上がり、新しい川が生まれてくる。

人間については言うまでもない、自然はこれまでもこれからも、二つのうちどちらかの終わりを与えることは明らかだからだ。死で終わりを迎えることが何よりも確実な悲しみ一杯の陰気な老年か、それとも人生をもっとも愉しんでいるまだ若いうちに死を迎えるかのどちらかである。

実際、人生の幸福な瞬間に死ぬ方が良いと私は思う。それがどこであれ、名声が彼に相応しい名誉を与えてくれるからだ。場所がどこであろうと残された肉体には影響はないし、魂もそのせいで苦しみが増すとか、至福が減じることもない。

どういう死に方をするにせよ、そのことは変わらない。海で溺れようと、睡眠中に死のうと、戦いで血を流して死のうと、あるいは想像するいかなる方法によろうと、善い死だろうと悪い死だろうと、皆アケローンの岸辺に来ることに変わりない。

ゆえに、避けようがない時には、必要なことを進んですることが賢いと思う。それ以外のことをするのはまったく愚かで、特に人生経験のある者にとってはそうでない者よりもそうだ。この真の格言は、不測の事態のなかで哀れな人生を送っている我々に間違いなく当てはまる。(『テセイダ』一二・六―一一)

結局のところ、栄華の絶頂で迎える死は名声をもたらすことを慰めとして、不可避な事柄を淡々と受け入れてゆくという、比較的凡庸な人生哲学に帰着している。これに比べると「騎士の話」はボッカッチョよりもはるかに饒舌である。アルシーテの死に際して、最初に合理的説明を試みるのは「現世の変動」を見てきた老人のエジウスである。

「この地上でいくらかでも生きなかった者は決して死ぬことがなかったように、世界中でこの世に生きて、死ななかった者がいたためしがない。この世は悲しみで一杯の街道に過ぎないし、私たちはそこを行ったり来たりする巡礼者なのだ。この世のあらゆる苦しみの終わりは死なのだ」。こうしたことすべてについて、彼は同じような趣旨のことをさらに沢山語り、人々に元気を出すべきだととても賢く諭したのです。(一・二八四三―五二)

エジウスの台詞は、上述のセシウスの演説の冒頭の部分にあたるが、それをチョーサーが切り離して、本来台詞のなかったエジウスに割り当てたものである。だが『テセイダ』に対応しているのは最初の一文のみである。『テセイダ』では、死の不可避性の確認からその背後にある神意の絶対性の再認識へと進むが、エジウスの台詞では、かわりに死の絶対性と現世の無常を対比した比喩が続いている。巡礼の比喩は『カンタベリー物語』はもとよりキリスト教において基本的なもので、人生の比喩として広く用いられる。「教区司祭の話の序」で、「天上のエルサレムと呼ばれる、あの完全で栄光に満ちた巡礼の道」と形容されているように、巡礼は通常、死という敷居を跨いでその先の天国か地獄にいたる片道の人生の比喩である。それは、ギヨーム・ド・ディギュルヴィルの『人生の巡礼』からピューリタン文学の代表作、ジョン・バニヤンの『天路歴程』(一六七八年)に至るまで、一貫して用いられている。しかし、人間は「行ったり来たりする巡礼者」であるという表現には異なった意味が込められている。死後の審判や救済にあえて触れない「騎士の話」においては、人間は生物学的な死が訪れるまで右往左往する存在で、巡礼は最終目的地を目指して旅する一本道ではなく、現世の無常と変動の比喩に転じられている。エジウスの台詞は、血気盛んな青年のパラモンとアルシーテと対照をなす老人のあきらめの哲学であり、現世的視座のもとではことさら月並みな忠告とうつる。チョーサーが「同じような趣旨のことをさらに沢山」語ったとして、その発言を途中で省略していることからも、格言を列挙するようなこの種の慰めのレトリックの形骸化が示唆されていると言える。こうした慰めが多少なりとも効力を発するには、それを支える体系的な世界観が必要であり、そうでないとたんなる気休めにしか聞こえないものである。

「騎士の話」のセシウスの演説は、そうした必要をふまえて、現世を支配しているように見える無秩序な変動を超越する何らかの宇宙的秩序の存在を示そうとする試みである。そのためにチョーサーは自ら英訳もしたボエティウスの『哲学の慰め』（五二四年頃）を利用して慰めの哲学を構築すべく、セシウスの演説を大胆に拡張している。エジウスの凡庸なスピーチはむしろその引き立て役として、アルシーテの死の直後に移されたと考えられる。セシウスの演説には、チョーサーがエジウスに割り当てたスタンザの代わりに、『哲学の慰め』に基づいた三〇行ほどが挿入されている。この挿入部分は、完全で不変の始動者が、自然界のすべてのものを有限と定めて、その変動を「愛の鎖」により統率していることを示している。すべてのものは始動者から派生し、現世においては「愛の鎖」によって繋がれていて、「永遠ではないが、継続によって途絶えること」がないのである[4]（一・三〇一三－一四）。チョーサーは、『テセイダ』の漠然とした神々の意志への言及に代えて、ボエティウスから愛の鎖の観念を導入し、自然界を支配する合理性と必然性の原則によって人間の死の必然性をも説明しようと試みる。統一原理の存在を示した後でふたたび樫の木の例から『テセイダ』に戻り、最終的に「そうせざるをえないことをあたかも進んでであるかのようにする」という同じ結論に帰着する。

「騎士の話」の改変が成功しているかどうかは見解が分かれるところであろう。ボエティウスの利用によって宇宙的秩序の存在を認識させ、死を相対化することに成功していれば、最後の『テセイダ』と同じ教訓は無常な生における一つの指針となる。チョーサーは栄華を誇った都市も衰退し、王も小姓も等しく死ぬと、さらに例を二つ追加して死の必然性のみならず死の前での絶対的平等を強調している。ボエティウスを用いて「始動者は下界のこの惨めな現世において、この場所に生を受けたすべての者に対し、決まった日数と時間を定めた。その日を越えて生きることはできない、日数を縮めることはできたとしても」（一・二九九五－九九）と述べて、すべてのものには定められた時があり、その時が満ちる前に命が尽きる可能性にも触れている。しかし、なぜその瞬間が今でなくてはならなかったかについては、十分に答えているとは言えない。ここで問題となっているのは、アルシーテの死の瞬間に女たちが叫んだように、「なぜ、あなたは死を望んだのでしょうか」、「あなたは富も十分得たのだし、それにエミリアも得たのに、どうして」という問いである。この疑問への答えが示されないかぎり、「そうせざるを得ないことをあたかもすすんでであるかのようにする」という結論は、結局のところ『テセイダ』と同じ、斬新さを欠いたあきらめの現実主義に帰着してしまうとも言える。

しかし、納得のいく解答を用意しきれないことが、セシウスの演説を無意味にしているわけではない。セシウスの結論は哲学的というよりも政治的である。そう考えると、「騎士の話」はセシウスが馬上槍試合による解決を提示した時点から政治的色彩を強めており、後半はセシウスの善政を主題としていると捉えることも可能である。セシウスが示す教訓は、現実的な君主の決断として妥当なものであり、共同体を平和に存続させてゆく為政者の手腕とその根底にある思慮分別を示していると言える。エミリアとパラモンの結婚がアテネとテーバイの結束をもたらすことも無視できない。[5] セシウスはボエティウスを用いつつも、最終的には哲学者ではなく為政者として政治的発言をしているのである。政治的な解釈をさらに推し進めるならば、屍骸が累々と横たわる戦場の場面と、残された女たちの嘆きから始まり、対立にスポーツで決着をつけて最後に結婚による和平へと至るこの話は、百年戦争の一四世紀に対するガワーの「平和賛美の詩」と同様の、紛争解決の手段をめぐる普遍的な問いかけと考えることもできよう。

チョーサーと古代

チョーサーは古代という非キリスト教世界の世界観を、ときに御都合主義的で利己的な異教の神々の力関係の上に作り上げた。死後世界への言及を徹底して排除することで、異教神を現世の矛盾を説明する唯一の力学的構造として前景化している。しかし同時に、ボエティウスを利用してその背後に目に見えず存在する秩序を指摘することで、現世の無常と悲劇性の本質を説明するとともに、不条理に対する一つの慰めを示そうとする。これはチョーサー独自の視点と言ってよい。なぜならば、ヨーロッパ中世文学における古代の典型的な扱い方は同時代化だからである。テーバイやトロイアの戦役、さらにはアエネアスのローマ建国のナラティブを語り直す中世の「古代ロマンス」は、時には強引な寓意的解釈を当てはめて、古典古代のナラティブをキリスト教化された中世世界へと落とし込んでしまい、古代社会固有の宗教や文化に配慮することは稀である。しかしチョーサーは哲学的な解決を提示することで、古代の物語にふさわしい世界観を構築しようと試みた。『哲学の慰め』は中世を通じて読まれていたが、しかしその人気は諸刃の剣であった。「愛の鎖」の原理をつきつめると、それは結局のところ死後も含めてすべてを定めているキリスト教の摂理に限りなく近くなることは否めないし、またそのようなキリスト教化の伝統はすでに存在していた。

しかし、世界観を考察すること自体が少なくともロマンスにおいては異質であり、チョーサーは、運命の変転をどう受け入れるかという哲学的な主題を導入することでロマンスの域を超えてゆこうとしている。チョーサーが『テセイダ』に対して行った変更を、運命の偶然性のさらなる強調と、死後世界および死後の救済への言及の排除という形で整理してみると、「騎士の話」は、個人の死に対して、現世的な視点から何らかの慰めを見いだそうとする試みであることがわかる。アルシーテの突然の死に動揺する民衆の現世的で閉塞的な反応を受けて、セシウスはアテーナイの為政者として、キリスト教的な神の摂理や現世蔑視に頼ることなく、死の非合理性に対して一つの回答を提示しようとしている。言い換えれば、それは、キリスト教的な救済の可能性を退けることで、本来異教的であるはずの古代の物語を、それに相応しい非キリスト教的な世界観のもとで再生しようとする試みに他ならない。その試みが成功したかどうかは諸説あるとしても、喜びと悲しみが共存するこの世の姿に対して安易な説明を求めないことで、まさに現世を総括的に描き出していると言えるのである。

「騎士の話」は、古代世界のナラティヴを再話するにあたって、その歴史性を尊重した相応しい世界観もあわせて準備しようとするチョーサーの試みである。それは、果敢な挑戦だが失敗に終わったと言うこともできるが、すくなくともキリスト教化することなく異文化の文脈で語ろうとしたという意味で、「古代ロマンス」という中世のジャンルにおいて一つの冒険をしていることは間違いない。

2　ファブリオ的な笑いの変容

ファブリオというジャンル

ヨーロッパ中世文学には他愛もない笑い話がいろいろとあり、妻が夫の目を盗んで浮気するプロットはなかでも人気があった。こうした話はボッカカッチョの『デカメロン』にもいくつか含まれるが、中世フランスの「ファブリオ」と称されるジャンルの専売特許であった。ファブリオとは、一九世紀のジョセフ・ベディエのシンプルだが未だに便利な定義によると、一二世紀後半から一四世紀にかけて制作された短い「韻文の笑い話」で、フランス語では一五〇編ほどが現存している。庶民や中流の都市民を主人公とした、滑稽で時に多少下品な浮気話はそのなかでも中心を占めている。一般的なプロットは、年を取り過ぎている、忙しすぎるなどの理由で妻を満足させられない夫が、妻を托鉢修道士や若い学生などに寝取られるもので、笑いどころは、夫を欺いて浮気をするためのしばしば大袈裟な計略にある。

『カンタベリー物語』では「粉屋の話」、「荘園領管理人の話」、「貿易商人の話」、「船長の話」の四話はどれも間男される話で、チョーサーの「ファブリオ」として論じられてきた。チョーサー自身がファブリオという呼称を用いているわけではないが、浮気という単純なプロットを話毎にさまざまに変容させ、それによって異なった性質の笑いを作りだしている。

個々の話を検討する前に、多くのファブリオに共通する特徴を確認しておきたい。ファブリオは、特定の価値基準を称揚したり道徳的な教訓を提示する機能を担うジャンルではない。社会通念や常識に反する愚行を真剣に批判しようという教訓的視点は存在しないし、近代の喜劇のように、笑いを通じて人間の愚かさを浮き彫りにし、間接的に矯正を促す風刺でもない。その一方で、カーニバル的に秩序を逆転させて生（あるいは性）を謳歌する意図があると考えるのも誤りである。批判や風刺、あるいは賞賛や倒錯にせよ、何らかの意識的な方向性とは無縁なジャンルなのである。[6] また、ファブリオの登場人物は同時代の中流の庶民であることが多く、しばしば彼らの日常生活の姿が描かれているが、そうした登場人物が現実社会を実写していることもない。背景的細部にリアリズムが時に見られたとしても、人物の描かれ方は、むしろ特定の型に添うように単純化されていて、個性を示すことはない。また、浮気のためのさまざまな計略や言い逃れが披露されるが、どの話でも、それが使えるのは大抵一回かぎりであって、情事を継続するための手段を提供するという「実用性」もまったくない。

このように純粋なファブリオとは教訓とも風刺とも実用とも無縁であり、そこに何らかの機能があるとしたら、笑いを演出することに尽きると言える。ファブリオ的な話において共通の約束事があるとすれば、それは、正しさや善良さではなく巧妙さを際立たせるピカレスクな（とはいえ、ピカロ的人物を特にひいきしているわけではない）展開を前提として受け入れることである。チョーサーのファブリオ的とされる話は単純な間男のプロットを基本として維持しつつも、それを独自に展開させて、ファブリオ的プロットの可能性と限界を読者に示している。

「粉屋の話」と笑いの昇華

「騎士の話」が終わると宿屋の主人は修道士に話を振るが、泥酔した粉屋が今度は自分の番だと言って聞かず、主人もしぶしぶそれを認めることとなる。粉屋は、大工とその細君の両方の（直訳すると）「伝記と生涯」（現代英語のレジェンドとライフ）を語ると大袈裟に宣言するが、その内実は「ある学生が大工をさんざんな目にあわせた」話である。中世では「レジェンド」と「ライフ」はどちらも聖人伝と関連して用いられる単語である。一二五〇年頃にドミニコ会士のヤコブス・デ・ウォラギネがラテン語で編纂した聖人伝集『黄金伝説』（レゲンダ・アウレア）は広く知られていて、チョーサーも他の話で種本に用いている。レジェンドという英語は『黄金伝説』や同種の聖人伝集を指すのに使われた。また、「ライフ」はラテン語の「ウィタ」の訳語で、本来、証聖者（殉教こそしなかったが、迫害に屈せずに信仰を守ったキリスト教徒）の生涯や奇蹟を語る伝記のことである。いずれも特定のジャンルを指し示す専門的呼称で、最初からこの話のジャンル的ちぐはぐさが照射されている。

「粉屋の話」は最後にナラティブ上の見事な仕掛けがある話なので、詳しくプロットを紹介することは憚られるが、簡潔に言うと、年配の大工ジョンの若妻アリソンと大工の家に下宿しているオクスフォード大学の不真面目な学生のニコラスが、ジョンの目を盗んでいかに浮気するかという話である。さらに教会の教区書記をしているアブソロンという若者もアリソンに恋をしていて、まさに二人が浮気している最中にいろいろと言い寄ってくるので、筋が複雑になっている。

このように直前の「騎士の話」とは一見正反対の卑俗な話だが、実はまったくジャンルの違う二つの話の間には構造的な共通点が認められる。パラモンとアルシーテがエミリアをめぐって争うのと同じように、ニコラスとアブソロンが同じ一人の若妻に夢中になる。一方で、「騎士の話」においては、老年のエジウスと青年の恋人たちの間に立って中年のセシウスが事態を収拾するが、「粉屋の話」では賢い中年は不在で、若妻アリソンと老いた夫のジョン、そして若妻に恋する若者たちというわかりやすい対立構造が最初からくっきりと浮かび上がる。さらに年齢差のある結婚が騒動の元凶であることは、「人はその同類と結婚すべきなり」というカトーの格言が引き合いに出されて、話の冒頭で示されている。古代の哲学者カトーの名を冠した格言集『カトーの二行連句』は中世において最もポピュラーな格言・諺集で、『カンタベリー物語』においてもしばしば引用される。こうした社会通念を再確認することで物語の下地を作るという意味で、ファブリオは本質的に保守的なジャンルなのである。

「騎士の話」がエミリアの描写で始まったように、「粉屋の話」もヒロインのアリソンの魅力をさまざまな比喩で語ることから始まる。直喩を多用して美しさを具体的に伝える文体は宮廷風恋愛詩の典型的手法だが、本来はエミリアのような深窓の令嬢を対象とするもので、薔薇や百合のような高貴な花、宝石や貴石の類に例えられる。しかし、ここで多用される比喩は野原の雑草や農村の家畜や小動物である。

彼女の双眉は細い弧になるようにひき抜かれ、李のように黒い色でした。みずみずしい早熟れの梨の木よりも、もっと見るに楽しく、羊の毛よりももっと柔らかそうでした。真鍮まがいの合金の飾りがついた、絹で縁取った革財布を帯の脇に下げていました。世界中をあちこち探してみても、これほど陽気なお人形さんや娘っ子を思い描ける賢人はどこにもいないでしょう。顔の輝きときたら、ロンドン塔で鋳造されたばかりの金貨よりもずっとぴかぴか光っていました。彼女の歌声は、納屋の上にとまっている燕のように声高く元気のよいものでした。それにあわせて彼女は、母親の後を追う仔山羊や仔牛のように飛び跳ねたりふざけたりしました。口は蜜酒や蜂蜜酒みたいに、あるいはまた干し草や草むらに貯えられた林檎みたいに甘かったのです。(一・三二四五－六二)

まさに「桜草や豚の目草」のような可憐さで、旦那方の愛人、あるいはその従者の細君としてぴったりなのである。

中世の修辞学の教科書には美人の描写の模範例が具体的に紹介されている。この描写はその約束事に従ってアリソンの、眉、顔、口などを順番に描写した、一種の修辞的なジョークである。チョーサーの宮廷の読者には受けたであろう。眉は細く弧を描いているが、それは毛を抜いてそうしたからであり、その甘い吐息は、香や薔薇の香りではなく大衆的な蜂蜜酒や一山の林檎に喩えられる。額は輝いているが、それは仕事の後に顔を洗ったからで、しかもその輝きは象牙やアラバスターではなく新品の金貨と即物的に比べられる。しかしこうした描写は、風刺というよりもむしろアリソンの小動物的でコケティッシュな健康さを引き立てる。比喩も日常的な庭先や農場の世界で統一されていて、牧歌的とはいかないまでも素朴で生き生きとしている。金貨への言及は対照的に女性の商品化を示唆すると言えるかもしれないが、そうだとしてもそのアリュージョンはその後持続されない。むしろ、中世の宝石学の本にその象徴的意味とともに紹介されている宝石類とは異なり、財布に付いている合金の飾り玉と同じような、ただ見た目が綺麗なものの比喩として用いられていて、物語の展開は金貨から連想される打算や効率からは正反対の世界であることを逆説的に示している。

ナラティヴの中核は、逢引の機会を作るためのニコラスの大掛かりな仕掛け、そして副筋でやはりアリソンに言い寄るアブソロンの大袈裟で場違いな振る舞いにある。夫婦の寝室の外でナイチンゲールのように歌うアブソロンには宮廷風恋愛のパロディが認められるが、夜中に恋人の窓の下で歌うことは、ヴィヨンの詩にもあるように「いかれた恋人」の典型である。[7] 夜間に夫婦を別々の空間に引き離しておくために、ニコラスはノアの大洪水という、ジョンが年に一度の聖史劇によってかろうじて知っている文学的アリュージョンを利用する。溺れないように三つの大樽を用意させ、天上から吊し

図4　オセニー修道院の廃墟（17世紀の版画より）／現在の修道院跡地

た樽のなかに一人ずつ入り、敬虔な気持ちで神の御業である洪水を待つのである。しかし、この荒唐無稽な大仕掛けは実は不要であることがさりげなく仄めかされている。アブソロンはオクスフォード郊外のオセニー修道院（図4）を訪れた時に雑役係の修道士にジョンの消息を尋ねて、次のような答えをもらっている。

> わたしは知りませんね。土曜日以来、彼がここで働いているのを見かけていませんから。修道院長が命じた場所に材木を取りに行ったんだと思います。材木を取りに行って、穀物倉に一日か二日泊まってくることはよくありますから。あるいはそうでなけりゃ、自分の家にいるに違いありません。どこにいるのか、本当のところ私にはわかりません。（一・三六六四－七〇）

ジョンが修道院付属の穀物倉に寝泊まりすることが習慣化しているのならば、二人はその留守に逢引《あいびき》することは十分できたであろうし、しかもそれを一度ならず繰り返すことも可能なはずである。ニコラスの大仕掛けは成功したとしてもふたたび使うことはできない（大洪水が結局起きなかったことを毎回どうやって説明するのだろうか?）。ニコラスもアブロソンもフィクションの世界に没頭していて、ジョンも騙されて黙示録的なナラティブに引きずり込まれている。大仕掛けは密会のための祝祭的な舞台装置であり、最後のニコラスの「水、水！」という叫びで、ノアの洪水と密会のシナリオが絶妙に重なって、風刺とも打算とも無縁な純粋なフィクションの笑いの世界は完成する。それぞれに痛い目にあう三人の男たちとは対照的に、フィクションに振り回されないアリソンだけが無傷である。

「粉屋の話」はしばしば『カンタベリー物語』のなかで最も完成度が高い話と言われる。その一番の理由は、複数のプロットの巧妙な交錯や修辞学的なパロディ効果ではなく、むしろすべてが純粋な笑いに昇華されて終わる展開にある。聴衆の巡礼たちも笑い転げて、冗談を言い合ってこの話に相応しい反応をする。教訓性や政治性を排除して純粋な笑いを提供することは、どの時代の文学にとっても難しい目標である。「粉屋の話」の後には、前の話に触発されるかたちでさらに二つの同じような話が続くが、類似性はかえって「粉屋の話」の完成度の高さを際立たせることになる。

「荘園領管理人の話」の意趣返し

続く「荘園領管理人の話」では、すでに「粉屋の話」の序で伏線が敷かれていたように、以前は大工だった荘園領管理人が、逆に粉屋が妻と娘を寝取られるという同種の話で仕返しをする。今度の舞台はもう一つの大学町ケンブリッジで、やはり学生が間男をする展開になっていて、二つの話の対照性が強調されているが、枠組の類似はむしろ二つの話の違いを際立たせることとなる。

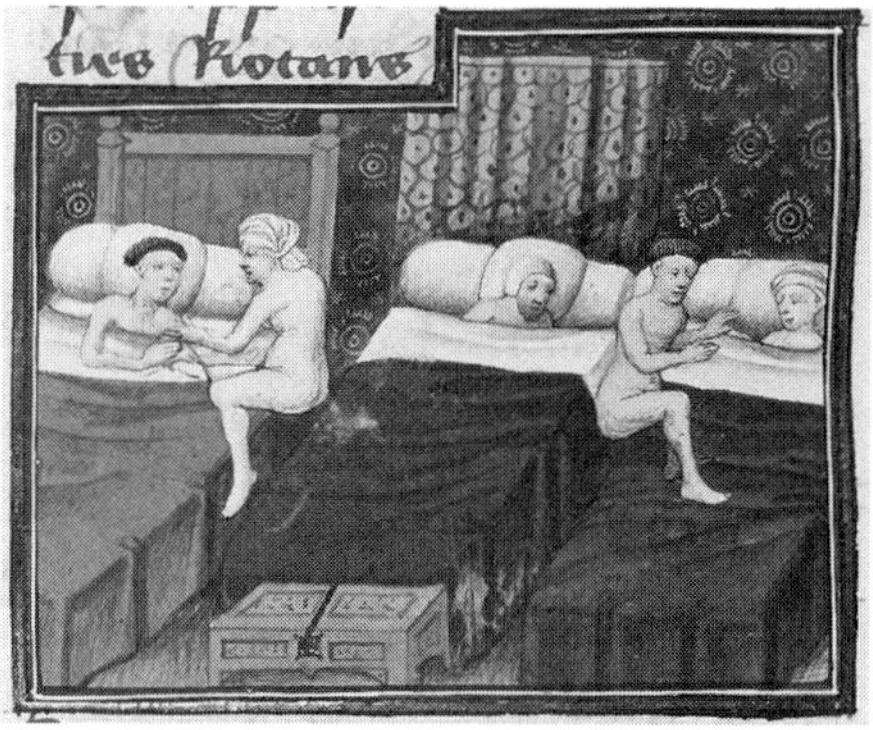

図５　『デカメロン』仏語訳（1414 年）

「荘園領管理人の話」も登場人物たちの紹介で始まる。粉屋のシムキンは、騙されやすく善良な大工のジョンとは対照的な狡猾で危険な男で、土地持ちの郷士に成り上がろうという野心を持っている。妻は教区司祭の娘――つまり正式な結婚にはよらない私生児――で、鼻持ちならない高慢な女である。二人の間の年頃の娘は体格も栄養もよくて、父親譲りのしし鼻で、灰色の目はガラス玉のようで、お尻は大きく、丸くて大きな胸をしていて、とても美しい髪（一・三九七三－七六）という、肉感的だが美人なのかどうかよくわからない描写で、性的対象物、あるいは母方の祖父の教区司祭にとっては持参金目当ての政略結婚の道具として認識されている。学生の一人は、粉屋夫妻のベッドの足元に置かれたゆりかごを自分のベッドの脇へと動かして、夜中に小用に立った細君を自分のベッドへと誘導するが、このトリックは他のファブリオにも『デカメロン』（九日目の第六話）にも登場する単純なもので、少なくとも「粉屋の話」に比べるとたいした工夫は見られない（図５）。娘のベッドに潜り込んだもう一人の学生は、翌朝に宮廷恋愛詩のアルバ（後朝《きぬぎぬ》の歌）のような口調で娘と別れを惜しむが、この文学的言及もレイプのような状況を考えるとかえってグロテスクである。また、最後はどたばたな殴り合いと流血沙汰に帰着し、話は独善的な意趣返しに終わる。学生たちと粉屋がお互いに相手のものを盗みあうナラティブの結末は、「粉屋の話」の純粋な笑いと下品だが健康的なエロスとは対照的な乱暴な話に堕しているのである。

ここまでの「騎士の話」、「粉屋の話」、「荘園領管理人の話」の三つは、男女関係を軸とするという基本構造を継承しつつ、直前の話が作り出した物語世界のバーレスクを展開し、そこには、話の内容自体が確実に低俗化してゆくというパターンが認められる。パラモンとアルシーテの妥協も打算もない真剣さは、彼らを悲劇的な死とかけがえのない友の喪失へと追い込む。「粉屋の話」のニコラスとアブソロンも大真面目で逢引のための仕掛けを工夫し、最終的に二人とも下品だがひどく滑稽な仕打ちを受ける。無邪気な笑いを提供することがファブリオのジャンル本来の特質ならば、「粉屋の話」は見事に成功していると言えるが、続く「荘園領管理人の話」では、打算的な仕返しによってナラテイブの繊細さは損なわれている。笑いは純粋さを失い、さらに粉屋と学生の応酬は大学町のいわゆる「タウン対ガウンの争い」(一般の住民と自治権をもった大学との抗争)さえも示唆する、暗いコメディーになっている。ファブリオの笑いが、社会的要因を排除した純粋な欲望のぶつかり合いから生まれるものならば、「荘園領管理人の話」は図らずもファブリオというジャンルの解体に向かっているように見えるのである。

「料理人の話」の行きつくところ

続いて話をするロンドンの料理人はしかし、高貴な身分の巡礼たちは眉をひそめたであろう「荘園領管理人の話」を純粋に楽しんだようで、上機嫌で『シラの書』(一一・二九)に基づく「誰もかれもお前の家に招き入れるな」という格言を口にする。この教訓は、プライベート空間である中庭を見渡せる城内の牢獄にパラモンとアルシーテを幽閉したことに端を発する「騎士の話」も含めて、ここまでのすべての話に当てはまるのであり、料理人の寸評は第一フラグメントの話を主題的に結びつけていると言えよう。料理人は「我らの町で起きたちょっとした笑話」を語ると述べており、先行する二つの話と同種の、若者を主人公としたファブリオ的な短い笑話が、舞台をオクスフォード、ケンブリッジという地方の町からいよいよメトロポリスのロンドンへと移して語られるのだという予測が自然となされる。「料理人の話」自体は未完で、冒頭の数十行しか残されていない。素行が悪く主人から暇を出されたロンドンの徒弟が、妻に売春をさせて、後ろめたい商売をしている悪友のもとに転がりこんだところで中断している。だが、この舞台設定は、これまで以上に卑俗な性愛にかかわる話を予測させるのに十分である。

「貿易商人の話」の暑苦しさ

『カンタベリー物語』の間男の話はこれだけではない。ファブリオにおいては、密会のための周到な計略とともに、疑われ発覚しそうになった時に上手に言い逃れる巧妙さもナラティブの要であり、「貿易商人の話」では恋人たちが実際に密会の現場を押さえられそうになる。還暦を迎えた老騎士ジャニュアリィは、身分は卑しいが若くて器量の良い娘メイをめとる。騎士の従者のダミアンはメイに愛を告白し、メイもその気持ちに答えたいと思うが、突然盲目になったジャニュアリィが一時もメイの手を握って離さないのでその機会がない。二人はついに中庭の木に登って思いを遂げるが、突然目が見えるようになったジャニュアリィにその場を見られてしまう。しかしメイは、幻を見たのだと強引にジャニュアリィを言いくるめ、事なきを得る。

「貿易商人の話」は、一言で言うならば、文学的アリュージョンや大げさな修辞的文体を次々と過剰に用いた暑苦しい話で、ファブリオ的なプロットとの齟齬によって笑いを誘う。冒頭で語り手は、まだ新婚二ヶ月だが「朝に晩に泣いたり嘆いたり、心配事や、ほかの悲しみだって知り過ぎるくらい知っている」と結婚の苦しみを嘆き、直前の「学僧の話」に触れて「グリゼルダの大いなる忍耐と私の妻の度を超した残忍さとの間には、大いなる隔たりがある」と訴える。中世には、『結婚十五の愉しみ』（一四〇〇年頃）のような反結婚文学が一つのジャンルとして存在していて、こうした言説はその典型的な一例である。嘆きの後には、結婚の是非をめぐっての長い脱線が続く。主人公の老騎士ジャニュアリィは、テオフラストゥスの女性蔑視文学のあえて逆をいく結婚賛美を旧約聖書の例やセネカやカトーの箴言を引きつつ展開するし、一方で友人たちはソロモンなどを引用しつつ警告を与えるが、ジャニュアリィの腹は最初から決まっていて、結局は若い妻を娶ることを正当化したいだけである。

また、ジャニュアリィとメイの豪勢な結婚披露宴の描写は、古典古代の神々や美男美女が次々と登場して、まるで後期ルネサンスの神話画のようである（図6）。

図6　ジュリオ・ロマーノ「神々の祝宴を準備するヴィーナス」（マントヴァ、パラッツォ・テ　1528–30年）

バッコスが周りの人たち皆に酒を注ぎ、ヴィーナスはもれなく全員に笑いかけています。それというのも、ジャニュアリィは彼女に仕える騎士だったので、（独身で）自由なときも、妻帯者となっても、彼の忠誠心を試したかったからです。そしてヴィーナスは手にかがり火をもって、花嫁と客たち皆の前で踊り回ったのです。そして、あえて申し上げてよいと思いますが、婚姻の神であるヒメネーウスは、妻を娶ってこんなに嬉しそうな人を、間違いなく生涯見たことはありません。彼女フィロロギアと彼メルクリウスの、楽しい婚姻とミューズたちが歌った歌の数々を書き記した、汝詩人のマルティアヌスよ、沈黙を守りたまえ。（四・一七二二－三五）

引用の最後は、マルティアヌス・カペッラ（四一〇～二〇年頃活躍）が七つの自由学芸を扱った寓意詩『フィロロギアとメルクリウスの婚姻について』への言及である。婚姻はあくまで知的探求と学識の協同を示す比喩であり、男女間の結婚のことではないが、擬人像が大勢登場する結婚式の描写で有名な作品として知られる。初夜の描写も似た調子で、コンスタンティヌス・アフリカヌスの『交接論』が言及されて隠微な雰囲気のなかに翌朝までの様子が描かれる。こうした過度な文学伝統への言及はこの話の最後まで変わることなく続き、単純なファブリオ的ナラティブは文学伝統のなかに漬けこまれて読者に供されているのである。

もう一つの過剰なしかけは、人間たちの運命を左右する惑星神の存在である。ジャニュアリィ（一月）とメイ（五月）という名前自体が老いと若さを対照的に象徴しているが、この名前は人生の冬とみずみずしい青春の対比だけではなく、コルヴェが詳細に分析したように、中世美術の一二ヶ月の月

図7　1月（2つの顔をもつヤヌス、新年の宴席）と5月（遠乗り）の月暦図

暦図を連想させる。[8] 一月は月暦図では通常、古代の神ヤヌスが宴席に座っている図像で表される。ヤヌスは古代において敷居の神、門番で、反対方向を向いた二つの顔を持つ。一月は新年の始まりとして過去と未来の両方に目を向けるからである（図7）。こうした一月の特徴はすべてジャニュアリィに現れている。ジャニュアリィは、結婚の決意を友人に伝えるにあたって、執拗に過去を振り返って未来への欲望を赤裸々に語り、自分の結婚式の宴席に加わり、また、中庭へ入る扉の鍵を管理している。一方で五月の代表的な図像は、若い男女が馬に乗って森へ遊びに行く場面である。遠乗りは爽やかな初夏の恋人たちの楽しみで、図らずも若いダミアンと木の上でけしからぬ行為に及ぶメイに重なる。このように二人の名前は月暦図の伝統に合致し、それは二人の行動を細部まで類型化して予想がつくものにしている。

一二ヶ月は黄道一二宮の星座に対応し、その運行はチョーサーが専門的知識を持っている天文学によって支配されている。星の運行は、月下の人間の性格、運命、行動を左右するとされ、語り手も次のように述べる。

宿命あるいは偶然によるものか、星の影響か自然の法則によるものか、それとも天体の配置によるものか、私にはわかりませんが、ともかくも、女が愛人を得るためにヴィーナスの働きを請願するのに吉兆な天の配置だったのです。学者によるとすべてのものには時があるそうなので。だが、理由がない行為は一つとして無いことをご存じの天上の偉大な神様がすべてのことを配剤してくれますように願って、私は口をつぐみます。(四・一九六七―七六)

メイがダミアンを受け入れる決断をしたのも天の配剤ということである。

惑星神の登場は、広い意味では同じく騎士の恋物語である「騎士の話」との比較へと読者の目を向ける。アルシーテとパラモンの運命が惑星神のつじつま合わせで決まったように、ジャニュアリィとメイは天上のプルートーと妻のプロセルピーナの仲違いに翻弄される。ソロモンの権威を振りかざして女性の節操の無さを批判する反女性的なプルートーに対して、プロセルピーナは、バースの女房を彷彿とさせるようにまくし立てて、「あなたが(引用する)権威など私がかまうものですか」と述べ、処女殉教者やローマ史上の貞女に言及しつつ反論する。その背後には、ボッカッチョの『名婦列伝』、チョーサーの『善女伝』、そして一五世紀のクリスティーヌ・ド・ピザンの『女の都の書』と連なる善女伝のジャンルが存在している。「騎士の話」と比べて威厳を欠いた神々の姿は「貿易商人の話」の卑俗さを際立たせる効果があるが、彼らもまた反女性文学の伝統から生まれた類型である。

しかし「騎士の話」とは異なり、神々は一貫して人間の運命を支配しているわけではない。突然に盲目になったジャニュアリィの不運については、運命の気まぐれが大げさに強調される。

ああ、突然の出来事よ！　汝変わりやすい運命よ！　欺きに長けた蠍のように、お前は刺そうとするときは頭でおべっかを使い、尾で毒によって死をもたらす。ああ、壊れやすい喜びよ！　ああ、狡猾な甘き毒よ！　ああ、怪物よ、お前は変わらぬふりをして、お前の贈り物を巧妙に粉飾して、誰も彼も欺くのだ！　なぜお前は、それまでは完全な友として迎え入れていたジャニュアリィをこのように欺いたのだ？（四・二〇五七―六六）

頓呼法《とんこ》の連続は悲しみを表現する時の教科書的な修辞だが、ここでは荘重な文体と内容の不釣り合いが滑稽さを増大する。こうしたちぐはぐさは随所で意識的に使われている。たとえば、盲目になったジャニュアリィは、時の経過とともに「他にどうしようもないと悟ったとき、彼はその逆境を辛抱強く受け止める」。これはまさに、「騎士の話」で語られた諦観の哲学のように聞こえるが、しかし、嫉妬心だけは如何ともしがたかったのでつねにメイの手を握って離さないとなると、結局のところたんなる好色な老人でしかない。

ジャニュアリィが用意した庭園は、地上楽園を彷彿とさせる、わかりやすい聖書へのアリュージョンに満ちていて、メイを庭園へと誘う「私のかわいい鳩」、「冬の季節は去った」、山鳩の声などの表現は『雅歌』（特に一・一五、二・一〇―一二）の恋人の呼びかけを下敷きとする。しかし、これらの表現は中世の宗教抒情詩でも頻繁に用いられて、人間の魂へのキリストからの呼びかけと寓意的に解釈されるため、皮肉にもこの場面の卑俗さが際立つのである。また、メイと二人きりで愛を育もうとする様子は、まさにエデンの園のアダムとエヴァのように描かれるが、それは必然的に堕罪を予見させる。梨の実を食べたいと言ってジャニュアリィに実を取るように頼むメイがエヴァならば、一方で密かに庭園に忍び込んで木の上で待機するダミアンは堕落を引き起こす蛇にあたるだろう（図8）。メイが密通という禁断の果実を口にすることで、アダムにあたるジャニュアリィの眼は開き、字義どおり知恵の実から知識を得る。しかし、メイの大胆な言い逃れのせいで結局何も露見せず、誰も楽園から追放されることもないので、この展開は楽園追放のナラティブのバーレスクとなっている。

図8　木の上での逢い引き（『イソップ』ウィリアム・キャクストン印行、1484年）

『貿易商人の話』には他にもオウィディウスや『薔薇物語』への言及が多くみられる。文学的アリュージョンや既存のナラティブやモチーフのパロディが過剰に展開されることで中世後期の恋愛文学のショウケース的な作品となっているが、ファブリオの笑いの本質は特定の文学伝統に過度に依存しないことにあると言えるので、そのジャンルとしての特徴が意図的に歪められていることになる。作者は、ファブリオというジャンルをインターテクストでがんじがらめにすることで、そのナラティブとしての可能性を極限まで試していると言える。

「船長の話」における打算と慎重

「船長の話」も、「貿易商人の話」同様に、女性がいかに窮地を弁説で切り抜けるかが話のポイントになっている。しかし、その与える印象は「貿易商人の話」とも、またこれまでのファブリオ的な話ともかなり異なる。

登場人物はパリの商人とその妻で、浮気相手は、ファブリオの典型的な間男のキャラクターの修道士である。夫の商人は日々忙しくしている仕事人間だが、一方で妻は浪費家で、たまった借金を家族ぐるみのつきあいがある修道士に肩代わりしてもらうかわりに体を許す。ところが修道士は妻に渡す金を夫の商人から借金をしてつくり、しかもその借金は妻に返金しておいたと商人に嘘をついたので妻は窮地に陥る。しかし妻は、受け取った金は修道士が日頃の歓待へのお礼として、「それによって私に敬意を払い、また私に利益をもたらすため」にくれたと思ったと言い訳し、さらに、妻から夫への支払いは毎夜しているし、まだ支払いが済んでいなくとも、借金として割り符につけておいてくれれば、利子とともに床の中で返済すると主張する。

以上のように「船長の話」では、性の商品価値が公言され、それは夫婦関係の基本原則であるかのように語られる。性は市場の交換原理に基づいて流通し、夫の商業活動を補佐してゆくのであり、商人夫妻の関係はそのことを暗黙に認め合うことで成立している。

しかし、「船長の話」はたんに殺伐とした性の商品化を主題としたファブリオではない。話は社交好きで金のかかる妻の存在を嘆くことから始まり、それは一見、「貿易商人の話」と同様な結婚の嘆きと思われるが、実はそれだけではない。

すべてを支払わなくてはならない人こそ哀れです。かわいそうな夫はいつだって、支払いをして、私たちを贅沢に装わせて、着飾らせなくてはなりません。すべては彼自身の尊敬を増すためで、私たち妻はその装いで楽しく踊るのです。そして、もし万一夫がそんな浪費が耐えられないか、あるいは耐える気がなくて、それは無駄で損だと思うならば、他の誰かが私たちの経費を払うか、私たちにお金を貸さねばなりませんが、それは危なっかしいことです。

この立派な商人の家は堂々としていて、彼が気前がよかったり、奥さんが美人だったりで、いつも多くの訪問客がありました。（七・一〇－二二）

図9　クエンティン・マサイス「両替商とその妻」（1514年　ルーブル美術館蔵）

妻は美しく着飾り愛想良くすることで商人の夫の信用を増すことに貢献している（図9）。同様に妻も、「私は全部を自分の着物に使ったので、贅沢に無駄づかいしたわけではありません。あなたが尊敬されるようにと思って、神様のために、上手に使ったのですから」と述べて、修道士から受け取った金銭については、無報酬労働による夫の商売への貢献への報酬および必要経費としての正当性を主張する。この相互依存の関係において、女性には、あくまでも男性の支配下においてだが、家庭における一定の自律的役割が認められている。[9] 問題はその妻の役割が修道士との浮気をも含みうるほどに幅がある点だが、物語の終わり方は、夫はそのことを暗黙のうちに受け入れているようにさえ思えるのである。

妻が愛人に騙されて負債を追うがそれをうまく切り抜けるという展開は典型的なファブリオのプロットの一つだが、この話は、「荘園領管理人の話」とも「貿易商人の話」とも異なる意味で、ファブリオというジャンルから乖離している。「荘園領管理人の話」のようにファブリオを乱暴な仕返しの話に貶めるのでも、「貿易商人の話」のように過剰な文学的アリュージョンで窒息させるのでもない。むしろ、夫婦関係を通じて、一つの階級が抱えているジレンマに光が当てられて、ファブリオは一つの社会的なエピソードへと変容していると考えられる。

商人たちの行動規範を求めて

「船長の話」の背景には、中世後期において社会的に重要な地位と役割を担うようになった商人階級がいかに自分たちの存在意義をキリスト教社会において確立してゆくかという、より大きな問題が存在していると言えるだろう。物品を流通させるだけの非生産的な労働である商業に対してキリスト教は当初否定的だったが、商業が経済活動において必要不可欠なものとなるにつれて、誠実で信用できる商いをする限りにおいて商人の存在意義は認められるようになった。中世後期には、ル・ゴッフが指摘したように、物品の移動さえも伴わず利子で利益を得るだけの金融業も容認されるようになる。[10] そうした状況において商人は自分たちの活動を支える行動規範を必要とした。「船長の話」の商人は

「賢明な人」としてまず紹介され、自分の職業倫理として「慎重で用心深い」ことを繰り返し主張する。商人が重視する賢明で慎重であること、言い換えれば思慮分別は、正義、節制、剛勇とともに、中世のキリスト教的倫理観の基盤を成す四つの枢要徳の一つである。思慮分別とは、危険を回避し平穏無事を確保するための深慮遠謀や用意周到さであり、そこからは、他人の中傷を慎み会話においては慎重になる、自分の主人に気に入られる、隣人と上手につきあうなど、さまざまな実用的な知恵が引き出される。こうした処世訓は、旧約聖書の知恵文学やキケロ、セネカ、さらに教父たちの著作から集めた引用とともに金言集の形にまとめられて中世には広く流通していた。商用で旅に出ても踊りも博打もしないこの商人の姿勢は世俗的な禁欲主義とでも呼ぶべきものだが、商業特有の危険に対する現実的認識に立脚した分別ある姿勢である。

　しかし、枢要徳としての思慮分別とは商人が力説するような、たんに行動において用心深く慎重であることだけに限定されない。それは神意にかなう道徳的行動を選別する能力、言い換えれば理性に基づいた冷静な判断を可能にする徳であり、その意味では、他の枢要徳の実践においても前提となる美徳である。百科全書的な『宝物の書』を著したブルネット・ラティーニ（一二二〇頃〜九四年）の表現を借りるならば「思慮分別は灯を持って先頭に立ち、他の美徳に道を示す」のであり、また、クレルヴォーの聖ベルナルドゥス（一〇九〇〜一一五三年）が思慮分別を「美徳の導き手で先導者」と呼んだのもこうした性質を念頭に置いたからである。[11] 中世後期の思慮分別は、キリスト教の枢要徳から現実的な処世術までを含む幅広い概念なのである。

　この二面性はたとえば、ピーテル・ブリューゲルの下絵に基づいてフィリップ・ハレが彫版した

図10　ピーテル・ブリューゲル「思慮分別」フィリップ・ハレ彫版（1559年）

「七つの美徳」（一五五九年）の銅版画の連作のうち、思慮分別を描いた一枚に見て取れる（図10）。擬人像は、思慮分別の特質を表わすさまざまなアトリビュートとともに描かれていて、ふるい、棺桶、鏡はそれぞれ善悪の選別、メメント・モリ、自己認識を表していて、これらはいずれも枢要徳としての思慮分別の主要な要素である。図版左側に描かれている死の床にある病人の姿は、とどこおりなく懺悔を終えて死後の救済を確実なものとするために、思慮分別が不可欠な徳目であることを示している。しかしその一方で、この究極的な思慮分別とは対象的に、擬人像を取り囲んでいる場面の多くは現実的な周到さを表現している。それは来るべき冬のために家畜をほふり、肉を塩漬けにし、薪を集め、火の用心を怠らず、将来のために貯蓄をすることである。これらも枢要徳としての思慮分別の延長線上に位置づけられるものだが、こうした処世術は、度が過ぎると抜け目のなさや狡猾さに陥るので、その実践に際しては節度が求められる。ラングランドの『農夫ピアズ』は思慮分別と悪知恵の取り違えを痛烈に批判している。

民衆の間の思慮分別の精神は悪知恵であり、美しい美徳は残らず悪徳のように見える。各自が罪を隠そうと狡猾に計略を考え、罪を知恵と清い生活であるとねじ曲げる。[12]

「船長の話」では、商人は現実を落とし穴や不測の事態に満ちている危険な世界と認識し、そこを渡ってゆくための慎重さを一つの信条として語る。その一方で、実利を優先することで、効果的だが反道徳的な振る舞いを、時にそれと知りつつ容認しているので、思慮分別を行動規範としつつも、優先順位を誤ることで逆に自分たちの存在基盤を危うくしているとも言える。このジレンマは商人倫理を確立することの難しさを照射している。構造的にはファブリオ的なナラティブではあるが、そこには笑いはなく、夫婦の間にそれとなく存在する一種の契約関係が浮き彫りになる。「粉屋の話」では金貨はたんに綺麗に輝くものの直喩であったが、ここでは不義の直接原因であると同時に人間関係の要である。「船長の話」ではファブリオは笑いの要素を失い、中世後期の商人倫理をめぐる一つの寓話に変容している。

3　賢妻と女性の声

この節では、主人公が女性で、女性としての美徳を発揮し、時に主導的に男性を教育する三つの話――「バースの女房の話」、「学僧の話」、「メリベウスの話」――を検討する。いずれも中世後期には良く知られていた話を種本としている。バースの女房が語る話は中英語でいくつもの類話が存在したポピュラーなロマンスである。『学僧の話』は「忍耐強いグリゼルダ」として広く知られていた話で、チョーサー以前にはボッカッチョやペトラルカが取り上げ、また一五、一六世紀にも多くの言語で記されている。『メリベウスの話』の種本は一三世紀のラテン語の提要で、中世後期には多くの写本で流通していた。種本や類話との比較を通じて、それぞれの話において女性を特徴付けている声とは何かを考えてみる。

バースの女房の類型をめぐって

「バースの女房」と呼び習わされるバース近郊から来た夫人は、『カンタベリー物語』においておそらく最も有名な語り手で、話に先立つ長い「序」はしばしば話以上に注目されてきた。それは、「この世の中に権威ある本がなくても、結婚生活の悲哀を語るのには経験だけでほんとに十分です。なぜなら、皆様方、私は一二歳のときから、――ああ、ありがたや、永遠にましますす神様――教会の扉の前で夫を五人も迎えたんですから」と始まり、女性の性（器）を武器にしてこれまでに五人の夫を、時には従順を装い時には強気に出て操ってきた遍歴を赤裸々に語っている。権威ではなく経験で十分という宣言から始まる長広舌は、男性が占有していた教会や神学的権威にあからさまに対抗していそうに読めるので、バースの女房はイギリス文学最初のフェミニストのように論じられたこともあった。しかし、ジェンダーは男女の生物的な性差よりもむしろ環境によって形作られる社会的構築物であるという認識が主流になると、バースの女房というキャラクターの文学史的文脈が重視されるようになった。

バースの女房も既存のさまざまな言説によって構築されているという意味では、他の巡礼たちと変わらない。冒頭でバースの女房が否定する権威とは、第一義的には「貿易商人の話」でも下敷きになっている反結婚文学だが、より広くはキリスト教神学の伝統を作り上げているラテン語の著述全般を指す。バースの女房は、そうした男性聖職者的な知に対して、書き留められない個人的な経験を対峙させることで、一過性の多弁が象徴する感性の世界を女性固有のものとして提示しているように一見みえる。実際、バースの女房はゴシップや無駄話を日常とする典型的なおしゃべり女であり、また、その秘密を暴くような、告白的なトーンは女性的であり、五番目の夫で元オクスフォード大学の神学生だったジェンキンがその反女性的発言を書物に頼るのとは対照的である。[13]

自分の愛の遍歴や性的魅力を屈託無く語るバースの女房だが、しかしそれには先行例がある。それは『薔薇物語』に登場する「老婆」で、彼女はバースの女房と同様に「理論を教える〈愛〉の学校にこそ通わなかったけれども、実践ですべてを学んだ[14]」と主張して、自分の恋愛体験やさまざまな恋のかけひきの技を、古典文学の例を交えて長々と語る（一二七一〇－一四五一〇行）。バースの女房の、現代人には男女平等の主張のように聞こえる冒頭の発言は、実は女性蔑視文学における口やかましい烈女の類型に他ならず、その語り口は男性的な文学伝統に根ざしているのである。彼女は最初に論題を立てて、それを聖書中の実例で例証し、問答形式で答えを導き出すが、その手順は、説教のプロである免償説教家が途中でコメントするように「立派な説教者」のやり方である。だがその一方で、キリストは五人の夫をもったサマリア人を批判したが、結婚の回数のことは何も言っていないと主張して、屁理屈で権威テクストを傷つけるがさつな強引さも露呈する。彼女は、ジェンキンが愛読する反女性文学に登場する悪妻のプロトタイプであり、その本を取り上げて破く行動は皮肉にも自己否定ということになる。

しかし、バースの女房は同時に女性的資質も体現している。その人物像の下敷きとなっているのはヴィーナスであり、それは彼女自身が「感情はヴィーナスの申し子で心臓はマルスの申し子」と認めるところである。金星の徴のもとに生まれた人間は、一六世紀に広く読まれた事典的実用書『羊飼いの暦』によると「好色で陽気なおしゃべり、美しい女性や綺麗な服や宝石や花を好み、他人だけでなく自分のことも愛する」とされる[15]（図11）。バースの女房にもヴィーナス的な性愛への惑溺が見られる。若いときは年長の夫に対して、夫のウルカヌスの目を盗んでマルスと大胆な密会をしたヴィーナスのように振る舞い、しかし二〇歳年下の五番目の夫については、ヴィーナスが若いアドニスを追い回すように夢中になるのである（図12）。

整理すると、バースの女房という語り手は、ヴィーナスの申し子として類型化されている一方で、

図11　「金星（ヴィーナス）の子供たち」『羊飼いの暦』（ロンドン、1556年）

図12　ヴィーナスとマルスの密会／アドニスの死を嘆くヴィーナス（オウィディウス『変身物語』フランクフルト、1567年）

男性的な論理を駆使して議論を構築し、しかしおしゃべりを女性的なメディアとして用いて、第一義的には男性の聴衆に向けて語りかけるという、文体や文学伝統によって作り出された複雑な存在である。

「バースの女房の話」におけるゆらぎ

それでは続く「バースの女房の話」は、この複雑なパフォーマンスとしての語りといかなる関係にあるのだろうか。バースの女房が語る話は中世後期のイングランドでは良く知られていた。ジョン・ガワーも『恋する男の告解』でこの話を取り上げているし、また中英語ロマンスにもガウェインを主人公とした類話が存在している。[16]「バースの女房の話」も形の上ではアーサー王宮廷を舞台として、「ブルトン人が大変な名誉として語っている古のアーサー王の時代には、この国は妖精たちでどこも一杯でした。妖精の女王が楽しい仲間を連れて、あちこちの緑の野でしょっちゅう踊っていたものです」と始まる。騎士と妖精の出会いは騎士道ロマンスの典型的なプロットであるとともに、伝説的な過去を象徴するようなエピソードである。ノルマン人の詩人ヴァース（一一一〇頃〜七四年以降）がヘンリー二世の依頼で著した、最初のノルマンディー公ロロの伝記『ロロ物語』（一一七四年頃）には、アーサー王ロマンスの舞台となるブロセリアンドの森を巡って、昔は妖精や多くの驚異が見られたが、今は開墾されてもはや何も見つからないという述懐がある。[17]「バースの女房の話」も同様に、妖精は何百年も前のことだと断言し、今はその代わりに托鉢修道士がそれこそ「日光のなかの塵ほどに一杯」徘徊していて若い娘に悪さをすると述べて、反托鉢修道士文学的な当てこすりによって聴衆を現代に引き戻す。話自体はアーサー王のブリテン島を舞台とした次のような内容だが、それを語る視点は一四世紀のものである。

行きずりの娘をレイプした騎士がアーサー王宮廷で死刑に処せられるところを、宮廷の女性たちの嘆願により、女性が最も欲するものは何かというなぞかけの答えを一年以内に見つけるという条件で刑の執行を猶予される。答を探しに旅に出た騎士は道端で老婆に出会い、言うことを何でも聞くという約束で正解（支配権を持つこと）を教えてもらい、命を救われる。その見返りとして老婆は結婚を要求し、初夜に、ひどく落ち込む騎士に対して、若く美しいが浮気な妻と誠実な老妻のどちらかを選ぶように促すが、老婆に諭された騎士は選択を妻に委ねる。その結果、老婆は誠実で美しい若妻に変身する。

このプロットの中核には、たとえばグリム童話の「カエルの王様」に見られるような、安請け合いのモチーフが存在する。これは、口に出して約束したことは、それが非常識で理不尽であっても果たさねばならないという掟で、それゆえに騎士は醜い老婆との結婚を余儀なくされる。また、老婆に決断をゆだねることでハッピーエンドに至るプロットもおなじみのものである。類話との相違点は騎士の境遇、具体的には窮地に陥った責任の所在にある。中英語のロマンスでは、ガウェインが主君のアーサー王の窮地を救うために自ら進んで身代わりになるので、礼節の騎士ガウェインを称賛する話になっている。ガワーの話では主人公のフロレントが敵に捕らえられ、命と引き換えに同じなぞかけの答えを見つけることを求められる。このように類話では主人公に非は無いが、一方で「バースの女房の話」は自業自得の騎士の話であり、殺生与奪権も含めてその後の運命が完全に女性に委ねられている点が強調されている。女性を犯した罪人に対して憐みを示すのも同性の女性たちであれば、騎士を死から救いだせる答えを持っているのも女性であり、さらに真の礼節や高貴さとは何かについてこの騎士を教育し、最終的に正しい答えを引き出してハッピーエンドをもたらすのも女性である。老婆は騎士を説得するに際して、古典作家で例証しつつ整然と論理的に主張を展開しており、権威あるテクストもそれを説得的に用いる手法も占有している。

このように「バースの女房の話」は女性の優位性が徹頭徹尾揺るがない話で、一見するとバースの女房が語るに相応しいと映るが、実はそう単純でもない。話は「こうして彼らは生きているかぎり、完全な喜びのなかで暮らしました」というフォークロア的なハッピーエンドで終わる。騎士が「あなたの気に入ることで私は満足だ」と述べて選択の自由を妻に与える時、その自発的な服従が両者を呪縛から解放し、一方で妻もそれまで握っていた支配権を放棄することで夫婦の間には調和が生まれたと考えることはできるし、また、騎士が最終判断を老婆にゆだねる結末は騎士の成長を示すように見える。しかし、騎士ははたして本当に妻に教えられたことを理解して納得したのだろうか。

二人のやりとりは、老婆がまず騎士の不満の原因を「これがあなたの苦しみの原因ですか」と確認し、それに対して騎士が間違いないと同意するところから始まる。これは、まず論点を明確にして、続いて例証してゆくスコラ的な議論の進め方で、「バースの女房の話の序」でも見られたように、説教などで用いられる教化に有効な手順といえる。中世の教育においては問答による対話形式が好んで用いられ、入門的な教科書の多くは対話篇である。たとえば、ホノリウス・アウグストゥディネンシス（一〇八〇頃～一一五四年頃）作とされるキリスト教の基本教義の集成『エルキダリウム』（一一〇〇年頃)、神秘家のハインリヒ・ゾイゼ(一二九五〜一三六六年)が修道女を念頭においてまとめたとされる『知恵の小時計』(一三二八〜三〇年頃)、さらにはイングランドのベネディクト会修道院長エルフリック(九五〇頃〜一〇一〇頃)が作ったラテン語教科書『会話篇』など、ジャンルを問わず多くの例がある。いずれの場合も、師の弁舌の要所要所に弟子が質問や同意を差し挟むことで、理解を確認しながら進む。騎士と老婆のやりとりでは、騎士は不幸の理由として、花嫁が醜くて、老いていて、身分が卑しいという三つを挙げ、老婆はそれらを順に例証しつつ反駁する。その間中、騎士は老婆の長い弁舌を終始無言で聞いていて、両者の間には理解を確認するようなやりとりや対話はない。長広舌を聞いたあとに深い溜息をつく騎士には、多少なりとも投げやりなところはないだろうか。

言い換えると、話がハッピーエンドで終わるのは、騎士が老婆に説得されたからではなく、ただ単純に花嫁が「とても美しく、加えてとても若い」姿に変身したからではないか。有頂天になった騎士が「一〇〇〇回も続けて彼女にキスをし」、妻は「彼が喜んだり気に入ったりすることは何でも従った」という記述は初夜の様子を語っているようにも読める。対話による相互理解は棚上げにされたまま で、話自体は、語り手のバースの女房が「妻の言うことを聞かないような者の命を縮め、年寄りで怒りっぽいしみったれには速やかに疫病を見舞ってください」と神に祈り、単純な権力闘争の図式を再確認して終わっているのである。老婆の変身によって、教訓譚として展開していた話が強引に妖精譚的なファンタジー世界へと引き戻されるので、疑念は解消されないままに残ることとなる。

結局のところ、この結末部におけるゆらぎは、はたして相互理解は可能なのかという本質的な問題を提起して話を終えることとなる。騎士の沈黙には、客観性や論理性という男性的と思われてきた資質において勝る賢女を前にした時に男性が示す拒絶という問題が示唆されているとも考えられる。そしてそれはまた、バースの女房も老婆も結局は男性的な論述をするならば、女性固有の語りとは、それが存在するとしたらいかなる性質のものかという疑問へと読者を導くのである。

忍耐強いグリゼルダと「学僧の話」

支配と和解は「学僧の話」の主題でもある。語り手の学僧は、「総序の歌」によるとかなり前から論理学を学んでいて、今日で言うならば大学院生か博士課程を終えたポスドクにあたる人物である。まだ聖職録は得ていないために貧しいが、大学教育を受けた人物に相応しい聖職につくか、あるいはさらに一〇年間勉強して神学博士になりたいと願っている神学生で、権威的な言説のプロである。

「学僧の話」は最後にバースの女房に言及して終わっていて、この二つの話を関連づけようとする意図が感じられる。表層的には、女性が男性の運命を完全に左右する「バースの女房の話」とは正反対に、「学僧の話」は女性の運命が完全に男性に翻弄され、しかもそれを忍耐強く受け入れる話である。バースの女房の反男性的な言動に対して、男性的権威の中心にいる学僧が正反対の話をすることで対抗したように見えるが、両者の関係はそう単純ではない。

「学僧の話」の元となる忍耐強いグリゼルダの話は、中世後期には広く知られていた。領主に見初められて妻となった貧しいが善良なグリゼルダに対して、その善良さを試す目的で夫ワルテルが繰り返し試練を与える話である。夫は生まれた子どもを取り上げる、一方的に離縁する、さらに再婚（相手は引き離したグリゼルダの娘）を装って披露宴の準備に呼び出すなど理不尽な仕打ちを繰り返す。グリゼルダがこれらすべてを不平一つ言わずに受け入れるのを見て、夫はついに真実を明かし、話は母子の再会で大団円を迎える。

この話の起源は不明だが、最初に本格的な物語に仕立てたのはボッカッチョで、『デカメロン』の最終話（一〇日目の第一〇話）として語られる。それを桂冠詩人としてヨーロッパ中で尊敬されていたペトラルカがラテン語に訳したことで、ペトラルカのヴァージョンおよびその俗語訳によって人口に膾炙《かいしゃ》することとなった。チョーサーはペトラルカのラテン語訳を種本としつつも、そのフランス語訳も参照していたことが明らかになっている。一五世紀にはさらにいくつかのフランス語訳や劇ヴァージョンも作られ、一六世紀にはそれに基づいた英語劇も書かれた。また、『ル・メナジエ・ド・パリ（パリの家政書）』（一三九三年頃）というフランス語の家政書にもこの話は取り上げられている。この本は、年配の夫が若い妻の教育のために編纂したもので、道徳的な教えとともに女主人としての心構えや使用人の監督、料理法、菜園仕事などを扱っている。グリゼルダの話を紹介するにあたっては、この常軌を逸した試練の話を収録したのは、ただたんに今話題となっているこの話を知っておいてほしいからであって、自分は妻を試すつもりはないとわざわざ断っている。また一六世紀のイタリアでは、大広間を飾るフレスコ画、さらには出産盆（出産祝いとして贈られた飾り盆）やカッソーネ（婚礼家具として用いられた長持）のような調度品にもグリゼルダの物語が描かれていて、人気の程がうかがえる（図13）。

人気を博した一つの理由は、この話の中心となる逆境における忍耐と服従がキリスト教において重要な美徳であり、ナラティブとしてもさまざまな取り上げ方が可能であったからであろう。忍耐強い

図 13　フランチェスコ・ペセリーノ「グリゼルダの家を訪れるワルテル」（カッソーネ、1445–50 年頃、ベルガモ、アカデミア・カラーラ蔵）

女性が最終的に報われる物語は中英語にも多くの類話があり、「弁護士の話」もその一つである。しかし「弁護士の話」では、ヒロインは異教徒の国で敵に襲われて孤立し、完全に無力な状況におかれるため、耐え忍ぶことがほとんど唯一の選択肢であり、それゆえにその不幸への同情と聖女的な忍耐への賞賛が自然と生まれる。一方で、グリゼルダの話の舞台は同時代のイタリアであり、グリゼルダは宮廷人にも領民にも愛され同情されている。そうした状況では夫ワルテルの異常さは必ずしも抵抗不可能なものとは映らないため、グリゼルダの沈黙と無抵抗は共感しがたいものと感じられることは否めない。最終的にハッピーエンドであるとはいえ、明らかに度を過ぎた仕打ちとそれを抵抗せずに甘受するグリゼルダに対するもどかしさゆえに、その忍耐を手放しで賞賛することは難しく、この話は中世の読者にとっても居心地の悪い話であったと思われる。ボッカッチョ、ペトラルカ、そしてチョーサーといった、この話を取り上げた中世の名だたる作家たちは、この難しい話を後味の悪さを残さぬように料理しようとしており、そのポイントは、グリゼルダをいかなる美徳の持ち主として描くかにある。この点に注目して、チョーサーを先行する二人と比較してみる。

図14　娘を引き渡すグリゼルダ（フレスコ画、15世紀、ミラノ、カステロ・スフォルツェスコ絵画館蔵）

ボッカッチョが語る驚異のグリゼルダ

グリゼルダが忍耐強いことは言うまでもないが、ボッカッチョはグリゼルダを形容する際に「賢い」という形容詞を繰り返し用いている。この賢さとは思慮分別のことだが、「船長の話」に関連して考察したように、思慮分別は、善を求める意志を伴わなければトマス・アクィナス（一二二五〜七四年）が「悪魔の分別」と形容するたんなる狡猾さに堕してしまう。[18] つまり枢要徳としての「賢さ」は目に見える特定の行動には還元できない、より抽象的で本質的な徳目で、実際、グリゼルダの賢さは行動に直接結びつかないように見えることが多い。子どもを夫の手下に引き渡す時もまったく落ち着いているので、ボッカッチョは次のように弁解をしている（図14）。

> 妻が子どもたちが大好きであるのを子どもたちが我が家にいた間、グワルティエーリ（ワルテル）は自分の目でしかと見ていたからいいようなもの、さもなければこの母親は子どものことは構いたくないのだ、子育てなどはどうでもいいのだ、と思い込んだかもしれなかった。しかし夫には妻が賢いからこうするのだということがよくわかった。[19]

また、ワルテルの再婚相手を目にしても晴れやかな表情を崩さないグリゼルダも「賢い」と表現される。この賢さとは、目の前の状況に動じずに先見の明を持って物事にあたる姿勢で、自制と不変はどちらも思慮分別の重要な要素である。

ボッカッチョのヴァージョンでは、同じ「賢い」という形容詞がワルテルにも使われている。物語の最後に、「世間はグワルティエーリ（ワルテル）を世にも稀なる賢者と呼ぶようになった。それまでは夫人に対する扱いは厳しくて見るに耐えない、と悪評嘖々《さくさく》であったのだが。だが誰にもまして賢婦人としての評判が高かったのはもちろんグリゼルダであった」と評されている。[20] しかし、両者の賢さは本質的に違うもので、同じ形容詞が用いられることで逆にワルテルの賢さの表層的な性質が露呈される。話の冒頭で語り手は、結婚をしないワルテルを反結婚文学的な視点で皮肉をこめて「聡明でしたたか」と形容するが、むしろ為政者に跡継ぎがいない状況は政治的には思慮を欠いている。ワルテルの賢さは先見の明に裏打ちされたものではなく、結果が経過を正当化する類のものであり、それを世間は近視眼的に評価する。チョーサーもこの本質的違いを重視して、大衆の節操の無さを、「ああ、変わりやすい大衆よ！　定まることなく、いつも不実な者たち！　いつも分別がなく、風見鶏のようにつねに動いている！」と嘆き、若く美しい娘と再婚したワルテルを賢明だと表した世間の分別の無さを糾弾している。

同じ形容詞が用いられることで俗世における道徳判断基準の相対性、御都合主義が浮き彫りにされ、それはグリゼルダの不変と効果的に対比されていて、真の思慮分別は表層的な行動のみから判断できるものではないことが示される。しかし、ボッカッチョはそこから何か教訓を引き出そうとしてはおらず、精神の高潔さは生まれや育ちとは必ずしも一致しないという当たり前のことを再確認しているに過ぎない。これは教訓というよりも観察であり、さらに最後では、ワルテルにはもっと尻軽な女の方が相応しいと、憤懣を俗っぽい軽い調子で吐露している。ボッカッチョは、グリゼルダに課された「前代未聞の試練」を本質的に一種の驚異譚としてとらえている。それは、実生活の道徳的モデルと見なすには荒唐無稽に過ぎるのであり、また、一つの驚異として記すことでグリゼルダの無抵抗に対する批判も逸らしているのである。

ペトラルカによるキリスト教化

ペトラルカはボッカッチョへ宛てた書簡のなかで、『デカメロン』の最後を飾るこの美しい話を、いつでも愉しむことができて友人にも語ってあげられるように暗記していたが、イタリア語を知らない読者のために「自由に変えつつ、若干の言葉を足して」自分なりにラテン語に訳したと述べている（『老年書簡』一七・三）。ペトラルカによる改変は、一言で言うならば、世俗的な驚異譚であったボッカッチョの話に普遍的な「意味」を与えること、言い換えれば霊的な解釈が可能な例話として読めるようにすることにあった。そうした例話的意図については、ボッカッチョの話を訳した直後に明言している。

私がこの話を別の文体で語り直すのが相応しいと思ったのは、私たちの時代のご婦人たちにこの妻の忍耐（揺らぐことはまったくと言って良い程ないように思えます）を真似て欲しいためではなく、読者が彼女の女性らしい節操を手本として、彼女が夫に対してなしたことを、あえて神に向かってなせるがためです。使徒ヤコブが述べるように神は悪の誘惑を受けるような方ではなく、御自身で人間を誘惑したりなさいません（『ヤコブの手紙』一・一三）。しかし、私たちをお試しになります。しばしば、重い仕打ちをお命じになりますが、それは私たちの魂を知るためではなく（それは私たちが創られる以前からご存じです）、私たちの弱さが、わかりやすいなじみの徴によって私たちに示されんがためなのです。私は、この田舎の妻がその夫のために耐えたようなことを不平無く神のために耐える者こそ、立場はどうであれ、最も忠実で動じない者だと思います。[21]

ペトラルカは訳文に若干の改変を加えることで、グリゼルダの行動とそれを支える美徳が人間の魂と神との関係性の寓意として解釈可能なように彼のヴァージョンを仕立てている。また、ラテン語に訳することで、教養に裏打ちされた語学力だけでなく、一つのナラティブを重層的に解釈できる読解力を持つ読者を対象としていると言える。

ペトラルカもグリゼルダの賢さを指摘するが、それは夫の留守に所領の管理を抜かりなく代行する、あるいはワルテルの再婚に関してすべての準備を遺漏なくこなすといった家政学的有能さに限定されている。その一方で、思慮分別や忍耐よりも強調されているのがグリゼルダの不変と忠誠である。それは夫との関係を上意下達の神と人間の関係のように描くことで強調されている。結婚に際して、「私がお前に求めることを、それが何であれ、表情においても言葉においても一切の反発なしに、すすんだ気持ちで実行する」かどうかと尋ねるワルテルに対して、グリゼルダは「領主さま、私はこのような名誉に相応しくないことは知っています。しかし、それがあなた様のご意思で私の宿命ならば、私はあなた様の意志に反することを、そうと知りつつ決して致しませんし、あなた様の意志に反するようなことを考えることさえ致しません。また、あなた様が死をお命じになったとしても、あなた様に反するようなことは致しません」と答えて完全な服従を誓う。[22]その姿勢は、神に命じられたとおりに息子のイサクを生け贄として捧げようとするアブラハムにも似て、神と人間のあいだに存在する絶対的で一方的な関係を前提としているようである。また、命じられた仕事に「最も忠実なはしためのように」専心するグリゼルダは、受胎を告げた天使ガブリエルに「わたしは主のはしためです。お言葉どおり、この身に成りますように」（『ルカによる福音書』一・三八）と答えたマリアを想起させる。こうした若干の聖書的言及によって隠れた読みが示唆されており、ラテン語を理解する読者はそれらに気づいて、話を寓意的に解釈できることが期待されている。

ペトラルカは、グリゼルダの不変を、人知を越えた神の摂理を信じて神に完全に服従する姿勢として解釈する読みを提示した。中世的に言うならば、霊的意義を与えることで世俗の話を一段階上へと引き上げたことになるが、しかし、この話から引き出されるペーソスへの率直な反応を否定しているわけではない。ボッカッチョへの書簡（『老年書簡』一七・四）のなかで、ペトラルカはこの話を読んだ二人の読者の反応を紹介している。それによると、パドヴァ出身のある読者は話を読んで涙にくれたが、ヴェローナ出身の別の読者は物語の信憑性を疑問視した。前者をペトラルカは「これまでに会ったことがないようなやさしい性格、最も思いやりに厚い気質」と賞賛し、一方で後者については次のように批判的である。

自分にとって困難なことは他の人にも不可能と考える人たちがいるものです。彼らは優位を保つために、すべてを自分の基準で判断するのです。でも、一般の人々には不可能と思われた行為を易々とやってのけた人たちは過去に大勢いましたし、これらかも数多く出てくることでしょう。[23]

作品の分析的な読みという点では、事実との整合性を軸に歴史的な解釈を展開するヴェローナの読者の方が、ナイーブに物語の展開のみに反応したパドヴァの読者よりも客観的批評精神に勝っていると言えるが、ペトラルカは後者の優しい性質を擁護するとともに、自分の経験や信条のみで判断する前者の想像力の欠如を批判している。文学の鑑賞の根本は、自分の想像力の限界を認識してそれを超えてゆこうとする柔軟さにあるという普遍的なメッセージがそこからは読み取れる。それはまた、グリゼルダの話を一つの驚異譚ととらえたボッカッチョの姿勢を尊重しつつ、フィクションの受容に必要なのはなによりも個人の常識にとらわれない、開かれた感受性であること示している。

チョーサーのペーソス

ペトラルカのラテン語版を種本としたチョーサーは、ペトラルカによる例話的意図の説明もそのまま訳していて、夫婦の関係を寓意的に読み替えるペトラルカ的解釈を踏襲している。しかし同時に、グリゼルダの長所を語る際にはそれが妻としての美徳であることをことさら強調する。グリゼルダは

「家庭の妻が果たす義務についてすべての技能」に長けていて、「妻としての忍耐の華」で、「妻としての貞節さ」を備えている。この「妻としての」という表現はペトラルカにもそのフランス語訳にも見当たらないので、バースの女房を意識した改変と言えるかもしれない。

チョーサーが最も注目するグリゼルダの美徳はペトラルカも重視した不変性である。ペトラルカが抽象的に「この女の不変さ」と表現する箇所を、「いかなる時も動じず、壁のようにどっしりとしていて、あらゆる点で邪心無くあり続ける」と比喩を用いて具体的に記している。「動じず」にあたる単語はsadで、チョーサーはグリゼルダにこの形容詞を繰り返し用いている。その中英語における代表的意味は今日の「悲しい」ではなく、「真剣な、真面目な、しっかりした、動じない」である。グリゼルダが最初に登場した時に、年若いが「成熟した真面目な心」を持っていると形容されていて、そこで初めてこの語が登場する。さらに、子どもを連れ去られる時にも、グリゼルダは一貫してsadな表情で冷静さを保っている。しかし、その動じない表情は運命に対するあきらめから来るものではない。ジル・マンは、この形容詞の古英語まで遡る古い意味は満足や自己充足で、そこには逆境や損失も前向きに受け入れるという姿勢が含意されていると指摘し、グリゼルダが子どもたちと再会する場面では、同じ単語が今度は副詞として使われていることに注目する。[24] グリゼルダは子どもたちを息ができないほどに「しっかりと」(sadly) 抱きしめて気を失う。

「ああ、私の可愛い、可愛い、小さな子どもたち！　お前たちは残酷な野犬かぞっとする虫けらに食べられてしまったと、あなたの哀れなお母さんはもうすっかり信じていたのですよ。でも慈悲深い神様とお前たちの優しいお父様が大切に守っていてくれたのですね」。そう言ったとたんに、彼女は突然床に崩れ落ちました。そして、気絶したままでも、二人の子どもたちをとてもしっかりと抱きしめていたので、子どもたちは苦心と工夫の末にようやっと腕の中から抜け出たのでした。ああ、彼女の周りにいた人たちの多くの憐れみに満ちた顔からは沢山の涙が流れ落ちましたので、そこに立っていられないほどでした。(四・一〇九三―一一〇六)

ここではグリゼルダの純粋で自然な反応が感情豊かに劇的に描かれていて、再会場面の「憐れみをさそう喜び」を増幅している。気絶しても子どもたちをしっかりと抱きしめているグリゼルダの腕の力は、子どもたちがもう生きていないと疑うことがなかったにもかかわらず彼らへの愛を持ち続けた揺らぐことない強さに呼応する。その意味では、グリゼルダの「妻としての忍耐」は、決して一方的に耐えることではなく、子どもを奪われてさらに離縁されるという下り坂の変化の渦中にあっても、変化がある以上(生きている以上)希望も潰えることはないという信念である。グリゼルダは変わらずにあり続けることで、最終的に自分の運命とも、夫に代表される世間とも和解するのであり、「学僧の話」はそうしたグリゼルダの生き方、彼女が体現している美徳の話と言える。「その後何年も、二人は大いなる繁栄のうちに仲睦まじく心安からに過ごしました」というお伽噺的なハッピーエンドはその和解の象徴的表現となるのである。

そう考えると、「学僧の話」はペトラルカとは違った意味で、結婚そのものに関する話ではないと言える。最後の「結びの歌」は、今ではグリゼルダもその忍耐も死んだと明言している。この結末は、現代の女性に対する風刺のように一見聞こえるが、そうではなく、現実の夫婦関係の話であるという誤解を除くためではないか。グリゼルダの話を、ボッカッチョはそのフィクション性を強調して驚異譚、一種のファンタジーと見なすことで、また、ペトラルカは寓意的解釈の種を物語に仕込むことで、それぞれに救済しようとした。チョーサーはしかし、グリゼルダの人間性に光を当てることで、逆境にあって生きるということの本質を、アレゴリーではなく一つの女性のナラティブとして語っている。

グリゼルダの話の変容

ペトラルカによって有名になったグリゼルダの話は、一五世紀にはいくつものフランス語版で知られるようになり、近代初期まで読み継がれる。最初のフェミニスト女性作家と称されることもあるクリスティーヌ・ド・ピザン（一三六五〜一四三〇年）の『女の都の書』（一四〇五年）は善女伝の伝統に与する作品で、『薔薇物語』の反女性的言説を反駁する意図で書かれたとされている。そのなかでグリゼルダの話は、女性は心変わりするという男性の見解を論駁すべく、「何人かの非常に強い女性」の模範例として紹介されている。[25]

一方で、グリゼルダの夫への従順さを前面に押し出して推奨する作品も新たに生まれている。一三九五年に制作されたフランス語の劇では、グリゼルダは「既婚女性の鏡」である。グリゼルダが従順な娘から思いやりのある母親へと成長する姿が描かれ、忍耐、服従、節操、慎重さが家庭の美徳として強調される。一六世紀になると、この劇を元にしてジョン・フィリップが『忍耐強く従順なグリゼルダの喜劇』（一五五八－六一年）という英語のインタールードを著した。この劇の主題は「（この劇）

において は夫への忍耐、それと同様に子どもたちや両親への相応しい服従の好例が新たに示される」という副題から明らかで、夫と老いた両親へのグリゼルダの従順が繰り返し美徳として語られている。さらに、劇の最後では、再会した娘が、今度は自分が両親に従順であることで恩返しをすると述べて、第二のグリゼルダとなることが暗示される。[26] 娘や妻としての従順をことさらに強調するこの作品は、近代初期の家父長制のもとで、忍耐や従順を女性に特化した美徳として抑圧的に再生産することに寄与している。

　グリゼルダの美徳は、ペトラルカやチョーサーにおいてはジェンダーに限定されない普遍的なものであったが、一五、一六世紀のグリゼルダの話では家庭内や夫婦間の実践的な美徳へと矮小化されている。同じ傾向は「学僧の話」の受容にも見られる。ある一五世紀の写本には「学僧の話」だけが単独で、『ヨブ記』の中英語によるパラフレーズなどの忍耐を教える教化文学と一緒に収められている。この写本は修行中の若者に自制心と逆境における忍耐を教えるために編纂されたもので、「学僧の話」はまさにその目的に適ったわかりやすい教訓譚として利用されているのである。[27] グリゼルダの話は読者層や目的に応じて多様な解釈が可能な話として中世社会で受容されていたのであり、「学僧の話」の独創性もそうしたコンテクストのなかでより良く理解されうるのである。

　「学僧の話」は、「バースの女房の愛のために、どうか神様、彼女とその一族が最大の支配力を持ち続けますように」という祈願文で締めくくられ、その後に反歌《エンヴォイ》が続く。反歌とは、特定の人物に宛てた短い結びの詩行で、詩の内容や主題を要約したり、現実の出来事や状況へと結びつける役割を担っている。ここでの反歌の役割は、グリゼルダの話を巡礼たちによる語りの現場へと引き戻すことにあり、グリゼルダとは正反対な「バースの女房」は恰好の参照点となるのである。

反歌の内容は女性の饒舌を擁護するもので、「思慮分別豊かな気高い奥方たちよ、謙虚さゆえにあなたがたの舌を釘で固定したりなさらぬように」、「水車小屋のように休まずに舌を動かしなさい」、「夫が鎧を纏《まと》おうとも、お前の執念深い雄弁の矢は胸当ても前甲も突き通す」などとけしかける。カササギのように陽気にしゃべり、噂話が好きなバースの女房へのアイロニーのように読めるが、その一方で、饒舌ということに積極的な意味を付与しているとも考えられる。饒舌とは、学問的訓練や論理的言説とは無関係な、台本のない身体的なパフォーマンスで、男女問わず全員の心中に抑圧されて存在しているもう一つの声であると考えられる。[28]「バースの女房の序と話」は、女性の優位性を語るには男性的な言説が不可欠であるという矛盾を露呈し、女性固有の声の不在を暗示しているが、それに対して一つの返答がここで示されているとも言えるだろう。その一方で、女性固有の声とは脈絡のない無駄話、つまりノイズに過ぎないとも取らえられる。それならば、「学僧の話」がまさにそうであったように、男性的権威に対抗できるものは会話ではなくグリゼルダの揺らぐことのない沈黙以外にはありえないことを間接的に示しているとも言える。「バースの女房の序と話」と「学僧の話」は単純な対立構造にあるわけではないが、ジェンダーとそれに権能を付与する言語という問題を対照的な視点からどちらも扱っている。

「メリベウスの話」の助言と沈黙

巡礼チョーサーが自ら語る長い散文の「メリベウスの話」では、夫婦関係において妻が夫を教導するという、「バースの女房の話」に類似した状況が展開される。この話は、イタリアの法学者アルベルターノ・ダ・ブレッシャ（一一九五頃〜一二五一年頃）がラテン語で著した教訓書『慰めと助言の書』（一二四六年）のかなり忠実な英訳である。『慰めと助言の書』はとても人気があり、三〇〇以上の写本が残されていて、さらに、中世後期にはフランス語をはじめいくつもの俗語に訳されていた（図15）。

話の筋はいたって単純である。メリベウスの留守中に三人の敵が家に押し入り、妻を打ちすえ娘に重傷を負わせる。メリベウスは復讐を誓うが、妻のプルデンスは、助言者の選び方、決断の下し方、そして暴力に暴力で抗することの愚かしさを説いて、最終的に復讐を止めさせ、過ちを悔いている敵との和解を実現させる。話の大半はプルデンスの実践道徳的な長広舌で、ナラティブはそれに物語的な枠組を付与するための付随的なものと言ってよい。寓意的な解釈が可能な話で、それについては話のなかで次のように説明されている。

図15　メリベウスとプルデンス（仏語訳「メリベウスとプルデンスの物語」15世紀前半）

> あなたの名はメリベウス、すなわち、「蜂蜜を飲む者」という意味です。あなたは甘美なつかの間の富や、この世の喜びや名誉という蜂蜜を多く飲んだがゆえに、酔いしれて、あなたの創造主イエス・キリ

ストを忘れてしまったのです。（中略）あなたは我らが主に対して罪を犯しました。なぜならあなたは、人間の三つの敵――肉体、悪魔、俗世――があなたの肉体の窓から好き勝手にあなたの心中に入り込むがままにして、彼らがしかける攻撃や誘惑に対して適切に自分を守ろうとしなかったのです。その結果、彼らは、あなたの魂に五箇所の傷を負わせました。つまり、大罪があなたの心のなかに五感を通って入り込んだということです。同じように、我らが主キリストは、三つの敵が窓からあなたの家に侵入して、あなたの娘を上に述べたやり方で傷つけることを望まれ、許されたのです。（七・一四一〇－一二、一四二〇－二六）

このように、魂の敵を退けて神と和解することが隠れた主題であることが示されるが、しかしプルデンスはこうしたキリスト教的解釈を展開するわけではない。実際、三人の敵は一方的に退けられるべき「人間の三つの敵」の寓意ではなく、和解の可能性がある人間たちであり、話の後半は行為を悔いている敵との和解と許しが主題となっている。また、チョーサーは、冒頭で言及されるだけで物語には登場しない、原典では無名の娘にソフィアという名を独自に与えている。ソフィアとは知恵で、これは聖霊から人間に授けられた賜物の一つだが、あえて名付けられることでむしろその不在が際立っている。「メリベウスの話」は、ソフィアが象徴する神助が不在な状況において、妻のプルデンス（英語で思慮分別の意味）が実践的な徳目である思慮分別に従うように夫を説得する話と理解できる。夫を諭して正しい選択をさせることは妻の務めであった。神学者のトマス・オヴ・チョバム（一一六〇頃～一二三三年頃）は『聴罪司祭の手引書』（一二一五年頃）において、「妻は夫の説教師となるべき事」という命題のもとで次のように述べる。

（聴罪司祭が信徒に）償いを命じるにあたっては、女性には常に夫に対しては説教師となるよう申しつけるべきである。なぜならば、いかなる聖職者も、妻がするように夫の心を和らげることはできないからである。それゆえに、もしも夫の罪が妻の怠慢のせいで矯正されていなければ、それは妻の責任となる。[29]

その意味では「バースの女房の話」の老婆は賢妻としての義務を果たしており、夫に口答えしないグリゼルダでさえも、育ちの良い新妻に対して自分にしたのと同じ仕打ちをしないようにとワルテルに忠告している。「メリベウスの話」は妻がこの務めを実践して、賢妻が夫を説得する過程を描いている。現実社会において思慮分別にかなった行動を取るためにはどのような思考プロセスを辿ればよいのかを、危機への具体的対策とともに教えるのがこの話の主眼である。

「船長の話」に関連して論じたように、思慮分別には枢要徳と処世訓という二面性があり、プルデンスの長広舌はその両面を扱っている。プルデンスは、自らを運命の変転にゆだねてしまうような選択は避けるべきであると教え、戦争や復讐、または富への執着や権力の乱用など、不安定で危険な選択を否定している。さらに、節制、忍耐、怠慢など、思慮分別と密接に関わる美徳や悪徳を論じている。節制は中世後期には思慮分別にもまして重要視された徳目であり、また、忍耐は、性急な決断と行動を戒める意味で思慮分別と関連が深い。その逆に怠慢は「教区司祭の話」でも触れられているように、将来に対する備えを怠ることで、思慮分別と対立する悪徳である。
こうした観念的な説明に加えて、プルデンスは復讐をやめるように説得する本論から逸脱して、友人の選び方、金銭の使い方、忍耐の現世的効用などを具体的な処世訓とあわせて語っている。「メリベウスの話」の内容は復讐の善し悪しを超えて多岐に渡っており、語り手が「主題の効果を高めるために、この短い教訓話に皆様が以前に聞かれたときよりも幾分多くの格言を入れて話したとしても」自分を咎めないで欲しいとあらかじめ弁解するとおり、民衆起源の諺から権威ある書物から引用した箴言《しんげん》に至るまで多くの格言が登場する。プルデンスを初めとして助言者たちはそれぞれに諺や格言を引用し、さらに語り手もことあるごとに、登場人物の発言や議論の論旨をさらに別の格言や引用句で補強している。その意味では、「メリベウスの話」はかろうじてナラティブの形式を保ってはいるが、ジャンルとしては教父や古典作家からの抜粋や引用を編纂したコンピラティオ、言いかえれば教訓的目的で編まれた一種の格言集に近いのである。[30]
プルデンスはその名が示すように思慮分別の擬人像としての一面を持っていて、沢山の格言や引用句を自家薬籠中のものとしてそれを次々と披露する。その目的はたんに格言的知恵を列挙することではなく、メリベウスに思慮分別にもとづいた判断の本質と具体的手順を教えることにある。プルデンスは、少数の信頼に値する人物との協議の必要、助言者の選択基準、自分の判断が及ぼす影響についての予測、ものごとの究極的な原因の見極め、自分の能力の冷静な分析などを論じて神意にかなった選択へと至る思考の道筋をメリベウスに示し、性急に決断を下す前に立ち止まって自分の内実と状況を分析して熟考するように促す。最終的に、メリベウスは復讐を放棄し敵を赦すことを宣言する。プルデンスの説得は成功を収め、その終始冷静な弁舌は、女性固有の粘り強く謙虚な説得の好例に他ならず、プルデンスは見事に妻としての役割を果たしたと言えるかもしれない。しかし、メリベウスが本当に説得されたのかは、実は「バースの女房の話」の場合と同様にあいまいである。

「メリベウスの話」では「バースの女房の話」の騎士と老婆のケースとは異なり、メリベウスはプルデンスの助言に対して自らも諺や格言を引用して意見を述べ、両者は少なくとも表面的には対話を通じて理解を深めているように見える。しかしメリベウスは、アウグスティヌスもポピュラーな諺も同列に引用し、自分の発言を都合よく一時的に権威づけるために用いている。「罪を犯すのは人間だが罪を止めずにいるのは悪魔のすることである」という枢要徳としての思慮分別の意義と本質にかかわる格言も、「すべては金次第」といった処世訓も、同じレベルで認識されているのである。

同様にメリベウスにとっては妻の説得も立派な格言や理由の羅列でしかない。話の後半では、メリベウスは、「あなたが私に示して明らかにした、かくも多くの立派な理由に対して、私は返答することができない。だから手短にあなたの意志や忠告を言ってくれ。私にはそれを実行してやり遂げる用意ができている」と述べるが、プルデンスが議論を重ねれば重ねるほど、それはメリベウスにとって、他者から一方的に与えられるものとしてしか認識されなくなってゆく。メリベウスは妻の忠告どおりに行動はするものの、自発的に思慮分別を実践するには至らないのである。それは最後になっても報復という考えを捨てきれていないことで露呈する。三人の敵が非を認め、犯した罪を悔いてメリベウスの裁きに従うことを知ると、メリベウスは模範的な返答をする。

自分の罪の弁解をするのではなく、罪を認めて自ら悔い、慈悲を乞う者は、罪の赦しと赦免を受けるに立派に値する。なぜなら、セネカが「罪の告白があるところ、赦免と赦しがある」と言っていて、告白こそは潔白の隣人であるからだ。また、別の箇所では「罪を恥じて、それを認める者は、赦しに値する」と言っている。それゆえに、わたしは和平に同意し、決断する。(七・一七七四―七七)

ここでメリベウスは、謝罪に対して慈悲をもって応じることで平和を将来に渡って確保するという、思慮分別に基づいた決断をしたように映る。格言的な知恵を正しく活用することで、正しい選択へ至る道を自ら辿ったように見えるのである。プルデンスも決断を聞いて安堵するが、罪を認めて慈悲を請う敵に対してメリベウスが最終的に下した裁きは、実際には財産没収と永久追放という厳しいものである。この結論は、結局のところプルデンスの説得も教えも無駄であったこと、メリベウスは、「バースの女房の話」の騎士同様に、半ば面倒になってプルデンスに同意するのであって、最後まで自発的な思考はできていないことを暗に示している。

その原因はどこにあるのだろうか。自らも格言を引用して語るメリベウスには理解力も知識もあり、妻の整然とした議論についていけないわけではない。むしろ原因は、ここで用いられているジャンル自体に見出される。「メリベウスの話」の内実は思慮分別を主題としたコンピラティオであり、キリスト教的知恵がその本来の文脈から切り出されて、さまざまな状況に対応する格言として整理されている。格言化は記憶を助けるが、同時に格言はしばしば文脈を失って一人歩きする。引用や格言を権威として用いて内省と自己分析を啓発しようとするプルデンスの意図は、まさにプルデンスがそのために多用する格言の断片的性格ゆえに阻害されていると言える。[31] その意味では、「メリベウスの話」は、それ自体が属する教訓文学のジャンルの限界を際だたせ、同時に中世後期の思慮分別の概念そのものに内在するアンビバレンスに読者の目を向けさせていると考えられるのである。

思慮を欠いた夫たち

本節で扱った三つの話を賢妻の話と捉えるならば、そこには同時に夫の欠陥が相対的に浮き彫りになっていると言える。メリベウスには男性としての論理的知性も知識も備わっているが、報復という前提から自分自身を解放する共感力を欠いている。そのこだわりは「貿易商人の話」のジャニュアリィに通じる。結婚の是非について、プラセボ（喜ばせる）、ジュスティヌス（正しき者）という寓意的な名前の兄弟に助言を求める状況は「メリベウスの話」に類似している。相談すること自体は思慮分別に基づいた行動であるが、自分の見解を変える意志自体が希薄なので、その行動は結果的に思慮分別の欠如を裏書きすることにしかならない。

対照的に「学僧の話」のワルテルは結婚に関して一切助言を求めず、自分で決断する。そして妻の選択においては民衆から思慮深いと賞賛されるが、しかし状況を顧みずに妻を試しつづける頑なさは、思慮分別とは正反対なものである。夫たちに共通するこうした欠陥を考慮すると、逆説的だが、賢妻の話は、実は男性的論理で体系化された思慮分別を最も良く理解しているのは、分別を欠いた男性の行動の犠牲になっている女性たちであることを示しているとも考えられる。そしてそれは、柔軟で忍耐強い女性が実践することで、プルデンスのような助言者もグリゼルダのような実践者も生み出す。しかし同時に、「バースの女房の話」の老婆もグリゼルダもプルデンスも生身の女性ではなく、一つの類型に基づいて描かれていることもまた事実なのである。

4　うっとうしい教会関係者と誤読

巡礼には聖職者や教会関係者も数多く参加しているが、そのなかには「総序の詩」のポートレートを見るかぎりでは信心深く有徳の人物として描かれている教区司祭、女子修道院長、学僧がいる一方で、中世の宗教文学においてしばしば批判や揶揄の対象となり、宗教改革の引き金ともなったとされる人物も少なくない。それは免償説教家（免罪符売り）、「総序の詩」ではその友人として紹介される教会裁判所の召喚吏、そしてその召喚吏と話で応酬する托鉢修道士である。彼らの話はいずれも私利私欲を軸に展開するので、その意味では中世後期の教会制度に内在する矛盾や堕落を間接的に伝えていると言えるかもしれない。しかし、チョーサーは彼らのポートレートや話を利用して何らかの教会批判をしようとしたわけでも、また教会制度の堕落や職権の濫用を描こうとしたわけでもない。むしろ、教義や制度そのものに潜む矛盾に光を当てることで、テクストに内在する解釈の多層性という中世的なテーマに目を向けていると思われる。

免償と免償説教家

免償説教家は話に先立って、バースの女房程ではないにせよ長い自己紹介をして、自分の商売のコツと職業倫理（の欠如）を赤裸々に語る。英語でパードナーと呼ばれるこの職業について理解するには、まず免償とは何かを知る必要がある。

中世のキリスト教において、人間が最終的に救われて死後天国に迎えられるためには、幼児洗礼以後に犯した罪が告解の秘蹟を通して神により赦される必要がある。それにはまず犯した罪を悔いて改心し、その罪を包み隠さず聴罪司祭に告白し、その上で司祭によって示される償いを果たす、という三段階を順に終えねばならない。償いの量や内容は犯した罪の重さや性質に対応して決められ、それを生前に完遂できなかった場合は、死後に煉獄《れんごく》で終えることが認められていた。その一方で、聖人たちのように、自分の救済に必要とされる以上の功績を生前に積んだ人たちがいる。彼らの余剰な功績は無駄になるのではなく、「功績の宝庫」と称される一種の保管庫にまとめて蓄えられ、償いを終えずに死んで煉獄へ送られた者の不足分を補うために融通されうると考えられた。その前提として「聖徒の交わり」の考えがある。「聖徒の交わり」とはキリスト教徒の連帯のことで、それは現世で今生きている信者だけではなく、煉獄で償いのために苦しんでいる死者、そしてすでに天国に迎えられた魂も結びつけている。教会の信者たちは時空を越えて霊的に交わり、全員でキリスト自身を頭として「コルプス・ミスティクム」（神秘的なからだ）と称される一つの体を形作ると形容される。『コリントの信徒への手紙一』（一二・二七）に「あなたがたはキリストの体であり、また、一人一人はその部分です」という一節がある。この考えが、償いを第三者が代行する、つまり功績を他者に譲り渡すことが可能な根拠となるのである。ボナヴェントゥラによると、人間の体では例えば頭を腕でかばうように、体の一つの部位を守るために他の部位が働く。同様に、一人の信徒は他の信徒のくびきを負うことができるはずだし、またそうすべきなのである。[32] その具体的な形が免償であり、それは「功績の宝庫」に蓄えられている功績が必要に応じて、償いの足りない信者へと教会により融通されることに他ならない。免償は、簡潔に定義するならば、命じられた償いのうち、生前に終えられなかった部分を死後に煉獄で完遂するにあたって、その一部あるいはすべてを、この実質的には無尽蔵な功績の宝庫の蓄えで充当することを認める制度である。

この免償は、免償が付帯されている祭壇で祈りを捧げること、つまりその祭壇がある教会に巡礼することで得られたが、中世後期には免償説教家を介して獲得することもできた。免償説教家はまさに煉獄での償いを免じる免償を与える職業で、自ら信者のもとへ出向いて、説教をしたり説話を語ることで信仰心を煽り、希望者に免償を与えたのである。見返りに得られた献金は病院（施療院）、教会、橋などの建設と維持に使われたので、彼らは教会のために資金を調達する任務を担っていたとも言える。活動には司教の補佐役にあたる助祭長の許可が必要で、活動区域もあらかじめ定められていた。『カンタベリー物語』の免償説教家は、ロンドンにあるランスヴォーの聖母マリア施療院に所属すると「総序の歌」のポートレートでは紹介されている。免償説教家には「免罪符売り」という訳語が当てられることがあるが、これは正確ではない。免じるのは罪ではなく償いのほうで、また、お札のようなものを金銭で販売していたわけでもない。

「諸悪の根源は金銭欲にあり」

そうした職能を理解したうえで、巡礼に参加している免償説教家を見てみたい。「総序の歌」のポートレートでは、若作りの奇抜な髪型をしていて、ゲイであることを示唆するような「去勢馬か牝馬」という形容がされている。それゆえに、『カンタベリー物語』においてクイアな読みを展開するときの出発点と見なされ、一緒に旅をしている召喚吏と二人で、英文学史上最初のそれとわかるゲイ・カップルであると形容されることもある。[33] しかし、免償説教家のセクシュアリティについては諸説あり、また、免償説教家の序も話も特にその点を取り上げることはない。序では自己陶酔型の露悪家として描かれていて、自分の手の内をひけらかすくだりはバースの女房に共通するところがある。免償説教家は自分の説教の主題はつねに一つ、「諸悪の根源は金銭欲にあり」で、その目的は「儲けることだけで、罪を矯正することでは決してない」と開き直る。免償の本質が他人の罪の償いのために共有財産から支出するという相互扶助の精神にあることを考えると、正反対の主張である。

免償説教家が語る話は「金儲けのために説教で使っていた教訓話」で、三人のならず者の若者が「死」に復讐をしようとする話である。疫病の季節に沢山の死者が出て、彼らの仲間も犠牲になった。「死」が密かにやってきて寝ている間に仲間を殺したことを知った三人は、復讐しようとして「死」を探し回る。奇妙な老人と出会って死の居場所を教えられた彼らは、そこに行くが、その場所には誰もおらずかわりに金貨がつまった壺があった。三人は有頂天になって、夜まで待って金貨を運び出すこととし、最年少の仲間に酒を買って来いと命じる。残った二人は、協力して三人目を殺して金貨を山分けする計略を立てる。そして酒を買って戻ってきた三人目を首尾よく殺害するが、その酒を飲んだ二人も死んでしまう。三人目は金貨を独り占めしようと思って、酒に毒を入れていたのである。

死と出会う三人のならず者の話は、民話としてユーラシア大陸全域に見いだされ、起源は仏教説話に溯るとされるが、ヨーロッパ中世では、説教のなかで活用される例話として記録されている。例話（エクゼンプルム）とは教訓を伝えるための短い作り話のジャンルで、通常、話本体と、それを寓意的に解釈してキリスト教的教訓を引き出す教訓部で構成されている。登場人物を人間の魂や肉体の寓意と解釈したり、あるいは物語をキリストと信徒の関係などに読み替えて、話をキリスト教の基本教理を教えるための寓意として解釈するのである。免償説教家の話もそのように解読することが可能である。三人のならず者は、心を一つにして「裏切り者の死」を殺すという誓いをたてた義兄弟である。「死を殺す」という決意を字義どおりにとるならば、それが唯一できるのは復活したキリストであるから、誓い合った三人は三位一体のそれぞれの位格（神と子と精霊）と解釈できる。しかし、三人はお互いの罪を笑い合うような確信犯的に罪にまみれた存在なので、むしろ逆に、魂の死をもたらす存在、人間の三つの敵とされている俗世、肉体、悪魔を想起させる。実際、彼らは互いに殺し合うことで、地獄行きが確実な突然死を魂にもたらすのである。また、見つけた金貨を共有財産として融通し合うのでも等分に分けるのでもなく、独占しようとしたために三人の連帯は速やかに崩壊する。この裏切りは、免償の基盤となる「功績の宝庫」、さらには免償制度自体の否定と解釈することができ、実際に彼らは免償に与《あずか》る暇もなく死んでしまう。このように「免償説教家の話」は、魂を誘惑することで死へと至らしめる人間の敵の話であるだけでなく、そこには、免償制度の基盤を揺るがせる話を免償説教家が披露するという逆説も潜んでいるのである。

　しかし、免償説教家が実際に引き出す教訓は、こうした寓意的解釈とは異なり、きわめて単純なものである。語り手は「ああ、あらゆる呪われた罪のなかでも最も呪われた罪！　ああ、裏切りの殺害よ、邪悪な行い！　ああ、暴飲、好色、賭博よ！」と大袈裟な頓呼法を用いて速やかに話を終わらせる。つまり、自分の話を、取り分を欲張ったために命を落とした話として表層的に解釈し、それによっていつもの「諸悪の根源は金銭欲にあり」という主題を強引に裏書きさせているのである。免償説教家は例話の本来の機能を放棄して、聴衆を金銭欲の末路という短絡的な教訓に誘導する。それだけでなく、死の原因となる金銭を速やかに放棄して、かわりに救済の約束を手に入れることが良いとにおわせて、そのまま免償の販売へと滑らかに移行する。

さあ、皆さん、神様があなた方の過ちを赦してくださいますように。そして、貪欲の罪にはお気をつけなさい。金貨や銀貨、あるいは銀のブローチやスプーン、指輪などを寄進なされば、私の聖なる免償があなた方全員を救ってあげられます。この聖なる勅書の前で頭を垂れなさい。ご婦人方、前に進み出て羊毛を寄進なされ。あなたの名前をこの巻物にすぐに書き入れて差し上げます。天国の至福へと行けますよ。私に与えられた大きな力であなた方を赦免して、寄進なさる方を生まれた時のように汚れなく清らかにして差し上げます。どうです、皆様、こんな具合に私は説教するんですよ。（六・九一〇－一五）

自分の流れるようなパフォーマンスに気をよくして調子にのった免償説教家は、巡礼たちを相手に商売を始めようとして宿屋の主人の怒りを買うこととなる。免償制度の破綻が主題化されている話で免償のセールスを行う点には二重の皮肉が込められていると言えるだろう。

死に至る誤読

本来は寓意として解釈されるべき例話を免償説教家はあえて字義どおりに歪めて解釈するが、この作為は、テクストの誤読という本質的な問題をさらに投げかけてくる。ならず者たちが死について最初に知るのは、居酒屋の給仕の次のような説明によってである。

その人は、あなた方の旧いお仲間だった方で、昨晩突然殺されたんです。酔いつぶれて、腰掛けの上にあおむけになってました。皆が「死」と呼んでいる狡猾な盗っ人がそこにやって来て、槍で心臓を真っ二つにして、何も言わずに行ってしまいました。こいつはこの疫病のあいだに一〇〇〇人も殺しているんです。旦那方、こんな敵に出くわす前に、気をつけるのが肝心と思います。

(六・六七二－八二)

この記述が一四世紀にイングランドのみならずヨーロッパ中で大流行した黒死病《ペスト》を念頭においていることは想像に難くない。槍を手にした「死」は典型的な「死」の擬人像である。また、中世美術のポピュラーなモチーフ「三人の生者と死者」では、俗世の楽しみを謳歌している生者が死と邂逅して追いかけられる様が描かれることがある(図16)。しかし言うまでもなく、現実にはそのように死と物理的に対峙することはできず、擬人化された観念である死との戦いは不可能なだけでなく、最初から負け戦である。死は密かに盗賊のようにやってくる。それと気づく暇もなく死に打ち負かされたと

図16 「死」と貴婦人（時禱書零葉、北フランス、1460年頃）／「3人の生者と3人の死者」『マリア・フォン・ブルグントの時禱書』（ヘントかブルッヘ、1480年頃）

いう結末は、むしろ死の本質を言い当てている。

泥酔していて霊的には死んだ状態にあるならず者たちには、イメージの背後の抽象概念に到達する能力はない。死に勝利したければ、逆説的だが、死を神の代理人と認識して、その前にキリストのように謙虚に身を委ねるしかないのだが、彼らはそのことを理解していないばかりか、イメージを盲目的に字義どおりに捉えるという、本質的な誤りを犯している。言い換えれば、ならず者たちは例話のジャンルの期待を裏切る誤読により自ら死を招いたのであり、「免償説教家の話」はテクスト解釈の多層性という、キリスト教宗教文学の本質を主題化していると言えるだろう。

托鉢修道士と召喚吏

旅の途上では、巡礼たちの間での口論もしばしば起きる。それは粉屋と荘園領管理人の場合のように話の中身が原因のこともあれば、料理人と賄い方のように、酔ったうえでの失言が相手を怒らせることもある。なかでも最も根が深そうなのは托鉢修道士と召喚吏の間の対立である。二人の口論はすでに「バースの女房の話」の前に生じているが、バースの女房が話し終わると、さっそく托鉢修道士によって召喚吏が地獄に墜ちる話が披露され、それに対して今度は召喚吏が托鉢修道士を主人公とした話で応酬する。それぞれの話を検討する前に、托鉢修道士と召喚吏について確認しておきたい。

托鉢修道会は、清貧を旨とするキリストの使徒のような生活を理想として一三世紀初頭に誕生した新たな修道会で、ドミニコ会、フランシスコ会、アウグスティヌス隠者会、カルメル会がある。それ以前に誕生した伝統的な修道会――修道会の祖であるベネディクト会をはじめ、その改革を志向した一一世紀末のシトー会やカルトジオ会――はしばしば僻地の修道院で共同生活を営み、地代や自給自足の生活で生計を立てていたが、托鉢修道会は主に都市部で活動をした。キリスト教会は伝統的に教区司祭などの在俗聖職者と修道士（英語の monk）の二本柱で構成され、前者が一般信徒の霊的必要に答え、後者は独自に祈禱と労働の生活を営み、後援者の魂のために祈るという住み分けがなされていた。托鉢修道士（英語の friar）はそこに新たに参入してきたのである。使徒たちと同じく無所有と清貧を旨とし、善意の施しによって生活する彼らは、それぞれに定められた地区内で信者のもとを托鉢してまわり、自分たちの教会や辻で説教を行い、司教の許可を得て信者の罪の告白も聴いた。彼らの説教は時には信徒が所属している教区教会の説教よりも人気があり、教区教会ではなく修道会に寄進をする信者もいたので両者の間にはライバル関係が生まれた。ジョン・ウィクリフ（一三三〇〜八四年）は托鉢修道士を、羊の皮を被った狼で偽預言者で、また「総序の歌」のポートレートに呼応するかのように、女の気を引くために贈り物として使えるナイフやピンなどの小物を持ち歩く行商人になりさがっていると非難している。[34] パリ大学教授サンタムールのギヨーム（一二〇〇頃〜七二年）が著した『当今の危機について』は托鉢修道会を激しく糾弾し、中世後期の「反托鉢修道会文学」の基盤となった。中世の物語文学においては、托鉢をして信徒の家をまわる修道士は、信者の妻を寝取ったり、厚かましく喜捨をねだったりする厄介者のキャラクターとして「活躍」するようになった。

一方で召喚吏とは、司教あるいは司教から教区の管理を委託された助祭長の代理として、教会裁判所へと被告や証人を呼び出し、また罰金を徴収する役人である。教会裁判所は聖職者の過失を扱うだけでなく、一般信徒の過失や犯罪（性犯罪、十分の一税の未払い、誹謗中傷、契約の不履行など）や遺言執行などの民事も扱った。召喚吏は単独で信徒を訪問し、時には今日の刑事のように捜査もした。そのため高潔で信頼できる人物が求められたため、着任に際しては、裁判の詳細を口外しない、賄賂を受け取らず要求しない、教区をこまめに巡回して報告を怠らないなどの誓いをたてて職務に就いた。[35] しかし、「托鉢修道士の話」の召喚吏は、何の科《とが》もない寡婦を裁判所に呼び出し、その見逃し料として金銭を要求する鼻つまみ者である。

教会制度の末端に属して、信者の家を訪問して私腹を肥やしている召喚吏と托鉢修道士は、職務上もライバル関係にあるのである。そうした背景に基づいて彼らはあからさまにお互いを貶め侮辱する話を披露しあう。話の内容も、いかに制度を悪用して私腹を肥やすかというわかりやすい目的で共通しているし、さらにその貪欲が原因でひどい目に会うという意味では「免償説教家の話」とも共通点がある。

「托鉢修道士の話」と誓言のレトリック

托鉢修道士が召喚吏を主人公として語る話は、以下のような粗筋である。召喚吏が教区をまわっていると代官と名乗る男と道連れになるが、やがてその男は自分が悪魔だと告白する。召喚吏はひるむことなく、手に入れたものを山分けすることを互いに約束する。二人は、泥にはまった荷馬車の御者が馬に対して悪魔に捕まるがいいと悪態をついている場面に出会うが、悪魔は、それは御者の真意ではないから取り上げることはできないと言う。次に召喚吏は老女を脅して金銭を要求し、地獄へ堕ちろと悪態をつかれる。悪魔は、それは真意なので、その夜のうちに召喚吏を地獄へ連れて行くと言う。

この話の鍵となるのは不用意な誓言である。不注意に「悪魔にくれてやる」と悪態をついた結果そのとおりになってしまう話は、誓言を戒める例話としてしばしば見うけられる。「托鉢修道士の話」は表面的な行動や発言の背後にある意図を問題にすることで、キリスト教の罪の概念の本質を主題としている。

悪魔は寡婦の誓言の裏にある意図を慎重に吟味する。召喚吏が「お前が破産したって、お前を見逃すようなことがあるなら、醜い悪魔が俺を捕まえるがいい」と言う時、それは御者が馬についた悪態と同様に、言葉と意図は一致していないが、寡婦が「お前の体と、あたしの鍋を、黒くて毛むくじゃらの悪魔にくれてやる」と誓う時、悪魔はそれが本当に寡婦の真意かを確認し、「悔い改めないなら、死ぬ前に悪魔が奴(召喚吏)を捕まえるがいい、鍋も何もかもみんな!」という返答を得る。それに対して召喚吏は「いや、この婆あ、お前さんから何をもらったって悔い改めるつもりはまったくないね。」(三・一六一〇―三二)と答えることで、寡婦の真意を自らの意志で承認したこととなり、悪魔に捕らえられて地獄へ堕ちるのである。

プロットは貪欲な召喚吏が地獄へ連れ去られるという単純な展開だが、そこへ至るやりとりに注目すると、「召喚吏の話」は、本来は比喩的な意味で用いられている誓言が字義どおりに取られることから生じた地獄堕ちの話である。しかし誤読が死を招いた「免償説教家の話」とは対照的に、比喩的発言の背後に隠された話者の意図が正しく理解された結果として死がもたらされる。

この話でもう一つ注目に値する点は、「肉体も魂も悪魔とともに」地獄へ行ったと明言されている点にある。キリスト教は、死の瞬間に魂は肉体を離れ、不死の魂が死後世界へと連れ去られる一方で、有限の肉体はこの世界で土に還ると考える。悪魔の発言は基本的に寡婦の「お前の肉体を悪魔にくれてやる」という誓言を、発言者の意図を尊重して字義どおりに実行するという以上の含意はなく、キリスト教の死生観に触れた内容ではないと思われる。しかし、興味深いことに、肉体ともども地獄へ連れ去られることは、頑なな罪人や不敬な大罪に対する罰と見なされていたらしい。ロンドンで小修道院長を務めたコーンウォールのピーターが編纂した「啓示の書」（一二〇〇年頃）には、カンタベリー地区で起きた次のような事件が記録されている。悔い改めを拒んで破門されたある若者のもとに、ある晩突然に二人の悪魔がやって来て若者を鎖で縛って連れ去って行った。後には被っていたナイトキャップだけが残されていたという。[36] 召喚吏も、はっきりと言葉にして悔い改めを拒んだことでこうした確信犯的な罪人と同列になり、それゆえに肉体も魂も一緒に地獄へと連れ去られたと考えることも可能である。その先には、ダンテ『神曲　地獄篇』に描かれる地獄の最深部のトロメアのような、特別に酷い拷問が待っていると想像されるのである。

図17　火格子の上のルチフェル『ベリー公のいとも豪華なる時禱書』（ブルゴーニュ地方、1411–16年）

「召喚吏の話」と風の贈り物

「托鉢修道士の話」は「悪魔が彼らを捕まえる前に、悪行を悔い改めますように」と召喚吏全員に呼びかける一般化で終わっている。それを受けて召喚吏が語る話は托鉢修道士の強烈なこき下ろしで始まる。序は、ある托鉢修道士が幻視体験で地獄を訪れるエピソードを語る。案内役の天使に導かれて地獄へと下降した托鉢修道士は、仲間たちが地獄の最下部でサタンの尻の穴の中に住まわされているのを見る（図17）。これは、古代末期から中世の終わりまで途絶えることなく書き続けられた人気ジャンル、死後世界探訪譚のパロディであり、召喚吏が地獄へと連れ去られる直前の話を受けて、今度は托鉢修道士が地獄を旅するのである。

続く「召喚吏の話」も「托鉢修道士の話」と同様に、一言で言うならば教区民から金品を巻き上げようとする話である。托鉢修道士は、ときに煉獄の魂のために「三〇日ミサ」（鎮魂のための三〇回のミサ）を挙げて施しを受けていたが、ここではこのミサに対する「合理的」な態度が紹介されている。

「三〇日ミサは」とこの托鉢修道士は言いました。「老いも若きも友人の魂を（煉獄での）償いから解放するのです。急いでうたわれるときも、それは何も聖職者が立派に身なりよくするためじゃありません。一人は一日に一回しかミサをうたいませんから。さあ、すぐに魂たちを解放してあげなさい。」(三・一七二四－二九)

「三〇日ミサ」はたんにミサを三〇回行うのではなく、一定期間にわたって定められた祝日毎にミサを挙げることで御利益がある。しかしここで托鉢修道士は、自分たちの修道院では、複数の修道士が協力して、より短期間に、たとえば一日で三〇日ミサを効率よくすませられることを示唆している。必要な回数が満たされれば効果は同じだという主張は免償行為の数値化に他ならず、霊的救済を商業主義へと還元してしまっている。免償説教家も自分の話を締めくくるにあたって、巡礼仲間に向かって「道すがら、一マイルごとに真新しい免償をお受けなさい」と勧誘して宿屋の主人の怒りを買ったが、その主張の前提には、免償は頻繁に獲得されればされるほど効果があるとする同じ算術的思考、ジャック・シフォローの表現を借りるならば「死後世界の会計学」が存在する。[37]

「召喚吏の話」の主役は托鉢修道士のジョンである。ジョンは病で伏せっている教区民のトマスを見舞う。病人を見舞うことはキリストの使徒が果たすべき七つの慈善行為の一つであり(『ルカによる福音書』一〇・九)、聖職者が「魂の医師」として病人の魂を治療することは第四ラテラノ公会議(一二一五年)でも定められている。トマスとその妻はジョンが所属する修道会に付随する信心会の構成員で、修道会の存続のために寄進をし、その返礼行為として修道士が信者及び死者のために執り成しの祈りを捧げるのである。ジョンは、病気のせいで怒りっぽくなっているトマスにむかって、怒りの

図18　ペンテコステ（時禱書写本、ルーアン、1465–80年頃）

悪徳について長々と説教をする。あからさまに喜捨をねだるその厚かましさに腹を立てたトマスは、ジョンに特別な贈り物をする。教団を構成する一二名の修道士全員で平等に分けて欲しいと言って、ジョンの手の中に放屁するのである。

このトマスの不敬な寄進は聖霊の賜物のパロディであると指摘されている。まさに「風とともに」神から人間へと下される究極の賜物である[38]。激怒したジョンは別の信徒の家を訪れて自分が被った屈辱を語るが、そこではどうやってその形のない贈り物を分配するかが興味を引き、小姓が全員で等しく分ける方法を提案する。ガスで腹の張ったトマスを車輪の轂《こしき》の上に座らせ、修道士たちが一二本の輻《や》それぞれの先端に鼻を突き出した状態で周囲を囲み、そうして放屁させれば、音も悪臭も均等に全員に行き渡るという具合である。実はこの迷案にも宗教的パロディがこめられている。その様子は、キリストの昇天の後に、聖母マリアと弟子たちが丸くなって座って一緒に祈っていた時、その中央に天から聖霊が降臨した場面と構図がよく似ているのである[39]（図18）。

さらにこの場面には、免償の基盤となる「功績の宝庫」とコルプス・ミスティクムへの言及も存在する。「免償説教家の話」のならず者たちは共有すべきものを独占しようとするが、その占有と好対照をなすかたちで、「召喚吏の話」では、不本意ながらも平等に分かち合ってその恩恵に与らねばならない対象として、あるいは、一人の構成員の過ちのせいで皆が協力して償いをしなくてはならないものとして、「功績の宝庫」がパロディ化されている。この執拗なパロディは喜捨の本質にも関わっている。「召喚吏の話」では、金銭としての喜捨をもとめる托鉢修道士に対して、実体のない「空気の振動」が贈られる。この聖霊の賜物のパロディは、真の賜物は形がなく、また多くの者で分かち合っても減るものではないことを奇抜なナラティブで示している。そしてそれは、「功績の宝庫」から供される免償の本質でもあるのである。

三つの話はいずれも、比喩と実体の関係性を、それぞれ死、誓言、賜物をキーワードとして、言語におけるメタファーの作用、言い換えれば本質が比喩に覆われている様を正しく理解し行動することをテーマとして扱っている。いずれの話も、免償説教家、教会裁判所の召喚吏、托鉢修道士の類型を誇張して、あくの強い語り手や登場人物を作り出しているが、その目的は特定の聖職者集団の批判や風刺ではなく、彼らの問題行動の原点にある矛盾を言語の問題として浮き彫りにすることにある。そしてそれは、究極的には言語化ができない霊的な事柄を、誤読の危険を承知のうえで比喩を駆使して表現しなくてはならない、宗教文学の本質的矛盾を照射しているとも言えるだろう。

5 奇蹟、驚異、魔術とオリエント

「弁護士の話」、「騎士の従者の話」、「郷士の話」の三話は、常識や自然の法則を超越した奇蹟や驚異的な現象がナラティブの展開において重要な役割を果たしている点で共通している。加えて、それぞれキリスト教徒が少数派であった古代末期のローマ帝国、一三世紀のモンゴル帝国、異教的要素が残るブルターニュ地方が舞台となっていて、キリスト教のヨーロッパ中世とは地理的、歴史的に隔たっているという共通点がある。この三つの話の検討を始める前に、中世における奇蹟と驚異の理解について確認しておきたい。

奇蹟と驚異

超自然な事象をどうとらえるかは、中世のキリスト教的世界観の基底を形成する要素の一つである。アウグスティヌスは、すべては天地創造という最初で最大の奇蹟から生じ、世界は最初の六日間で、未来のあらゆる可能性があらかじめ内在する形で創造されたと指摘する。その意味ではすべての事象は神の意志を反映していて、日常は奇蹟の連続に他ならない。

すなわち、神は万物の創造者であられるのであるが、どこで、いつ、何がつくられるべきであるか、またつくられるべきであったか、ご自身が知っておられるのである。神は全体の美を、その諸部分について類似性と差異性とによって織り合わせる知恵をもっておられるかたである。けれども、総体を見渡すことのできない者は、いわば部分の醜さとして見られるものによって感情を害されるのであって、それというのも、かれは、その部分が何に適合しているのか、またどのように関係づけられているのか、無知だからである。[40]（『神の国』一六・八）

自然の秩序から逸脱しているように見える異形の生物——たとえば、ローマ時代にプリニウスが著した『博物誌』の記述にまで遡るキュクロープス（一つ目族）や一本足のスキオポデス——も、「類似性と差異性」によって全体の美が作られるためには不可欠な存在であり、神の計画の一部を成している。キリスト教的中世は既知世界——地中海を囲んで対峙するアジア、アフリカ、ヨーロッパ——を「マッパ・ムンディ」という円形の観念的地図で表象したが、そこでも異形の生物はその世界の周縁に居場所を与えられていて、世界を完全な球とすることに寄与しているのである（図19）。

アウグスティヌスの考えでは、世界のすべての事象には積極的な意義があるだけでなく、つきつめるとそれらは例外なく神がなした奇蹟ということになり、自然と超自然、あるいは正常と奇形といった区別も相対的なものでしかないことになる。神学者のアンセルムス（一〇三三〜一一〇九年）は、

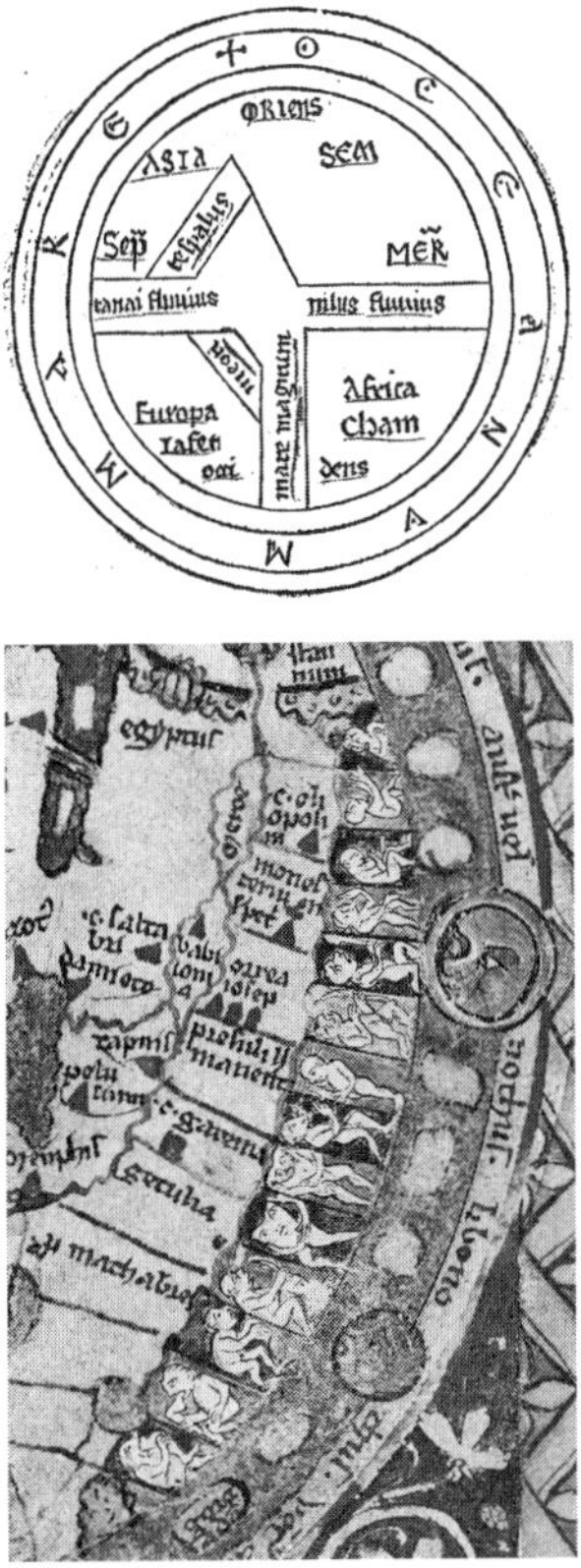

図19　マッパ・ムンディ（セビリャのイシドルス『語源論』1473年頃）／マッパ・ムンディ周縁の異形の種族（1265年頃）

その考えを尊重しつつも、物事の原因に関して論理的に三通りの可能性を想定している。

こと細かく観察すると、すべて発生する現象は神の意志のみで行われるか、神によって授けられた力に従い自然によってなされるか、被造物の意志によってなされるかしている。そして、創られた自然でも被造物の意志でもなく、神のみが行うことは常に奇蹟的なことである。こうして明らかとなるが、物事の推移には三通りあり、それは、奇蹟的なこと、自然的なこと、意志的なことである。そして奇蹟的なことはほかの諸事あるいはそれらの法には決して従わず、それらを自由に支配している。[41]（『処女懐妊と原罪について』二・一五四）

三通りのうち、「神の意志のみで行われる」場合は奇蹟《ミラクラ》と呼ばれ、自然の法則も常識も一時的に超越される。一方で他の二通りについては、そこに直接の因果関係や法則性を見いだすことが可能である。アンセルムスは、世界は原則として自然の法則に基づいて存在していると考え、その法則性を超えた神の直接の関与のみに奇蹟という呼称を与えている。そのように奇蹟を例外とみなすことで、逆に、一般的な事象を支配している因果律の存在に光を当てることとなり、それを明らかにする可能性と必要が生まれてくる。

その検討の過程で、自然の法則で説明がつくものと奇蹟との境界線上に、さまざまな一見超自然的で常識を外れたかに見える事象が浮かび上がってきて、それらは驚異《ミラビリア》と総称される。トマス・アクィナスは、奇蹟とは神の力のみで引き起こされる事象で、一方で驚異は、その原因やメカニズムが我々には理解不能な故に驚きの対象となるが、しかし隠された自然の法則に従って生じている事象であるとして、両者を区別している。[42] 同様に一三世紀のティルベリのゲルヴァアシウスも、ヘンリー二世の宮廷で王子のために執筆していた逸話集『皇帝の閑暇』（一二〇四～一四年）において、奇蹟も驚異も感嘆を引き起こすが、驚異は、奇蹟とは異なり、「自然のものでありながら、わたしどもの理解を越えた物事」のことで、したがって「《驚異》を創るのは、ある現象の原因を説明することのできない、わたしたちの無知」であると述べる。[43] このように、人間の無知のせいで説明がつかず超自然に見える事象を、奇蹟とは区別して「驚異」と定義することは、超自然の領域を狭めると同時に、それが理性的に解明される可能性を積極的に認めることでもある。「弁護士の話」においては繰り返される奇蹟が物語の展開を支配し、一方で「騎士の従者の話」と「郷士の話」では、まさに驚異の解明をめぐる状況が、驚異がしばしば中心的役割を果たすロマンスの文脈において主題化されている。

奇蹟譚としての「弁護士の話」

「弁護士の話」はローマ皇帝の娘コンスタンスの数奇な運命の話で、年代記作家のニコラ・トリヴェ（あるいはトレヴェ、一二五八頃～一三二八年頃）がアングロ・ノルマン語で表した『年代記』（一三三四年頃）に基づいている。ジョン・ガワーも『恋する男の告解』のなかで、やはりトリヴェを典拠として同じ話を記していて、チョーサーはこちらも知っていたとされる。これらの類話との異同は詳細に研究されていて、チョーサーはトリヴェの筋に忠実に従っているが、マイナーな登場人物やエピソードを整理することでコンスタンスに焦点を集中させ、このヒロインをトリヴェと比べてより受動的で敬虔な女性に描いているという指摘がなされている。また、聖書への言及、神への祈り、教訓的コメントや頓呼法をところどころに追加することで、哀感と宗教性を高め、教訓性を強めているとされる。[44]

話の設定は、キリスト教が国教化されたローマ帝国末期で、未だブリテン島への布教がなされていない時代である。ローマでコンスタンスの高い評判を耳にしたシリアの商人たちが、帰国して大公にそのことを話す。イスラーム教徒の大公は話を聞いてコンスタンスを深く愛するようになり、コンスタンスと結婚できるようにキリスト教に改宗する。そして交渉の結果、コンスタンスは大公に嫁ぐことが決まり、シリアに到着する。しかし、息子の改宗を受け入れられない大公の母は、花嫁を歓迎するふりをして、宴席で大公とすべてのキリスト教徒を殺害する。奇跡的に助かったコンスタンスは舵のない舟で海に流され、そのまま三年間漂流し、ついにブリテン島北部のノーサンバランドに漂着する。そこで異教徒の城代とその妻ヘルメンギルドに救われ、さらに二人はキリスト教に改宗する。しかし、コンスタンスに求愛して拒絶されたある騎士が逆恨みをしてヘルメンギルドを殺害し、コンスタンスに濡れ衣を着せようとする。コンスタンスはノーサンバランドのアラ王のもとで裁判にかけられるが、その最中に騎士は神の手に打たれて死に、無実が証明される。アラ王はコンスタンスと結婚して男子をもうける。しかし、異国の女との結婚を認めない王母は、王の不在中に手紙を偽造し、コンスタンスが悪魔の子を出産したと王に伝え、さらに王からの返信も偽造してアラ王がコンスタンスとその息子の追放を命じたことにする。コンスタンスと息子はふたたび舟で海に流される。帰国して真実を知ったアラ王は母を処刑するが、時すでに遅しである。コンスタンスの船は異教徒の国に漂着し、その国の城主の執事にレイプされそうになるが、執事は船から落ちて溺死する。ふたたび漂流するコンスタンスを、今度はローマに帰国途中の元老の船が救出し、皇女とは知らずローマに連れ帰り、コンスタンスと息子は元老の妻の元で暮らす。一方でアラ王は母殺しの罪を償うためにローマへと巡礼をし、そこでコンスタンスと息子のマリウスに再会する。さらにアラ王のもとでコンスタンスは父の皇帝とも再会を果たす。アラ王とコンスタンスはブリテン島へ帰るが、アラ王が亡くなるとコンスタンスはローマに戻って父と一緒に暮らす。マリウスは後に皇帝となる。

以上のように、ヒロインが次々と試練に直面して移動を繰り返す話である。物語の類型論で考えると、この話は「誹謗された女王」として知られるモチーフの一例で、「異国に嫁いだ娘が、夫の留守中に奇形の子を産んだと誹謗されて子どもともども追放されるが、最後には夫と再会する」というプロットを核としてさまざまなバリエーションが存在する。類話は中英語ロマンスにもあり、『エマレ』(一四〇〇年頃)はその代表例である。[45] 実父との結婚を拒否した皇女エマレは海に流され、漂着したガリスで国王と結婚するが、悪魔の子を産んだと王母に中傷されてふたたび漂流し、最終的にローマで夫との再会を果たす。しかし、『エマレ』が終始キリスト教世界内で展開し、エマレ自身が再会のために限定的にせよ自ら行動するのに対し、コンスタンスは、為す術なくローマからシリア、ブリテン島と、異教の国を漂流するのである。

また、コンスタンスが移動する物語世界は、単純にキリスト教対異教、あるいは西方のキリスト教国対オリエントのイスラーム圏という二項対立には還元できないものである。物語は、キリスト教世界の中心であるローマから周縁へ向かい最終的にふたたび中心に戻ってくるコンスタンスの旅に呼応するかのように、つねにキリスト教への改心を軸に展開されるので、キリスト教中心主義が支配しているように見える。だがその一方で、冒頭のシリア商人の客観的な報告が示すように、ビジネスライクな東西の通商が実現しており、それは大公の改宗のきっかけともなっている。宗教的理由による迫害はあくまで狂信的な特定の個人によって引き起こされており、物語世界全体としての文化的許容度は低くないと言える。むしろ、物語の舞台は、ローマから周辺の異教国へと異なる文化が共存する形で広がっていると言えるだろう。

主人公がさまざまな苦難に耐えて最後に幸福になるナラティブを喜劇と定義するならば、「弁護士の話」は喜劇であり、「学僧の話」との間に共通点がある。嫁ぎ先の親族による迫害と思いがけない再会はグリゼルダと同じで、コンスタンスの場合も逆境に屈しない不屈の精神が際立つ。その一方で、コンスタンスの試練は、繰り返される舵のない舟での漂流が端的に示すように、本人の意思を超越した制御不能な不測の事態である。結婚、出産、離縁とつねに夫のワルテルを介してその社会的立場が定義され続けるグリゼルダとは異なり、コンスタンスを取り囲む社会状況は変化し続け、皇女、婚約者、王妃と変わるその立場は漂流によって繰り返しリセットされることになる。コンスタンスは何度も無名の存在に落とされながらも、むしろそうして周縁化された存在であり続けることで、生き抜いてゆく強靭さと柔軟さを発揮するとも考えられるのである。「弁護士の話」は複数の視点を許容するジャンル的にもハイブリッドな作品であり、揺るがない信仰と繰り返される神意の介入で逆境を乗り切る展開は、ロマンスよりも聖人伝を想起させるとも言える。その意味では『カンタベリー物語』中では、初期キリスト教期の殉教者伝である「第二の修道女の話」にジャンルとしては近いとも言えるだろう。

「弁護士の話」においては、人間の運命は本質的に不可知で制御不能なものと認識されている。コンスタンスはシリアへ嫁いだ結果次々と辛酸をなめることになるが、それはローマを船出する時の惑星の位置が不吉で、火星の悪しき運勢の影響下にあったからである。しかし、人間はいくら占星学を究めても、未来を予知することも、自分の運命を自由に操ることもできないと語り手は嘆く。

ああ、思慮を欠いたローマ皇帝よ。汝の町には一人の占星学者もいなかったのか。このような場合には、他により良い時はなかったのか。特に高い地位の人にとっては、航海にとってもっと星の巡りのよい時はなかったのか。生まれた時刻が知られている時にさえ（為す術は無いと言うのか）。ああ、私たちはなんと無知で愚かであることか！（二・三〇九－一五）

しかし、その一方でこの無力感はその後に生じる度重なる奇蹟の介入を際立たせることとなる。シリアに嫁いだコンスタンスが宴会の席で一人だけ殺されなかったのも、何年間も海を漂流していて餓死も溺死もせずに生きながらえたのも、またコンスタンスを陥れようとした騎士が神の手に打たれて死んだのも、すべて奇蹟に他ならない。奇蹟については次のように説明される。

神は喜んで、その不思議な奇蹟を彼女のうちに示そうとされました、私たちが神の大いなる御業を見るようにと。学者たちは知っているように、あらゆる害にとっての毒消しであるキリストはしばしば、確実な方法で、人間の知恵ではまったく不可解な、ある特定の目的のために物事をなすのですが、私たちは無知ゆえに、神の思慮深い摂理を知りえないのです。(二・四七〇－七六)

奇蹟は神の摂理に基づいてなされるものであり、その存在はコンスタンスの柔軟な強靭さとともに「弁護士の話」を通底している。「弁護士の話」は、奇蹟に助けられながらも、無力さゆえの柔軟さで状況に対応し続ける女性のしなやかさの話であり、ブリテン島がキリスト教化される以前の遠い過去の時代設定は、この話をキリスト教徒がマイノリティであった時代の奇蹟譚とも一人の女性に関するエキゾチックなロマンスとも読むことを可能としている。

その向こうのアジア——「騎士の従者の話」

「弁護士の話」のオリエント表象が文化的多様性をどの程度尊重したものかについては見解が分かれるところであるが、「騎士の従者の話」は本格的にオリエントを舞台とした話である。中世の騎士道ロマンスや年代記に登場するオリエントは多くの場合、キリスト教国と国境を接し、サラセン国と総称されるイスラーム文化圏のことで、サラセン人という呼称は、異教徒の代名詞としてキリスト教徒と政治的にも人種的にも対立する存在を指すのに用いられる。しかし、「騎士の従者の話」に登場するオリエントは、地理的にはさらにその向こうのアジアである。話は、「韃靼《タタール》の国のサライに、ロシアに戦いを挑んだ一人の王が住んでいました。その戦いでは多くの勇者が死にました。この気高い王はカンビィウスカンという名でした」と始まる。サライは一三世紀から一五世紀にかけてロシアを支配したキプチャク・ハン国（金帳）の首都で、交易の中心地としても栄えていた。モロッコ人の学者で旅行家のイブン・バットゥータ（一三〇四〜六八・六九年）の旅行記『都市の新奇さと旅の驚異に関する観察者たちへの贈物』にも美しいバザールが並ぶ賑やかな都市として記されている。

オリエントに関する伝説はアレキサンドロス大王の東征やプリニウスの『博物誌』などを起源として古代から蓄積され、また受け継がれてきた。エデンの園が東方にあることは六世紀のセビリャのイシドルスの『語源論』にも記されているし、さらに一一五八年にはフライジングのオットーの『年代記』にプレスター・ジョンの記述が登場する。プレスター・ジョンは、アジアのどこかに広大な領土と莫大な富を有するキリスト教国の支配者で、しかもキリスト生誕の時に礼拝に訪れた三人の賢者の子孫にあたるキリスト教徒だと言われている。さらに、一一六五年にはプレスター・ジョンが教皇とヨーロッパの君主に当てた書簡なるものが発表され、初期の十字軍の時代だったので、東西から挟み撃ちにしてイスラーム勢力に勝利する期待が膨らんだ。

プレスター・ジョンは伝説以上のものではなかったが、一三世紀にはモンゴル帝国によるヨーロッパ遠征が始まった。そして第二代皇帝オゴデイの時代に、レグニツァ（ポーランド）の戦い（一二四一年）に勝利したタタール人がオーデル川対岸の東欧まで勢力を広げると、キタイ（中国）を含む東アジア全域への興味が否応なしに西欧で高まったのである。タタールはヨーロッパにとってサラセン人とは別の異国で、プレスター・ジョンの伝説の影響もあって時には反サラセンの同盟とも目され、皇帝がキリスト教を容認して交易を認めたため、一四世紀までにかなりの交流があった。また一二四五年にはフランシスコ会士プラノ・カルピニが教皇特使として派遣され、一三〇七年にはタタールからの外交官がエドワード二世に謁見した。さらにマルコ・ポーロ（一二五四頃～一三二四年）は父と叔父とともに中央、東アジアへ長期にわたる旅（一二七一～九五年）をし、また、一四世紀初めにはフランシスコ会士のポルデノーネのオドリコ（一二八六～一三三一年）等による東アジア伝道がなされた。彼らが残した見聞録は、伝説上の怪物や種族については大いに探し回ったが終《つい》ぞ見つからなかったと失望を綴ったものもあるが、伝説に引けを取らない皇帝の宮殿の壮麗さを等しく伝えている。結果としておとぎ話的なオリエントはある程度下火になったが、その代わりに伝説に劣らず驚異に満ちた現実のオリエントが出現し、オリエント表象は伝説と実見が混交するかたちで更新されたのである。[46] 一四世紀にフランス語や英語をはじめとして諸言語で流通し、ヨーロッパ中で人気を博した『マンデヴィルの旅』には、こうしたオリエントの姿が書かれている。[47]

「騎士の従者の話」のカンビィウスカンはおそらくチンギス・カンのことであり、そうならばキプチャク・ハン国の成立はチンギス・カンの死後のことなので時代錯誤はあるが、そこで描かれるサライの宮廷は、もう一つのアジアとの交流という歴史的背景を持っている。その描写はマルコ・ポーロや『マンデヴィルの旅』が描くモンゴル皇帝の宮廷のように壮麗で活気に満ちているが、しかしそれは犬頭人や宝石の川の伝説のオリエントではない。不思議に満ちてはいるが、それは超自然や魔術ではなく、むしろテクノロジーに裏打ちされているのである。

「騎士の従者の話」における新奇

「騎士の従者の話」は、祝い事に沸くカンビィウスカンの宮廷に、新たな冒険のきっかけを生む使者が訪れることで始まるが、これは、騎士道ロマンスの典型的な始まり方の一つである。代表例はチョーサーと同時代の中英語ロマンス『サー・ガウェインと緑の騎士』で、クリスマスを祝うアーサー王宮廷の宴席に、全身緑の大男が闖入《ちんにゅう》し、お互いに相手の首を刎《は》ねるという乱暴なゲームを挑む。[48] 先手のガウェインによって緑の騎士は見事に首をとばされるが、平然と首を拾って、次は一年後に自分が首を刎ねる番だと言い残して去って行くのである。その後ガウェインが約束を果たすために指定された緑の礼拝堂を探して旅に出ることで、さらなる驚異へと物語は展開してゆくが、「騎士の従者の話」はそれとは対照的である。使者の騎士は平和的で、一日で世界のどこにでも乗り手を連れて行く真鍮の駿馬、心中を見透かせる鏡、鳥との会話を可能にする指輪などの不思議な贈り物を持参する。それらの驚異の品々は「妖精の国のもののよう」と形容されるが、それらに誘発されてすぐに冒険が始まるわけではない。むしろ、話は献上品の仕掛けに対する宮廷人たちの千差万別な反応をつぶさに語っている。

ある者は、真鍮製の馬について、ペガサスやトロイの木馬のような類例を挙げて、敵意のある計略ではないかと懐疑的な意見を述べる。一方で「奇術師が大祝宴で演じるような、何か魔術によって作られたまぼろし」に相違ないと捉える者もいる。また、心中を見透かす鏡については、「角度と巧妙な反射との組み合わせ」という科学的な説明が当時の科学書を典拠に提示されている。鳥との会話を可能にする指輪や傷つけ癒やすことのできる剣をめぐっては、アキレスの槍、ソロモン王の指輪などの過去の物語への言及と冶金《やきん》術やガラスの製法についての議論が交錯する。語り手は、多様な見解を最終的に次のようにまとめている。

こんな風に彼らは、いろいろと疑念を口にしたり、議論したりします。無学な人たちが、彼らの無知な頭の理解を越えてはるかに巧妙に作られたものに対して通常判断するように、彼らはすすんで悪い方に解釈したのでした。(五・二二〇－二四)

そこには驚異をめぐる共通認識は見られず、むしろ驚異の原因が解明されないことから生まれる不安が露呈している。指輪についても、何らかの説明に行きつくまで議論は続く。

そして、皆は、指輪作りの技について、あのモーゼとソロモン王がこの技に長けていたという名声を持っていたことは知ってはいるが、こんな不思議なことは聞いたことはないと言いました。人々はそう言って、離れて立っていました。それでも、ある人が、羊歯《シダ》を燃やした灰からガラスを作って、しかもそのガラスは羊歯の灰に似ていないのは不思議なことだと言いました。彼らはその技についてはずっと以前から知っていますので、彼らのおしゃべりも不思議な思いも止んだのです。それは、ある人たちが、雷、引き潮、洪水、かげろう、霧やその他あらゆることの原因について、それがわかるまではひどく不思議がるのと同じです。(五・二四八－六〇)

ここで比較の対象となっているのは、過去の類例や権威的なテクストではなく、ガラス製造の技術(『薔薇物語』一六〇六五－七一行参照)や、あるいは雷や潮の満ち引きのような自然現象である。そして、その原因とメカニズムが議論されて人々がとりあえず納得すると驚異自体が薄れ、贈り物は好奇心をそそるたんなる珍しいものへと矮小化されてゆく。そして、そうした珍品に相応しく、贈り物の一部はカンビィウスカンの宝物庫、一種の「驚異の部屋」あるいは「珍品キャビネット」へと格納される。

しかし、当初の驚きは薄れても、真鍮製の馬や指輪の魅力が消滅したわけではない。話は、驚異の矮小化ではなく、むしろこうした不思議な仕掛けによって実現される新たな自由と世界の広がりを中心に展開してゆく。王女カナセーは、猟園を散歩していて失恋した雌のハヤブサの長い嘆きを聞くが、そうした斬新なナラティブは、ポケット翻訳機のような指輪があってはじめて可能となるのである。カンビィウスカンが真鍮の馬の御し方について興味を示すと、ふたたび人々は馬の周囲に集まり、最新技術を駆使して作られた仕掛けに新たな興味を覚える。宮廷人が抱いた「不思議な思い」が再度トロイアの木馬を引き合いに出して語られる。トロイアの木馬は、トロイア戦争で、そのなかに兵を忍ばせてトロイアの市壁内へ侵入するためにギリシャ人が作った巨大な木馬で、人為的な仕掛けの代表例と言える。人々の興味は仕掛けそのものに対する技術的なもので、騎士の説明もその点に終始する。

どこかに行くのにお乗りになりたい時には、その耳の中にあるピンを回していただく必要があります。それについては私たち二人の間だけでお教えします。また、乗って行きたい場所あるいは国を、馬に告げて頂く必要があります。そして留まりたい場所に着かれたら、下りるように命じて別のピンをお回しください。なぜならその中にすべての仕掛けの作用があるからです。そうす

ると馬は下降して、あなた様の意志に従い、その場所にじっと留まります。(五・三一四-二四)

この場面が最新技術を駆使したガジェットの魅力を描いているとしたら、それは「騎士の従者の話」の舞台がオリエントであることとおそらく無関係ではない。「仕掛け」を意味する中英語の gyn は、『中英語辞典』によると「巧妙な仕掛けやからくり」とともに「魔術やオカルトにおける技」をも意味する単語である。巧妙な仕掛けは、オリエントが舞台のロマンスにしばしば登場する。代表例は『フローリスとブランシュフルール』で、一三世紀初頭のアングロ・ノルマン語版を皮切りに、英語を含む各国語版が作られた。フローリスはスペインからオリエントへ旅をして、武勇ではなく手品まがいのトリックを駆使することで、バビロンのスルタンのハーレムに売られた恋人のブランシュフルールとの再会を果たすが、中英語版ではこの単語が多用されている。[49] 同様に、外からはそれとわからない隠れ家を作り上げて恋人たちの密会を実現するクレチアン・ド・トロワの『クリジェス』もオリエント(ギリシャ)を舞台としている。オリエントはさまざまな先進的な仕掛けに溢れていて、それらは時に西洋人には魔術と識別不能であるがゆえに、魅力的であると同時に警戒心を抱かせるのである。

こうした驚異に満ちたオリエントの雰囲気が詳しく描かれたあとで、「騎士の従者の話」はようやく動き出す。しかしカナセーが魔法の指輪の力で雌のハヤブサの嘆きを聞き終えた時点で、語り手は指輪についてはこれ以上触れずに、「今までこれ程の驚くべきことは聞かれたことはないような冒険や戦いのこと」を語ると述べて、次のようにその内容を紹介する。

まず最初に、わたしはその治世において多くの都市を征服したカンビィウスカンのことをお話しします。続けてアルガルシフがテオドラを自分の妻に娶った次第、そのために、もし真鍮の馬の助けがなかったならば、彼は幾度も非常な危険に陥ったであろうことをお話しします。その後でカンバロが二人の兄弟と馬上槍試合場で闘って、カナセーを手に入れた次第をお話しします。話を止めていたところからまた始めることとします。（五・六六一－七〇）

ところが語り手がこのように冒険譚を予告し、修辞的な季節描写で物語を再開した矢先に、郷士が「あなたは実に立派に責任を果たしました」と言って話を中断し、それを受けた宿屋の主人がそのまま郷士に話をするように勧めるので、「騎士の従者の話」はそこで終了してしまうのである。

まさにこの時点で郷士が介入した理由はなんだろうか。一つには、「サー・トパスの話」や「修道士の話」と同様に、中断により『カンタベリー物語』の語りの場を立体的に立ち上げる意図が推察される。騎士の従者は、「総序の歌」のポートレートによると、非キリスト教圏でも広く戦った父親の騎士とは違い、まだフランダースやピカルディといった英仏海峡の対岸の百年戦争の戦場しか知らない若者であり、その話からはロマンス的な騎士道と宮廷風恋愛の世界への無邪気な憧憬が読み取れる。彼の語りは、おとぎの国のオリエントを舞台として不思議な冒険譚を次々と繰り出していつ終わるともしれず、一篇のロマンスとしては明らかに長すぎるのである。カナセーの指輪の話はその長さにもかかわらず脇筋であり、その後にふたたび真鍮製の馬をめぐる話が始まり、それは予告どおりならばいくつもの冒険や驚異が連なる相当に長い話になると予想される。さらにその文体は宮廷描写や季節描写などのトポスを長々と用いた修辞的なもので、語り手は自分の語り口に自己陶酔している感も否めない。郷士の中断はこうした聴衆を無視した語りを咎めていると考えられる。「お若いのにとても感情豊かに語った」と語り口を褒めつつも、話の内容については何も触れておらず、むしろ若さに言及することでやんわりと独りよがりな未熟さを指摘している。

しかし、中断の理由は他にも考えられる。「騎士の従者の話」と続く「郷士の話」はどちらも驚異を中心に据えた話であり、そのことは郷士による中断と無関係ではないと思われるのである。

「郷士の話」と中世的ファンタジー文学

「郷士の話」は、「かの古の高貴なブルターニュの人々はかつて、さまざまな出来事について、最初のブルトン語で韻を踏んだ詩《レー》をつくりました」というジャンルの宣言で始まる。「レー」とは比較的短い物語詩のことで、古代のブルターニュの人々が作って歌った「レー」――「ブルトン・レー」――というジャンル的くくりを最初に意識的に用いたのは、一二世紀後半にイングランド王ヘンリー二世の宮廷で活躍したとされる女性詩人マリ・ド・フランスである。彼女はアングロ・ノルマン語で、ブルターニュ、ウェールズ、ノルマンディーを舞台にした礼節、騎士道、宮廷風恋愛、妖精、魔法などをテーマとした一二篇の「レー」を残し、それぞれについて元となるブルトン語の作品があったと述べている。[50] 本当に典拠となったブルトン語の詩が存在したかはともかくとして、マリは、レーをキリスト教文化以前の古いブルターニュに結びつけることで、自作に中世のファンタジー文学としてのジャンル的輪郭を意識的に与えようとしている。

一三世紀にはマリのレーを模倣した作品がフランス語で作られ、それをもとに一三世紀の終わりから一五世紀にかけて英語でも「サー・オルフェオ」、「サー・ローンファル」、「フレイネ」など数編の「レー」が作られた。現存する中英語の作品には、「サー・オルフェオ」の冒頭で述べられているように、「妖精に関するものも多いが、何よりも愛に関する」話が多い[51]。「郷士の話」は、舞台をブルターニュに設定して愛の話を展開するという「ブルトン・レー」に期待される前提を踏襲するところから始まる。ブルターニュは古い伝統に裏打ちされた異界的な冒険の地として認識されていて、そこに広がるブロセリアンドの森は、円卓の騎士が妖精と出会い驚異の冒険が始まる場所である。また、ブルターニュはイングランド人にとっては必ずしも異国ではなく、大ブリテン島の古の民族伝統が継承されている地でもあり、そこを舞台とする話は、テーマが何であれ何らかの超自然的な要素を期待させる。

話のプロットはフォークロアの安請け合いのモチーフを核として進展する。夫の留守中に妻のドリゲンは騎士の従者のアウレリウスに求愛され、船の座礁の原因となる海岸の岩を全部取り除いたらその気持ちに答えても良いと約束する。ドリゲンの言葉は、絶対不可能であることを婉曲に伝えるとともに、海の向こうのブリテン島に騎士修行に行っている夫アルヴェラーグスの無事な帰還を念じての発言だが、アウレリウスは魔術師の助けを借りてすべての岩が消えた状況を作り出してしまうため、ドリゲンは、「バースの女房の話」の騎士の場合と同様に窮地に陥るのである。無事に帰還した夫は妻から約束のことを聞き、信義を守るべきだと妻をアウレリウスのところへ向かわせる。アウレリウスはドリゲンから夫の決断を聞いて感銘を受け、約束を無かったことにして身を引く。さらにそのことを知った魔術師はアウレリウスが約束した高額の謝金の支払いを免除する。以上のように、礼節にかなった振る舞いが相手からも同様な振る舞いを引き出すという、ロマンスをハッピーエンドに導く常套的なパターンの話である。

魔術が物語の展開において重要な役割を果たし、キリスト教的な要素は物語の背景としてしか登場しない点でも、「郷士の話」はブルトン・レーのジャンルの期待に合致しているように見える。[52] しかし、ここで登場する魔術は、たとえばマリ・ド・フランスの「ランヴァル」（およびそれに基づいた中英語のロマンス「サー・ローンファル」）に登場するような妖精の魔法ではない。

船を座礁させる危険な岩を取り除くという難題を解決すべく、アウレリウスは、すべての岩が海中に隠れてしまう大潮が二年間続くという一種の超常現象の実現を期待して、オルレアンの学者のもとを訪れる。アウレリウスはまさに、太陽神フィーバスが直接に介入して自然の法則が超越されることを願っているのであり、それをアウレリウスが「奇蹟」と呼ぶのは的を射ている。しかし、オルレアンの学者は、鹿狩りや鷹狩り、馬上槍試合などの場面を次々と見せて訪問者を驚かせる。これは中世の王族の祝宴で実際に披露された大仕掛けのイリュージョンで、「騎士の従者の話」で「奇術師が大祝宴で演じるような、何か魔術によって作られた幻」と描写されているもののことである[53]（図20）。学者はアウレリウスの願いを叶えるが、実際は「幻や奇術によって幻想をおこさせ」、一、二週間の間は岩がすべて取り除かれたように見せているに過ぎない。それはアウレリウスが期待する奇蹟ではないが、しかし仕掛けを知らないドリゲンにとっては「まったく自然の営みに反すること」に思え、

「奇怪あるいは驚異」つまり自然の法則に従って生じつつもそのプロセスを知らぬ者には驚きの対象となる驚異《ミラビリア》と映るのである。

驚異を出現させたのは、緻密な計算を駆使して大潮の時期を割り出した高度な占星学である。学者が学んだオルレアンの大学は一四世紀には占星学の拠点であり、占星学は、その発展にはアラビア語からの翻訳も寄与したとはいえ、プトレマイオスの『アルマゲスト』や『テトラビブロス』に遡る西洋の知的伝統である。語り手はしかし、この学者を魔術師と呼び、「迷信的で罰当たりで下劣な錯覚を実現させるのに相応しい時を見いだした」と断言して、その占星学をはっきりと否定している。

図20　手品師が作り出すイリュージョン（『フランス大年代記』、1375-80年）

このように「郷士の話」は、ブルトン・レーというジャンルの枠組みのなかで、そのプロットの核となる驚異を合理的な視点でとらえ直す物語であり、その意味で驚異の理性的解明という視点を「騎士の従者の話」と共有している。どちらの話も、舞台を地理的にも時間的にも現在から隔たったエキゾチックな世界に設定することで物語のファンタジー的魅力を増幅させているが、驚異を不可侵なものとして受け入れることはせずに、むしろ理性的な世界像の周縁に位置するものとみなして、科学と知識により解明される対象として扱っている。しかし、「郷士の話」が伝統的な占星学を合理的にとらえ直す一方で、「騎士の従者の話」は科学技術を前提とした話である。若い語り手が過剰なレトリックで語る話は、神話のペガサスではなくまさにテクノロジーの馬によって空を駆けるというサイエンス・フィクション的な話なのである。

郷士の介入には、二つの話のテーマが被ることを回避するという思惑が読み取れる。「騎士の従者の話」がその新奇さによって聴衆を引きつけ、オリエントの最新のからくりのせいで自分の話が色あせてしまうことを危惧したのかもしれない。テクノロジーが、神話とは異なりそれを享受する者を選ばないのであれば、新奇なガジェットはまさに物語に新たな自由を与えると言えるのであり、そうした若い世代の物語を、世代の違いをあえて強調することで、やんわりと、しかし断固として止めたのではないか。二つの話には、段階の異なる驚異への対応を見ることができる。一方は舞台をオリエントに据えることで科学技術の未来を指向し、他方は古《いにしえ》のブルターニュを舞台とすることで、過去を理性的にとらえ直す。郷士の中断は二つの話の共通点と差異を際立たせることで、物語における驚異の性質自体をクリティカルに問い直している。

愛の誓いと契約

「郷士の話」は、三人のうちの誰が最も寛容であったと思うかという質問を聴衆に投げかけて終わっている。この問いかけ自体は類話の一つであるボッカッチョの『フィローコロ』(一三三六年頃)の例にならった可能性がある。『フィローコロ』では、真冬の一月に五月のような花園を出現させることが求められ、魔術師がさまざまな呪文や薬草を使って庭を完成させる。話の最後に、三人のうちの誰が最も寛大な振る舞いをしたと思うかという質問をめぐって、結論は出ないが複数の異なった見解が披露されているのである。[54] 一方で「郷士の話」では、問いをめぐって巡礼たちが議論をする場面は存在しないが、質問の存在はこの話をあらためて倫理的な視点から振り返ることを読者に求めていると言える。

『フィローコロ』とは異なる「郷士の話」の特色は、冒頭でアルヴェラーグスがドリゲンと結婚するに至った経緯が詳しく説明され、それに結婚における平等をめぐる語り手の長広舌が続き、さらに海岸の岩が消えたことを知って嘆くドリゲンの独白があることとである。アルヴェラーグスとドリゲンの出会いは、宮廷風恋愛の典型的な一場面である。騎士は高貴な家柄出身の美しいドリゲンに対して、「恐れ多くて自分の悲しみや苦痛や悲嘆をあえて打ち明ける勇気」を持てないが、ドリゲンは「彼の立派さ、特に謙虚な服従の心ゆえに、彼の苦しみに深い憐れみ」を覚える。秘められた恋心の持続と服従に対して与えられる憐れみは、どちらも宮廷風恋愛詩の常套である。ペトラルカのソネットが記すように、「われら（恋する者たち）に愛と忍耐を教えるそのひとは／熱い思いや燃える望みが理性と羞恥と／敬愛で押さえられるを望まれる」ので、恋する者は、憐れみをかけられることを願って、服従を誓いつつ辛抱強く待たねばならない。[55]

アルヴェラーグスは、結婚してもドリゲンにはこれまでと変わらず服従し、夫としての社会的地位を損なわないかぎりの主権は保持するとしても、すべてにおいて彼女の意志に従うと誓い、それに対してドリゲンは、つつましく誠実な妻となることを約束する。二人の約束を語り手は次のように賞賛する。

ここに、謙虚で賢い和合を見ることができます。このように彼女は、奉仕者でも主人でもある人を迎えたのです。愛においては奉仕者で、結婚においては主人という意味です。彼は支配もし、隷属もするのです。隷属ですって？　いや、そうではなくて、貴婦人でもあり恋人でもある人を手に入れたのですから、より勝った支配のなかにいることになります。たしかに、彼の貴婦人であり、また、愛の掟に一致している妻でもあるのです。（五・七九一－九八）

この男女の関係は宮廷風恋愛が行きつく一つの理想形で、すでにクレチアン・ド・トロワのロマンス『クリジェス』（一一七六年頃）に描かれている。

彼（クリジェス）は恋人を妻としましたが、変わらずに彼女のことを愛しい人、そして奥方と呼びました。彼女は愛情の欠如を嘆くことはありませんでした。彼は今でも恋人のように彼女を愛していたので。そして彼女もまた、自分の恋人を愛するように彼を愛しました。二人の愛は日々強まり、彼は決して彼女を疑うことはなく、彼女も何ら彼を非難することはありませんでした。彼女は、その時代以降に生きた女性の多くとは違って、閉じ込められることも決して無かったのです。[56]（六六三三－四四行）

同様にドリゲンも、夫から貴婦人として奉仕を受け、妻として服従し、また同時にお互いに対等な恋人同志でもある。こうした関係の持続の根底には、それが夫婦であれ友人であれ、一方が他方を支配するのではなく、互いに自由を認め合いかつ従う関係が不可欠であると語り手は力説する。

さて、皆様、一つだけ自信を持って申し上げますが、友人というものは、長い付き合いをしたいと願うならば、お互い同士に従わねばなりません。愛は、支配によって強制されるものではありません。支配しようとすると、愛の神はすぐに翼を羽ばたかせて、さらばと去ってしまいます。愛は、自由な魂のようなものです。女性は、生まれつき自由を欲し、奴隷のように束縛されることを望みません。そして、本当のことを言うならば、男性とて同じです。(五・七六一―六七)

この束縛しないという約束がその後の二人の行動の規範となる。アウレリウスに示した条件が満たされたことを知り、ドリゲンは「死か辱め」のどちらか一つを選ばねばならないと考え、長い独白のなかで辱めよりも死を選んだ乙女や妻たちの例を次々と挙げる。そこで「医者の話」や「第二の修道女の話」とは異なり名誉ある死を選ばないのは、約束の尊重、言い換えれば自分一人の判断による行動によって夫を束縛しないという意志があるからである。そしてドリゲンがすべてを夫に話すと、アルヴェラーグスはドリゲンが自ら第三者になした約束を尊重して、「私の(誓った)真実にかけて、あなたは約束を守らねばならない」と述べる。アルヴェラーグスは自分が結婚に際してドリゲンにした誓いによって自分の行動を縛り、ドリゲンの自律性を尊重する。このことを他人に話さないようにという命令も、夫としての体裁を守る範囲での支配は行使するという、同じ誓いに基づいた発言である。「誓った真実を守ることこそ人の守ることのできる最高のもの」とアルヴェラーグスが言うように、誓ったことは相手が誰であろうと尊重されるべきであり、誓いの言葉は自立した力をもっていて、アルヴェラーグスにもドリゲンにも自由にはならないのである。

しかしその一方で、愛は支配によって強制されるものではないことも事実である。そのことを理解しているのは結婚の誓いをたてた二人だけではなく、アウレリウスも同様である。ジル・マンが指摘するように、それは約束を果したことをドリゲンに告げる言葉にすでに表れている。[57]

> 私はあなたがお命じになったとおりにいたしました。よろしければ、行ってご覧ください。どうぞお心のままになさってください。ですが、あなたの約束をお心に留めおきください。何があろうとも、まさにあの場所（庭園）に私はおります。私を生かすも殺すもあなた様次第ですが、岩がなくなったことを私は確かに知っております。（五・一三三三－三八）

ここでアウレリウスは約束を思い起こさせてはいるが、その履行を強制してはおらず、お心のままにしてよいと述べる。自分が約束を果したことは告げているが、それに対する見返りを要求するのではなく相手の意志を尊重している。考えようによっては、この時点ですでにアウレリウスはドリゲンを約束から解放しているとも言える。ドリゲンが心中とは裏腹に、約束に縛られてそれを果たしに来たことを知ったアウレリウスは、愛は強制されないものであるがゆえに、「わたしになさったあらゆる誓いと、あらゆる契約を一切解消して、あなた御自身をあなたの手に委ねる」とドリゲンの解放を言葉に出して宣言するが、アウレリウスの意志はそれ以前から定まっているのである。愛は自由なものであるという共通認識が彼ら三名の間には存在している。

その高貴な振る舞いを知った学者も寛大な解放で応じることで、すべての登場人物のなかにある礼節と寛大さが引き出されて、物語は礼節の連鎖反応というハッピーエンドに帰結する。語り手は、ドリゲンをアウレリウスのもとへ向かわせたアルヴェラーグスを愚か者として批判せずに、話を最後まで聞くまで判断を保留するように述べている。常識が通用しない想定外の状況下では、度を超えた試練を課されたグリゼルダの場合と同様に、約束を盲目的に守る必要はないし、そうすることはむしろ愚かであるという現実的な批判を想定しての訴えである。しかし、自分を取り囲む状況がいかように変化しても、一度誓ったことを誰に対しても尊重し続ける強靭さは、想像を超えて良い結末や解決を呼び込んでくれることを、この話は「学僧の話」と同様に示している。そうしたテーマを担うジャンルとしては、ロマンスやレーに代表される中世のファンタジーが相応しい。ファンタジー文学は、社会的日常との一致というリアリズムに縛られることなく、人間の感情や意志を一番純粋に引き出せるような状況を、未知の冒険や超自然の驚異を上手に使って作り出す。そうした架空の物語では、不安や恐怖、感動やときめきが、むしろ超自然な環境の助けを借りて、心の動きに寄り添うように辿られるのである。ボッカッチョがグリゼルダの話を驚異譚として提示したのも同じ理由からであるし、チョーサーはブルトン・レーによってそうしたファンタジー世界を作り出し、さらにそのジャンルとしての潜在能力を精一杯使って、愛の本質をめぐる話を展開している。

6　不条理な死と勝利

『カンタベリー物語』中のいわゆる「真面目な」話は、中世においては「粉屋の話」のような笑話よりも人気があったようである。現存する一五世紀の『カンタベリー物語』の写本のなかには数話のみを収録した選集的なものがあるが、それらは決まって教訓的で宗教的な話を集めている。そうした「真面目な」話は終わり方によって悲劇か喜劇に分かれる。中世が理解していた悲劇とは、喜びから悲しみへと転じた歴史上の公の出来事をそれに相応しい荘重な文体で扱うもので、一方で喜劇とは、逆に悲しみから喜びへと転じる内容を、事件そのものよりも人物の性格に注目して混成体で語るものである。[58] この定義に従うと「学僧の話」や「弁護士の話」は典型的な喜劇と言えるし、一方で「女子修道院長の話」、「医者の話」、「修道士の話」、「第二の修道女の話」は悲劇に分類される。歴史上の事件を題材とするこれらの話はいずれも、悲劇の元凶となっている宗教的迫害や政治的腐敗を主題として読み込む可能性を有していて、ときに相反する視点から多様な読みが展開されてきた。

「女子修道院長の話」と聖母マリア崇敬

「女子修道院長の話」は幼い子どもの殉教にまつわる聖母マリアの奇蹟譚である。あるキリスト教徒の子どもが、登下校に聖母マリアの賛歌を歌いながらユダヤ人地区を通ったため、ユダヤ人に喉を掻き切られて肥溜めに捨てられる。しかし聖母マリアの加護により喉笛を切られても声高に歌い続けたため、母親は子どもを見つけることができ、殺人は露見して犯人は罰せられ、子どもは天国に召されるという話である。

中世には聖母マリアがなした奇蹟を集めた例話集がいくつも編纂され、修道士や修道女に限らず一般信徒にもよく読まれていた。ハイステルバッハのカエサリウス（一一八〇頃～一二四〇年頃）の『奇蹟についての対話』やゴーチエ・ド・コワンシ（一一七七～一二三六年）がフランス語で記した聖母奇跡譚はその代表例である。「女子修道院長の話」に関してはチョーサーが直接に種本とした話は見つかっていないが、類話は四〇点近く現存している。

話に先立つ序で、語り手の女子修道院長はまず聖母マリアの加護を祈り、「一二ヶ月かそれより幼い嬰児がほとんど言葉も覚束ないように、私もまさにそのような状態です」と、自分自身を幼子に重ね合わせている。その自己表象は話の主人公の子ども（「小さな聖職者」と形容される）に重なり、自らを無垢で純粋な信仰の求道者として提示することになる。話の中でも、語り手は穢れなき謙虚な声こそが直接にマリアに届くのだと、頓呼法を多用して感情をこめて訴える。

ああ、偉大なる神よ、汝は無垢な者たちの口を通じて、汝への賛歌を捧げさせます。ここにご覧ください、汝の力を！　この純潔の宝石、このエメラルド、殉教の輝けるルビーは、そこに喉を掻き切られて仰向けに横たわっていましたが、「救い主のやさしき御母」を歌い出したのでした。声はとても大きくて、そこら中に鳴り響きました。（七・六〇七－一三）

全体を通じて「女子修道院長の話」は、教会権威の象徴でもある典礼のラテン語は知らなくとも、健気な子どものような謙虚さと心からの愛があれば神に受け入れられることを、聖母マリアの奇蹟によって純朴に主張しているように読めるのである。

ユダヤ人表象のアンビバレンス

しかし「女子修道院長の話」は「学僧の話」と並んで、研究者のあいだで大きく解釈が分かれる作品である。その理由は語り手の反ユダヤ的な語り口にある。語り手はユダヤ人を「おお、ヘロデの再来たる呪われた人々よ、お前たちの邪悪な意図がお前たちにいったい何の益をもたらすというのですか」と糾弾し、その顚末を悪事の当然の報いとして淡々と語る。

長官は、この殺人を知っていたユダヤ人たちに対して直ちに、拷問と屈辱的な死を与えました。こうした邪悪な行為を決して認めなかったのです。悪者には相応しい報いをというわけで、ユダヤ人たちを荒馬に引かせ、その後に法律によって吊し首にしました。(七・六二八－三四)

さらに語り手は、最後に「おお、同じく呪われたユダヤ人たちに殺された、リンカンの幼きヒューよ、それはほんの少し前のことですから、良く知られていますす」と、一二五五年に実際に起きた事件に言及して話を終える。こうしたユダヤ人に対する一貫した冷徹な口調は、意図的に反ユダヤ的でなかったとしても、自身を健気な幼子に重ね合わせる謙虚さとは異質なものと感じられ、話とその語り手の女子修道院長に対する評価を二分することになる。

その違和感を解消する一つの方法は、ペトラルカが「グリゼルダの話」に対して行ったように、ユダヤ人を何らかの象徴として解釈することである。典礼のラテン語の意味を知らない子どもは教会制度のなかではつねに従属的な立場にあり、それは大半の女性信者も同様である。意味もわからずに歌われる賛美歌は、ラテン語も神学も知らないそうしたマイノリティの声を象徴する。[59]一方で、その歌を暴力的に止めさせるユダヤ人は男性的権威を体現している。ユダヤ人への敵意はそうした抑圧と占有への反発のあらわれであり、それが女子修道院長という女性としては相対的に地位が高い語り手によって、女性信者を代表して表明されていると考えればつじつまが合う。こう解釈することで歴史上のユダヤ人問題との関わりは最小限に留められ、この話においてユダヤ人は、ロマンスのサラセン人と同様に中世文学の固定化した悪役として慣習的に用いられているに過ぎず、そこに何ら政治性はないと主張することも可能となる。それはまた、語り手の女子修道院長にも好意的な眼を向けることとなる。

しかし、この解釈を受け入れる前に、最後に言及されるリンカンのヒューについて事実関係を確認する必要がある。なぜならば、この言及によって読者は確実に歴史的現実に引き戻されるからである。一二五五年に九歳の男子ヒューが行方不明になり、一月後にその遺体が井戸に投げ込まれているのが発見された。犯人は地元のユダヤ人と決めつけられ、最終的に九〇人ほどのユダヤ人が逮捕されて、そのうち一八名が処刑され財産を没収されたが、この嫌疑は捏造である可能性が高いとされている。その背後には、財政上の理由からユダヤ人の資産に目をつけたヘンリー三世の目論みがあった可能性も指摘されている。殺されたヒューは殉教者、リンカンの幼き聖ヒュー（一二四六〜五五年）として

図21　リンカンの幼きヒューの霊廟（リンカン大聖堂）

崇敬の対象となり、リンカン大聖堂は巡礼地となったのである（図21）。ユダヤ人はそれ以前の一二世紀から十字軍の高まりに呼応して迫害の対象となっていたが、最終的に一二九〇年にエドワード一世によってイングランドから追放される。[60]こうした歴史的経緯がどの程度意識的に話の文脈として機能しているかによって、解釈も異なってくる。

女子修道院長の歴史感覚

女子修道院長は、一五〇年近くも前のリンカンのヒューの殺害を「ほんの少し前」と形容する。それは悲劇の記憶を保ち続けようとする決意のあらわれとも、歴史に対する無知とも捉えられるだろう。いずれにせよ、通常の歴史感覚とは異なる独特の時間意識が「女子修道院長の話」を支配しているようであり、話の時代設定については何ら記されていないこともおそらくこの意識と無関係ではない。パターソンはその時間意識は、一言で言うならば、整然と繰り返される典礼の時間であると指摘する。一年あるいは一日単位のサイクルで繰り返されるキリスト教会の典礼は、本質的に無常な歴史的時間の直線的な推移のなかに、時空を超越した神聖な行為の反復を導入する。[61]それは、序において、神性の直接的介入を希求する聖母マリアへの訴えかけに端的に表明されているだけでなく、ナラティブのレベルでも見られるのである。話は母性愛を核として展開するが、それも聖母マリアの生涯を意識したものである。子どもの死を嘆く母親は「現代のラケル」と形容されるが、ヨセフを失って嘆くラケル（『エレミヤ書』三一・一五）は聖母マリアの予型と見なされていた。また、帰ってこない息子を「青ざめた顔で、心配で気も狂わんばかりに」捜し回り、「哀れな母親の気持ちを胸に秘めて、彼女はなかば気が違った人のように、彼女の幼い子どもが見つけられそうに思える場所という場所に出かけて行く」様子は、エルサレムの祭りからの帰路に一二歳になったイエスとはぐれてしまい、知人たちのあいだを捜しながらエルサレムに引き返したマリアの心配に呼応する（『ルカによる福音書』二・四一－四九）（図22）。無事に神殿にいるイエスを見つけだしたマリアは、今度は同じような状況の母親が子どもを見つけられるように奇蹟をおこすのである。「女子修道院長の話」は時空を越えて響き合う純粋な霊性の話であり、聖母マリアとのそうした超越的な一体感を表出するジャンルとして、語り手は聖母マリアの奇跡譚を語っている。

図22　シモーネ・マルティーニ「神殿で見つかったキリスト」（1342年、リヴァプール、ウォーカー美術館蔵）

　だが、パターソンが指摘したように、聖母マリア奇跡譚は元来霊性を表現するジャンルではなく、むしろポピュラーな民間信仰に近い。聖母と関連づけられる奇蹟の多くは神学的な洗練さとは無縁な現実的なものであり、マリアの恩恵はわかりやすいかたちで、祈願者の資格にもあまり頓着せずに、ときに鷹揚な寛容さで与えられるため、罪人が都合良く救われるような御利益主義的な一面がある。[62] そこには修道会のプロパガンダのためにマリア崇敬を利用するといった現実的な事情が存在し、その意味では、免償と同様に中世キリスト教の社会的現実の産物と言える。語り手の意図が汚れのない信心の賞賛にあるのならば、聖母マリアの奇蹟譚はジャンルとして相応しいとはいえず、さらにあえてリンカンの幼きヒューが言及されることで、偏見に基づいた反ユダヤ的なナラティブが意図的に、あるいは語り手が歴史に対して無知なゆえに無神経に語られているという疑念も払拭できない。

それでは、そういうアンビバレントな話を一四世紀後半に、しかも女子修道院長の口を通じて語らせる意味はどこにあるのだろうか。前述したように、「総序の歌」で紹介される女子修道院長のとらえ所のなさは有名である。彼女は宮廷風のテーブルマナーにも精通した、愛らしさと威厳を兼ね備えた女性として描かれている。貴族や世俗の有力者に好印象を与えて、修道院の維持のための寄付集めには手腕を発揮しそうな人物である。その一方で、ペットの子犬に贅沢な白パンを与えて惑溺し、小動物が傷ついたりぶたれたりすると涙を流すという「優しい心」は、憐れみ深さよりも大人には相応しくない子どもっぽい感傷にようにも思われ、純粋培養的な未熟さが感じられる。この複雑で一見矛盾するように映る語り手の特質は、話が与える曖昧な印象に効果的に重なるのであり、そのアンビバレンスこそがこの話の目的と言える。

「女子修道院長の話」は、イングランドのユダヤ人問題が追放で終わったわけではないことを示している。チョーサーの時代にも、その物理的不在にもかかわらず、キリスト教社会との関係でユダヤ人への関心は存続していた。その「不在の存在」は文学中で言及され続けることでキリスト教社会の団結に寄与したと言ってよく、「女子修道院長の話」は、このメカニズムを確実に存続させるための一種のネガティブ・キャンペーン、言い換えれば、既成事実によって歴史を新たな集団的記憶へと書き換えるテクストとして機能する。[63] 実際、そうした機能を担っているのはこの話だけではない。ユダヤ人が犯罪や冒瀆的行為のために厳しく罰せられる話は他にもあり、たとえば聖餅《せいへい》を傷つけようとしたユダヤ人が火刑に処せられる話は一三世紀以降ヨーロッパ中で知られ、一五世紀には英語劇も存在している。ユダヤ人は、サラセン人とともにキリスト教徒の敵として類型化されることで、その存在は物語のなかで再生産されてきたのである。

チョーサーはユダヤ人の抑圧を再生産するためにこの話を『カンタベリー物語』に加えたわけではないだろう。そうした視点自体、今日に至るユダヤ人問題の歴史的継続によって育まれたもので、中世の同時代的な見方からは乖離している可能性はある。リンカンの幼きヒューの伝記は、なによりも殉教した子どもが列聖されるナラティブであって、ユダヤ人の関与を核にした現代的視点はかえって「女子修道院長の話」を歪曲しているという批判もありうる。「女子修道院長の話」は、こうしたアンビバレンス、読みの潜在的多様性がキリスト教の本質であるということを最終的に伝えているように思われる。キリスト教に限らず宗教とは社会的産物であり、異端や異教徒と接することを通じて存在し続ける、本質的に多文化的なものである。そのことを示すために、チョーサーはマリアの奇蹟譚という本来はキリスト教の民衆的拡張に与するジャンルを用い、さらにその話を女子修道院長という、これもアンビバレントな語り手に割り当てたとも言えるだろう。「女子修道院長の話」の解釈の多様性は、まさにキリスト教の位置が歴史のなかで動き続けてきたことの証しであり、文学も宗教も歴史的産物であることを示しているのである。

「第二の修道女の話」と意志の勝利

「第二の修道女の話」は、キリスト教が国教となる以前のローマ帝国で、二、三世紀頃に殉教した聖セシリア（カエキリア）の伝記である。チョーサーが用いた主たる材源は『黄金伝説』中の「聖セシリア伝」と、やはり一三世紀にフランシスコ会によってまとめられた『聖セシリアの祝日』の二つとされている。[64]

ローマの名家出身のセシリアはヴァレリアンという男と結婚するが、初夜に、自分にみだらな気持ちで触れると天使によって殺されると夫に告げる。ヴァレリアンは証拠として天使を自分の目で見ることを求めるが、奇蹟によってそれは果たされ、キリスト教に改宗する。天使は二人の寝室に顕れて純潔を守るように告げる。ヴァレリアンの弟のティブルスも改宗する。キリスト教徒を迫害していたローマの長官はこの兄弟を捕縛して処刑するが、その前に改宗していた役人のマクシムスは二人の魂が昇天するのを見たと触れ回り、長官によって処刑される。セシリアは長官と神学論争をし、ついに処刑されることとなる。セシリアはしかし釜茹でにもまったく動ぜず、首を三度突かれても三日間生き長らえる。

「第二の修道女の話」は、ジャンルとしてはキリスト教初期の処女殉教伝に属する。しかし、聖セシリア伝は、たとえばいずれも『黄金伝説』に含まれている聖アガタ、聖アグネス、聖ルキアのように、性的魅力故に結婚を強要され、貞操を守って死を選ぶという話ではなく、より直接的にキリスト教信仰が殉教の理由になっている。この話においてキリスト教は「法律家の話」と比べても格段に弱い立場にあり、男女を問わずキリスト教徒は社会的に周縁化されていて、最高権威である教皇ウルバヌス一世自身も迫害から逃れるべく隠れ住んでいる。そうした状況にあっては、神学や教会制度といった男性的な権威も相対的にしか力を持ちえないので、セシリアが女性であることでことさらに弱者として描かれることもない。セシリアは制度としての教会に敬意を示し、援助もするが、それに束縛されることはなく、神秘家のように啓示や奇蹟を通じて直接神から力を得る。[65] セシリアは自分を含めて誰に対しても妥協せず、キリスト教信仰に敵対する権威に抵抗することを自ら選択し、その結果を一貫して受け入れる。神との直接の接触によって真理を獲得し、女性ではなく一人の人間として自分の意志で自己実現し、自分の選択に殉ずるのである。

「第二の修道女の話」は、最終的にセシリアが殉教するまで、老人との出会い、真冬に咲く薔薇、天使との遭遇、無傷のセシリアと続く奇蹟の連続であり、その場に居合わせることでセシリアの周囲の人間は次々と改宗する。それは理性ではなく感覚を介する体験であり、そのことはたとえばヴァレリアンとティビュルスの改宗場面に顕著である。

天使を見ることを望んだヴァレリアンはセシリアに命じられたとおり、アッピア街道沿いの墓地で聖ウルバヌスに会う。すると手に金文字で書かれた書物を持った、輝く白い衣服を纏った老人が現れる。

図23　薔薇と百合の王冠を持つ天使、セシリアとヴァレリアン（聖務日課書写本、パリ、1410–19年頃）

すぐに、白い衣服をまとった老人が現れました。彼は金文字で書かれた書物を手にして、ヴァレリアンの面前に立ちました。ヴァレリアンは彼を見ると、恐れのあまり死んだように倒れました。すると老人は彼を持ち上げて、書物から次のように読みました。「主は一人、信仰は一つ、神は唯一、キリスト教国は一つ、そしてすべてのものの神はすべてのものの上にあって、あらゆるところにあり」。これらの言葉はすべて金で書かれていました。（八・二〇〇－一〇）

金文字で書かれた文章は「エフェソの信徒への手紙」（四・五－六）のパラフレーズで、この老人はおそらくその作者の聖パウロであるとされる。典礼書や時禱書などの宗教写本では、見出し文などが本文とは区別されて装飾的に金で書かれることがあるが、ここでは本文そのものが金文字で書かれ、そのことが二度繰り返して強調される。金は補助的な装飾ではなく、テクスト本文の霊的価値を端的に表している。テクストの霊性が書物の物質性として視覚化され、文字が読まれる以前に見られることで、何ら記号を介することなく霊的意味が伝えられる。[66] 五感の一つである視覚によって、ヴァレリアンは霊的真理を直接把握することができるのである。

弟も同じように感覚体験を介して改宗する。ティビュルスは天使が兄夫婦のために持ってきた目に見えない薔薇と百合の王冠の香りを嗅ぐ（図23）。

一年のこの季節に、私がここで嗅いでいる薔薇と百合のかぐわしい香りがどこからくるのか、不思議です。なぜなら、これらの花を自分の両手に持っていたとしても、その香りはこれ以上深く私のなかに入って来ることはないからです。私の心の中に見いだすかぐわしい匂いが、私をすっかり別人へと変えました。（八・二四六－五二）

花の香りはたんに天上の至福の象徴ではない。その香りは霊的理解への感覚的な導きであり、その経験によってティビュルスは別人に生まれ変わり、神の真理を知ることを欲し、信仰を確認することとなるのである。

こうした感覚的体験は奇蹟として受け入れられる。中世のキリスト教は、奇蹟をそれと認めるにおいては慎重に理性的疑念をもって検証したが、「第二の修道女の話」では奇蹟の信憑性は物語の前提として扱われていて、奇蹟をそれと認めるプロセスよりも、むしろ奇蹟を受け入れることで生じる変化に焦点があたっている。言い換えると、「トマスの不信」（『ヨハネによる福音書』二〇・二四－二九）のエピソードが示すように、奇蹟の本質はそれを証明することではなく、それを受け入れて行動する意志にある。老人はヴァレリアンに黄金の文字で書かれた内容を信じるかどうか、「然りか否か、言え」と自分の意志で選択することを求める。ヴァレリアンは速やかに同意し、また、改宗した弟のテイブルスもヴァレリアンと共にすすんでウルバヌス教皇のもとに行くのである。このように、信じることを意識的に自らの意志で選び取った結果、理解も瞬時に可能となる。中世の多くの神学者たちは、理性が人間に正しい道を示すとしても、それを最終的に選択して受け入れるという本質的な行為は意志によると考えていた。[67] 迫害に屈しないという選択は強靭な意志をともなうので、この意志による選択がセシリアにおいてつねに一貫していることは言うまでもない。ローマの長官アルマキウスもセシリアに二者択一を迫るが、セシリアは意志を貫き、拷問死により殉教する。

一四世紀後半から一五世紀にかけて、正統派とウィクリフ派の神学の両方で、感覚やイメージに頼ることへの疑念があったことは事実である。聖職者の厳密な管理が及ばないところで真理を感覚的に摑もうとすることの是非は議論となっていた。[68] しかし、「第二の修道女の話」においては、改宗者は視覚や嗅覚のような感覚を通じて、理性とは異なるチャンネルによって驚異のうちに霊的なものを獲得する。奇蹟によって感覚的に改宗へと導かれ、自らの意志による選択を繰り返すことで信仰は堅固なものとなってゆくのであり、人間の本質が理性よりも意志にあることを示していると言える。

「医者の話」——主従関係の犠牲としての死

「第二の修道女の話」が神の前における人間の意志を一つのテーマとしているならば、「医者の話」では社会的抑圧によるその欠如が主題化されていると言える。

「医者の話」の元となる話は古代ローマの歴史家ティトゥス・リウィウス（紀元前五九〜紀元後一七年）の『ローマ建国史』のなかに見いだされ、おそらくは権力の乱用を諌《いさ》めるために挿入された逸話と考えられている。騎士ヴィルジニウスの一人娘ヴィルジニアを見初めた裁判官アピウスは、ヴィルジニアを自分のものにするために、クラウディウスという男を抱き込み、ヴィルジニアは以前に自分の女奴隷であったがヴィルジニウスによって盗まれたもので、ヴィルジニウスは父親ではないという訴えを出させる。アピウスは直ちにその訴えを認め、ヴィルジニアに出頭を命じる。ヴィルジニウスはこの訴えが仕組まれた計略であることに気づき、事情を娘に話し、操を守るためにヴィルジニアの首を刎ねる。真実が露見し、アピウスは自殺しクラウディウスは追放される。

同じ話は『薔薇物語』（五五五九－六二八行）にもリウィウスを典拠として登場し、やはり正義の悪用の話として語られる（図24）。ゆえにどちらも悪しき裁判官アピウスの登場で始まるが、一方で「医者の話」では、冒頭でヴィルジニアの美しさと徳の高さが詳しく語られる。その美貌は「自然の女神が最大級の努力をしてこのようにきわめて優れた姿に作った」もので、加えて「彼女は体はもとより精神も純潔だったので、処女の花開くごとくで、すべてにおいて謙虚で節制に努め、節度を守り、忍耐強く、振る舞いや装いにおいても中庸を心得ていた」のである。さらに続けて、両親や家庭教師が子どもをしつけて監督することの重要性が脱線として語られるので、三〇〇行に満たない短い話の約三分の一がこうした前置きに費やされている。

図24　刎ねたヴィルジニアの首をアピウスに示すヴィルジニウス（『薔薇物語』写本、1380年頃）

「医者の話」とリウィウスとのもう一つの違いは、ヴィルジニアが事前に自分の運命を知らされる点にある。そのときのヴィルジニアの反応が話の中核をなしていて、チョーサーはこの話を、その非道さについては議論の余地がない裁判官ではなく、犠牲者の親子関係を軸に構成していると言える。ヴィルジニアの思慮深さと従順さは完璧で、彼女は宴会やダンスなどに誘われても、「誰から強いられることもなく、愚かなことをしそうな仲間を避けるようにしばしば仮病を使う」などして、自発的に分別を働かせている。グリゼルダの場合と同様に本人に何一つ落ち度はないため、父親が一方的に示す死か辱めかの二者択一の是非が問題となる。この二者択一を物語の前提として受け入れるか否かで、この話にはまったく異なった視点からの解釈が可能なのである。

ヴィルジニアの、死を回避する手段は何もないのかという問いかけに対して、父は即座に次のように答える。

「何もないのだ、本当に、愛する我が娘よ」と彼は言いました。「それではお父様、少しの間自分の死を嘆く時間を私にください」と彼女は言いました。「だって、エフタだって自分の娘に情けをかけて、嘆く時間を与えたではありませんか、彼女を殺す前に、ああ！　しかも彼女になんの咎もなかったことは神様も御存じです、父（の帰還）をうやうやしく歓迎するために、最初に父親の元へ走って行っただけのことですから。」（六・二三七－四四）

現実的に考えると、ヴィルジニウスには有力な友人も財産もあることは冒頭の一行目で記されているので、娘を救うために少なくとも何らかの対抗策を検討することはできたと思われる。グリゼルダの父の貧しいジャニキュラとは違うのである。この潜在的可能性を重視するならば、ヴィルジニウスの決定は、本人の意図としては善良でそれを娘が自発的に受け入れるにせよ、父親による独善的な決断、家父長制の抑圧的な支配の一例と映るだろう。[69]さらに言うならば、娘が嘆きつつも父親の決断を受け入れる展開は、自発的な従順の美徳の例ではなく、そのように子を育てた父親の教育を疑問視しているとも考えられる。子女の教育に関する長い脱線も、親子間に服従的合意が形成されてゆくプロセスを描いていると解釈することが可能で、娘が自己判断の可能性を知らずに育ってしまう閉塞的な親子の関係が浮き彫りになる。

その一方で、二者択一の選択肢は、社会的不正に焦点を当てた種本に記された既成事実であり、それが変更されなかったことを問題視するのは的外れであって、むしろ「医者の話」で注目すべきは、不可避な状況への精神的対応であるとも考えられる。ジル・マンは、罪もなく父によって殺される娘は受難のキリストに重なると指摘し、さらにこの解釈は旧約聖書のエフタの娘への言及によって支えられていると述べる。[70]イスラエルの士師エフタは、「わたしがアンモンとの戦いから無事に帰るとき、わたしの家の戸口からわたしを迎えに出てくる者を主のものといたします。わたしはその者を、焼き尽くす献げ物といたします」と誓いを立てたので、最初に出てきた自分の娘をやむなく神に献げることになり、娘もそれに同意する（『士師記』一一・三〇―三九）。中世の聖書釈義では、罪もなく献げ物とされたエフタの娘はキリストの受難の予型と見なされていたのである。ヴィルジニアは、エフタの娘、そしてイエスと同様に、運命を事前に知ることで自分がおかれた立場を理解して死に至る。神が人間に対してするように、愛はときに残酷なかたちで行使される。しかし、そうして示された愛ゆえに、「すぐに一〇〇〇人もの群衆が同情と憐れみを抱いて、その騎士（ヴィルジニウス）を救いに雪崩れ込んで」くるのであり、またヴィルジニウス自身も「憐れみの心から」アピウスの召使いの刑を減じさせるのである。「医者の話」は、たんに圧政の不正を糺《ただ》して正義をなす政治的な話にとどまらず、犠牲をともなう愛が憐れみの連鎖を引き起こすという道徳的状況を主題とした悲劇と言える。

「修道士の話」と運命の不条理

「修道士の話」は『カンタベリー物語』で語られる悲劇的な話のなかで、現世における悲劇の遍在性を最も率直に取り扱う話と言える。話は一七編からなる個人の悲劇で構成され、それぞれのエピソードの長さは一スタンザ（各スタンザ八行）から一六スタンザまでと不統一である。取り上げられている人物は、ルチフェル、アダム、サムソン、ネブカドネザルなどの旧約聖書の人物、ローマ皇帝ネロ、ユリウス・カエサル、アレキサンドロス大王、クロイソス王、パルミラの女王ゼノビアなどローマ史や古代史の人物、そして批評家のあいだでは「現代の例」と総称されているチョーサーと同時代か少し前に起きた歴史上の人物の悲劇五例からなる。「現代の例」には、異母兄にあたるエンリケ・デ・トラスタマラ（後のエンリケ二世）と王位継承を争って戦死したカスティーリャ王のペドロ一世（一三六九年没）、子どもたちとともに塔に幽閉されて餓死したピサのドノラティコ伯ウゴリーノ（一二二〇頃～八九年、ダンテの『神曲　地獄篇』第三三歌に登場する）などが含まれる。短い評伝を集めた同じような構造の作品としては、ボッカッチョの『名士の没落』（一三五五～六〇年）がある。写本によっては「ここに修道士の話、名士の没落が始まる」という見出しがあり、実際、いくつかの話はボッカッチョにも見いだされるので、チョーサーはこの形式を『名士の没落』から学んだと推測される。しかしそれ以外にもウルガタ聖書や『薔薇物語』、一三世紀にヴァンサン・ド・ボーヴェが編纂した百科事典的な『歴史の鑑』なども素材として活用している。

「修道士の話」は「悲劇とは、古い書物が私たちに思い起こさせるように、繁栄の極みにあった人物が高い地位から悲惨な境遇に落ちて、惨めな死を迎えるという、そういう話のことです」というジャンルの定義で始まる。この話は、ジャンルを意識して書かれた悲劇としては、英語はもとよりヨーロッパ中世の俗語で最初の作品である[71]。ここで定義されている悲劇は「没落型」と称されるタイプで、悲劇の原因を一貫して運命の変転に帰する考えである。運命の女神は、その車輪を絶え間なく回すことで、すべての者を、時には驕り高ぶりに対する報いとして、時にはまったくの気まぐれから転落させるのである（図25）。

図25　運命の車輪（リドゲイト『トロイの書』写本、1457–60年頃）

修道士は、そうした没落型悲劇の話を、運命の変転に対する嘆きとともに次々と際限なく語るため、その話は巡礼たちにも後世の読者や批評家にもあまり評判は良くない。クロイソス王の話が終わったところで騎士が介入して、こうした痛々しい話はもう十分だと述べ、宿屋の主人もそれに同意して話を終わらせている。二〇世紀の批評においても、宿屋の主人から随分と血色のよい修道士だと揶揄された語り手が、仕返しとしてあえてつまらない話をしたという解釈まで示された。それは極端としても、同じパターンの悲劇の単調で脈絡のない連続を指摘する見解は少なくない。しかし、悲劇をキーワードとして一つの物語集を編むという前例のないジャンルの試みである点を重視するならば、この一見気の滅入る話の意義が見えてくる。

ボッカッチョの『名士の没落』は教訓的な評伝集として編まれていて、道徳的欠陥が原因となって悲劇が生じるという点で一貫している。「修道士の話」においては対照的に原因はさまざまで、ルチフェルやローマ皇帝ネロのように、傲慢や悪事の報いを受けたように見えるケースもあるが、その一方で、ロンバルディアのベナルボの場合には運命の女神は機械的に車輪を回しているだけで、没落の必然性は何ら示されていない。この方針の無さがまさに運命の女神の特徴であり、それはチョーサーが英訳したボエティウスの『哲学の慰め』でも描かれている。「私は回転する車輪をぐるぐる廻す。私は一番下のものを一番上へ、一番上のものを一番下へひっくり返すことを喜ぶ。そうしたければ車輪を上に上るがよい。但し、私の戯れの必然ゆえにお前がふたたび下に落ちても、私がお前に不正をなしたと考えないという掟のもとでだ」(『ボエス』二・散文二・五一－五八)と運命の女神は語る。

「修道士の話」のもう一つの特徴は、「私が、教皇のことであれ、皇帝のことであれ、王様のことであれ、本に書かれているように年代順にお話せずに、先になったり後になったり、私の記憶に浮かぶがままにお話しても、私の無知をお許しください」とわざわざ断って、年代記のように時間軸に則して語ることはしないと宣言している点である。もとより「修道士の話」は年代記ではないのでこの弁明自体が不要にも思え、かえって中世の歴史叙述のあり方との比較へと我々の視点を向けさせることになる。中世の歴史観は聖書に基づいて、天地創造で始まり最後の審判で終わりを迎える、有限で直線的な時間の流れを前提とする。歴史はたんなる時間の推移ではなく、天上のエルサレムとキリストの再臨で最終的に成就するという、一つの方向性を持っている。フライジングのオットーの『年代記』（一一四三〜四六年）やヴァンサン・ド・ボーヴェの『歴史の鏡』（一二四四年頃）のような中世の世界年代記はそうした歴史観の元で編纂されてきた。「修道士の話」は、世界最初の悲劇の主人公となるルチフェルとアダムから始まりこそすれ、その後は「現代の例」も含めて語り順に法則はなく、歴史はお互いに無関係な個人の生涯の羅列として断片化されている。

　この非連続的な並列は、キリスト教歴史観のグランド・ナラティブから解放された叙述を可能とし、運命の機械的で気まぐれな変転を唯一の因果律として、歴史上の個々の事象を見直すことを可能にしている。[72] 話は途中で中断されるが、騎士は、文章の途中に割り込む「騎士の従者の話」や「サー・トパスの話」の場合とは異なり、クロイソス王の話が終了したところで介入している。話が迷走しているからではなく、むしろ話が十分に効果的でその機能を果たしたという理由による積極的中断である。[73] それゆえに次の話としては逆のパターンの話、つまり喜劇が求められるのである。

　また、ジャンルとしても、「修道士の話」の試みはジョン・リドゲイトによって、歴史上の権力者たちの没落を総括した長大な『君主の没落』（一四三一〜三九年）へと受け継がれている。リドゲイトはチョーサーを母語文学における権威とみなして、それを意識的に継承した多作な作家で、『君主の没落』は悲劇の原因として運命の気紛れよりも神による正当な報復を強調するが、その構想はチョーサーに多くを負っている。また、『君主の没落』の写本のうち一五世紀の二写本は「修道士の話」も一緒に収録していて、両者のジャンル的類似性が意識されていたことを示している。[74]「たいていの人々には少しの悲しみでまさに十分だ」という騎士の感想は、巡礼たちとともに現代の読者の反応を代弁しているかもしれないが、この話が悲劇のジャンルとしての斬新な試みであることは間違いない。

7　ジャンルの解体とメタナラティヴ

これまでに検討してきたように『カンタベリー物語』の各話は、ジャンルの約束事を巧妙にずらすことで新鮮な効果を生んでいる。「騎士の話」は古代の物語を哲学的なロマンスへと拡張する試みであり、第2節で扱った笑話はファブリオを代表する間男のプロットをさまざまに変容して、ナラティブとしての可能性の幅を広げている。また、「免償説教家の話」では例話が巡礼たちを前にした即興のパフォーマンスへと横滑りすることで、ジャンルに内在する解釈学的問題が露呈される。話の基底を成すジャンルを意識することで、個々の話の独創性はより明確な輪郭を帯びており、『カンタベリー物語』は既存のジャンルを意識して書かれた英文学最初の作品であるという指摘も納得がゆく。

しかし、前節までに検討した話は、いずれもジャンル自体の革新や解体を第一の目的として書かれているわけではない。一方で、『カンタベリー物語』のなかには、話が属するジャンルの約束事や文体をパロディなどの手法を使って戯画化し、さらにはジャンル自体を機能不全に陥らせることで、ジャンルそのものの限界やジャンルの殻を破ることで生まれる新たな可能性を意識的に志向しているように読める話が複数存在する。この節では、そうしたメタナラティブとして機能する話をとりあげる。

「修道女付き司祭の話」の解釈学的パロディ

修道女付き司祭とは、特定の女子修道院においてミサを挙げ、説教をし、修道女の罪の告白を聴く男性の聖職者で、通常単独か複数で巡礼などの修道女たちの外出にも同行した。[75] 語り手は「総序の歌」で女子修道院長に同行している三人の司祭のうちの一人で、中世フランス語で記された『狐物語』を典拠とする話を披露する。『狐物語』とは、主人公の狐ルナールと宿敵の狼イザングランの終わりなき争いを中心として数多くの挿話で構成された作品で、一二世紀後半から一三世紀にかけて次々と作られた一連の物語群の呼称である。その挿話の一つ、ルナールが捕まえた雄鶏を逃がしてしまう話に「修道女付き司祭の話」は基づいている[76]（図26）。同じ話は一二世紀のマリ・ド・フランスの『寓話』のなかでも取り上げられていて、チョーサーはこちらも知っていて活用したとされている。

図26　鴨を捕まえた狐（ミセリコード、15世紀末、リポン大聖堂聖歌隊席）

貧しい寡婦の農場で飼われている雄鶏のチャンテクレールは狐が出てくる不吉な夢を見て、そのことを妻のペルテローテに話すが、体調のせいだと言われて相手にされない。チャンテクレールは災難の訪れを告げる予知夢だと、いろいろと古典の例をあげて反論するが、やがてペルテローテの色香に惑わされて不安を忘れてしまう。すると狐が忍び込んできてチャンテクレールをおだてて時を告げさせ、そのすきに口にくわえて逃げようとする。農場は大騒ぎになり、寡婦もその娘たちも大声で叫ぶ。チャンテクレールは何か言い返すように狐をそそのかす。狐が声を上げようと口を開けた瞬間にチャンテクレールは羽ばたいて飛び去る。語り手がこの話から教訓を得るように告げて終わる。

　この話は、ジャンルとしてはイソップで有名な動物寓話の一種と言える。動物寓話は、人間の行動の愚かさを動物の姿を借りて風刺をこめて描き出すもので、中世では初等教育の教材として用いられ、例話と同じように話から教訓が導き出される。「修道女付き司祭の話」でも、調子に乗ったりおだてられたりして余計なことを口に出すな、という即物的な処世訓が引き出されている。

　しかし、この話が単純な動物寓話でも例話でもないことは、一読すると明らかである。「貿易商人の話」がファブリオ的プロットのなかで宮廷風恋愛詩のモチーフのバーレスクを展開したように、ここでも、他のジャンルを指し示すさまざまな要素が混在していて、話はそうした文学伝統と田舎の貧しい寡婦の庭先の世界を行き来する。「修道女付き司祭の話」は動物寓話という元来の枠組みをつねに意識しつつ、単純なプロットを修辞や文学モチーフで拡張することで、まるで異なったジャンルの作品であるかのような幻想を作り出しているのである。[77] 動物寓話は、擬叙事詩、「修道士の話」のような運命の悲劇、人類の堕落のバーレスク、例話へと次々と変容してゆくが、話の最後で語り手は「私の話は雄鶏の話なのです」と断言して、そうしたジャンルの幻想を打ち砕くのである。その効果は修辞学的モチーフやジャンル固有の文体を次々とパロディ化することで実現されている。たとえば、美人を描写するための宮廷風恋愛詩の定型表現をまったく的外れな対象に用いることは「粉屋の話」にも見られた技法だが、ここではチャンテクレールの第一夫人ペルテローテの描写に使用される。

この高貴な雄鶏はその欲望に奉仕するために、七羽の雌鶏をそのもとに置いていました。いずれも彼の姉妹か愛人で、色合いは驚くほど彼に似ていたのです。そのなかでも喉の色合いがもっとも美しいのが、麗しのペルテローテ夫人と呼ばれていました。彼女は礼儀正しく、思慮深く、優雅で、愛想がよく、生まれて七日目の日以来、とても美しく振る舞いましたので、チャンテクレールの心をすっかり摑んで、とりこにしていたのです。(七・二八六五－七五)

人間ならば頬や唇が賛美の対象となるところだが、雌鶏なので喉の美しさが褒めそやされる。「生まれて七日」は、鳥類の短い寿命を前提とした表現であろう。このようにパロディを展開しつつ、ナラティブは雌鶏と人間の間をこまめに行き来し、読者は対象が鶏であることをつねに思い起こさせられるのである。

チャンテクレールが見た夢の解釈をめぐってペルテローテと口論になる場面も、意識的な齟齬を作り出す。ヨーロッパ中世の理解では、夢には「インソムニア」と呼ばれる実体のない幻から神のお告げによる予知夢「レヴェラティオ」まで、いくつかの種類がある。予知夢についてカトーを引用し、聖書や古典から具体例をあげて論じるチャンテクレールも滑稽だが、それに対して、食べたものが悪かったせいだから下剤を飲みなさいと言って、次々と草の名前をあげるペルテローテは、生活の知恵に長けた現実主義者の家庭婦人そのものである。

しかし不安は現実のものとなり、チャンテクレールは狐に捕まってしまう。『狐物語』では狐を追いかけて農場で繰り広げられるどたばた騒ぎが生き生きと描かれるが、「修道女付き司祭の話」では対照的に、運命の暗転についての考察、原罪と楽園追放の暗示、そしてキリスト教の予定説が頓呼法とともに大げさに披露される。

おお、避けられぬ宿命よ、悲しいかな、チャンテクレールは梁から飛び降りてしまった！　悲しいかな、彼の妻は夢に注意を払わなかったのだ！　そしてある金曜日に、この災難は起こったのだ。おお、快楽の神、ヴィーナスよ、チャンテクレールはあなたに仕えて、子孫を増やすよりも快楽のために力の限り奉仕したのに、なぜにあなたは、この日に彼が死ぬるがままにしようと欲されたのですか。

おお、卓越した巨匠ガウフレドゥスよ、あなたの気高きリチャード王が射ぬかれて殺されたとき、あなたはその死を激しく嘆かれました。それなのになぜ私は今、あなたがなされたように、この金曜日を叱責すべくあなたの知恵と技を持たないのでしょうか。なぜなら、彼が殺されたのは、間違いなく金曜日でしたから。さすれば、私はチャンテクレールの恐れと苦しみについて、いかに私が嘆くことができるか、あなたにお目にかけることができますのに。（七・三三三八－五四）

ガウフレドゥスとは一二世紀初めに『新詩法』という修辞学の教科書を著したジェフリー・オヴ・ヴィンソフのことで、この書に、哀悼のレトリックの手本としてリチャード一世の死を悼んで作られたラテン語詩がある。引用部分は、「ああ、ヴィーナスの悲しい日（金曜日）よ、ああ、痛恨の惑星よ、あの日こそ汝の夜、ヴィーナスこそ汝の毒液だった！」と始まるその詩の冒頭部分のパロディである。[78]『新詩法』は中世を代表する人気の教科書だったので、パロディに気づくのは容易であっただろう。

それに先だって、チャンテクレールに降りかかった悲劇が果たして必然的なものであったのかどうかが、中世の予定説に照らして議論されている（七・三二三六－五〇）。神の予知と人間の自由意志は共存するとするアウグスティヌスと、それとは逆にかなり決定論者に近い立場をとる一四世紀の哲学者トマス・ブラッドワルディン（一三〇〇頃～四九年）の名前があがり、さらにボエティウスの『哲学の慰め』で論じられている単純的必然性と条件的必然性に言及される。それぞれの議論の紹介に誤りはないが明らかに場違いである。以上のように、チャンテクレールに降りかかった災難は予知夢によって予見されており、神の摂理のもとで予定論的に必然として生じた可能性のある悲劇として、王侯の死を悼むのに相応しい大げさな修辞とともに語られるのである。

続いて、話に基づいた教訓を引き出すという例話の約束事にならって、狐とチャンテクレールがそれぞれ無駄口とうぬぼれを諌《いさ》める処世訓を語る。種本の『狐物語』も同様な教訓とともに終わるが、「修道女付き司祭の話」ではさらに次のようなコメントでこの話が例話であることが強調される。

この話を、狐のことだとか、あるいは雄鶏と雌鶏のことだとか、愚かしいこととみなしている皆様、その教訓をおとりください、善良なる皆様よ。聖パウロも、書かれていることはすべて私たちの教えのために書かれているのである、と確かに言っておられます。実をとって、殻は捨ておいてください。(七・三四三八－四三)

「パウロの書簡」には「わたしたちは、今は、鏡におぼろに映ったものを見ている」(『コリントの信徒への手紙一』一三・一二)という章句があり、聖書に多層的な注解を付す中世の学問伝統の根拠となっている。聖パウロへの言及はより高度な聖書釈義的解釈をこの期に及んで示唆するとも捉えられる。たとえば狐の攻撃を悪魔による人間の魂の誘惑の寓意として読むことも可能だが、しかしそうした解釈を最終的結論とするには、あまりにも多くのジャンルと視点が混交している。全体を通じて、鶏の視点、ナラティブから教訓を引き出そうとする人間の視点、さらには鶏にふりかかった災難があらかじめ予定されていたか否かという神の視点が混在しているのである。寓意的解釈は異ジャンルの混入や大げさなレトリックによって否定され、結局のところ「私の話は雄鶏の話なのです」という字義どおりの読みに帰着し、動物寓話というジャンルの前提も取り消されて話は終わる。「修道女付き司祭の話」は読者が何らかの整合性のある解釈を引き出すことを拒む、ジャンルそのものが揺らいで解体される話に他ならない。

「賄い方の話」と例話の解体

「賄い方の話」も、ジャンルを成立させている前提自体に疑問を投げかける話の一つである。太陽神のフィーバスが飼っていたカラスが、フィーバスの留守中に妻が浮気をする場面を目撃し、図らずもそれをフィーバスに教えることとなる。フィーバスは激情に駆られて妻を殺し、さらに悲劇の元凶となったカラスを罰するという話で、オウィディウスの『変身物語』(第二巻、五三三－六三一行)を典拠としている。

「賄い方の話」も「修道女付き司祭の話」と同様に、ジャンルが定まらず、最終的にジャンルが解体されてゆくという特徴を持つ。フィーバスは「礼節と名誉、完璧な高潔さ」が備わった騎士道の華で、大蛇パイソンを殺した神話の英雄だが、同時に間男されることを恐れてとても嫉妬深かったと紹介される。すると語りの口調はくだけたものへと転じ、語り手は脱線して、人間でも動物でも情欲はおさえられないことをいくつかの例とともに主張した後で、フィーバスの留守中に妻が「情夫」を連れ込んだことを語る。聴衆は、神話世界のパロディを含む「貿易商人の話」のような展開を想像してファブリオ的な男女の話を予測するが、このジャンルの期待は裏切られて、話はオウィディウス同様に、フィーバスが妻を殺害するという悲劇に帰結する。

その悲劇の引き金となるのはカラスの告げ口だが、この点で、「賄い方の話」は類話と一つ大きく異なっている。『変身物語』では二羽のカラスが登場し、「容赦を知らない告げ口屋」と形容される大鴉がフィーバスに告げ口をしに飛んでゆく。もう一羽の小鳥が「忠義だてが仇になる」とわざわざ忠告するのを無視しているので、大鴉の自発的な意図は明白である。[79] 一方で「賄い方の話」では、カラスはたんに籠の中で「クックー」と鳴くのみで、フィーバスに説明を求められて初めて「確かな証拠や大胆な言葉」で淡々と報告するので、カラスが最初から告げ口をする明確な意図を持っていたかは曖昧なままである。「賄い方の話」ではカラスの告げ口よりもフィーバス自身の自己欺瞞に焦点が当たっている。フィーバスはカラスの報告を「嘘の話」と決めつけて、都合の悪い存在を強制的に沈黙させる。「賄い方の話」は、意図的に告げ口をしなくとも、自分ではそれと気づかぬ不注意な発言が猜疑と思い込みの連鎖反応を引き起こして、無邪気な情報提供者に災難が降りかかるという悲劇性に焦点をあてた、「医者の話」やチョーサーが『善女伝』のなかで取り上げたルクレチアの話（一六八〇－一八八五行）に通じるような政治的な話なのである。

話が終わると、「皆様、これを例にして、話すことにはよく気をつけるようお願い致します」と聴衆に語りかけて、「口は禍の元」という教訓が語られる。「例」という語からわかるように、語り手は自分の話を例話として構成している。実際、フィーバスのこの話も、『変身物語』の他の話と同様に中世では例話に仕立てられた。一四世紀初めにフランス語で書かれた『オヴィッド・モラリゼ』は『変身物語』をまるまる例話として読み直した作品である。フィーバスの話が原典どおりに紹介された後に教訓が続き、カラスを人間に置き換えて無駄口やゴシップを慎むように教え、「平和を守るために嘘をついたり沈黙を守るほうが、見たことを口に出して被害をこうむるより良い」という教訓が示される。ガワーの『恋する男の告解』（第三巻、七六八－八一七行）にも同じ話が例話として入っていて、話の前に、この話は沈黙の必要性に関する例話であると記され、さらに欄外にはラテン語で「愛情ゆえに、他人の忠告をあえて口にする者に対する例話」と注記がある。[80]

同じく「賄い方の話」でも、例話の形式に従って、セネカ、ソロモン、中世では『雅歌』の作者と見做されていたダビデ王などの権威ある著者の名を挙げて教訓が語られる。

賢い学者が語っているように、ソロモン師は、よく口を慎むようにと教えています。でも、申し上げましたように、私には書物の知識がありません。ですが、お袋は私にこう教えてくれました。「我が息子よ、神の名にかけて、このカラスのことを考えなさい。我が息子よ、口を慎みなさい、そして友人を大切にしなさい。悪口は悪魔より悪いのです」（九・三一四－二〇）

しかし、口を慎むという教訓を引き出すならば、オウィディウスの原典の方が、カラスの関与が曖昧なチョーサーのヴァージョンよりも明確に教訓と対応している。さらに、続いて列挙される無駄話の危険と沈黙の価値に関する教訓の多くは、中世で最も人気があった『カトーの対句集』をはじめとする格言・諺集に見いだされるもので、権威的なテクストというよりも処世訓である。また、初歩的な知識や教訓を教える教化文学では、師が生徒に呼びかける対話形式が好んで使われ、そこでは「息子よ」という呼びかけが一般的に用いられている。たとえば『カトーの対句集』では大カトーが息子に呼びかけているし、『恋する男の告解』では、師の聴聞司祭が教えを乞う「恋する男」に再三「息子よ」と呼びかける。[81] その意味では「賄い方の話」はこうした教化文学のジャンル的特徴をふまえていると言えるが、権威ある人物から生徒にではなく、文字どおり母親から息子への呼びかけである点が根本的に異なっている。語り手は聖書に言及しつつも、自分は書物の知識が無いと言って、母親から聞いた忠告を次々と繰り出す。語られる教訓自体は同じでも、それが権威とは無関係な母親の口から語られた格言や諺だとしたら、その背後に普遍的な真理が存在しているか危ぶまれるのである。結果として「賄い方の話」の例話としての妥当性が疑問視され、ジャンルがその本来の目的のために機能しなくなる様子が話の後半では具体的に示されていると言える。

「サー・トパスの話」における究極のバーレスク

ジャンル自体を機能不全に陥らせるような話としては、巡礼チョーサーが語る「サー・トパスの話」も同様である。「サー・トパスの話」は一四世紀のイングランドで人気のあった脚韻ロマンスの文体を踏襲し、そのプロットとモチーフを執拗なまでにパロディ化していることは過去の研究により明らかにされている。主人公の騎士サー・トパスはフランダース地方出身として登場するが、イングランドからは北海を渡ってすぐのフランダースは毛織物産業で有名な人口密度の高い産業地帯で、イングランドの主要な通商相手でこそあれ、ロマンスの騎士の出生地としてはまったく相応しくない。その後、騎士道ロマンスの慣習に則って、旅立ちを前にした騎士の武装、遍歴の旅への出立、妖精女王への一目惚れの恋、巨人との戦いと、代表的なモチーフが次々と脈絡なく登場してパロディ化される。たとえばロマンスの定型どおりにヒーローの外見と衣装が描写されるが、そのなかにコルドヴァ革、商都ブルージュ、ジェノヴァの銀貨など、イングランドの商業活動の現実が比喩として次々と闖入してくる。

髪の毛も顎髭もサフランのような色で、それらは帯革に達するまで垂れ下がっていました。靴はコルドヴァ革。茶色の長ズボンはブルージュ製。衣服は高級な絹製で、ジェノヴァ小銀貨何枚もの値打ちでした。（七・七三〇－三五）

言うまでもなく、こうしたパロディが成立する前提として元の話を知っている必要があるが、脚韻ロマンスは大衆的人気を博したジャンルであった。物語も前に進むようで進まない。少し進むと、「皆さん、お聴きください」という呼びかけとともにそれまでの展開はリセットされ、脈絡なく新たな冒険が始まり、それがホストによって中断されるまで二回繰り返される。

パロディ効果が固定化したプロットやモチーフの存在を前提としている以上、「サー・トパスの話」は、騎士道ロマンスがジャンルとして有する限界と可能性に意識的に関わっている。しかし、一つの話として見ると、プロットを持つという物語としての最低条件を満たしていない。その意味では、典拠作品のプロットを尊重してバーレスクを展開する「修道女付き司祭の話」や「賄い方の話」よりも徹底してジャンル自体をクリティカルに標的としている。「サー・トパスの話」は、脚韻ロマンスというジャンルが完全に形骸化して、プロットの新奇さを生み出す力を失い、モチーフに代表される約束事のみが断片的に読者の記憶に残っている状況、言い換えれば一つのジャンルの死を予見するのである。

こうしたパロディに頼った笑いは、それが冗長になる前に適当に切り上げる必要があるが、それは宿屋の主人がへぼ詩はもう沢山と言って中断することで実現される。しかし、語り手がチョーサー自身のペルソナである以上、この展開は自らを犠牲にする行為でもあり、そのパフォーマンスから我々は作者自身の詩人観について考えるきっかけを得ることができる。

ペルソナにこめられた作者の詩人観

『カンタベリー物語』に複数のチョーサーが登場することはしばしば指摘されてきた。「総序の歌」はすべてを俯瞰するような絶対的な作者の視点で始まるが、すぐに『カンタベリー物語』全体の語り手チョーサーの視点へと移行する。このチョーサーは、同じくカンタベリーを目指す他の巡礼たちと一緒に旅をし、彼らが披露する話を忠実に書き留める編纂者である。「話が良くても悪くても、全部の話をそのまま繰り返さなければなりません」と宣言してすべての話を書き留め、一貫して全員から一歩距離を置いたスタンスで巡礼たちを紹介し、さらに話のつなぎ部分で巡礼たちのやりとりをあまり私見を挟むことなく語る。しかし同時に、巡礼仲間の一員として自ら話をすることも求められている。巡礼者としてのチョーサーについては、話くらべを仕切っている宿屋の主人の視点でその印象が語られる。

宿屋の主人は初めて私を見てこう言いました。「あんたは何者ですかい？　あんたは野うさぎでも見つけたいのかね、だって私が見たところ、ずっと地面を睨んでいなさるからね。近くに来て、陽気に顔をお上げなさい。どうか、皆様、この人に場所をあけてくださいよ。この人の腰回りは私とよく似ているね。ほっそりしてきれいな顔の女の人が腕に抱くのにちょうどいいお人形さんみたいだ。なんだか心ここにあらず（エルフのような）といった表情をして、誰とも打ち解けようとなさらないんだから。」（七・六九四－七〇四）

この人見知りで話し下手なチョーサーのイメージは、「総序の歌」冒頭の「日が沈む頃には、私はこの人たち皆と話をしてすぐに仲間となり、明朝早起きして、申し上げた目的地へ一緒に出かけようという約束をしました」という、全体の語り手としてのチョーサーのむしろ社交的な自己像とは違った印象を与える。宿屋の主人はチョーサーが何者かわからず首をかしげ、「エルフ（妖精）のような」(elvyssh) と形容する。この形容詞には「不思議な、神秘的な、この世のものではないような、ぼうっとした」といった意味があり、特定の身分にも職業にも属さず、他の巡礼たちとは実体化のレベルが異なるチョーサーの形容としては的を射ていると言えよう。話を聞く側の『カンタベリー物語』全体の語り手のチョーサーと、一人の巡礼として話をする側のチョーサーとでは、作品への関わり方が明らかに異なるのであり、それはポートレートが与える印象の違いに反映されている。話を求められたチョーサーは、その地味なイメージをネガティブに拡張して、たった一つの話しか知らず、それも上手に語れない話し下手な姿を意識的に作り出すのである。パロディ対象となっている脚韻ロマンスの語りは、チョーサー自身の文学的イディオムの出発点であり基底をなすものであるという指摘はしばしばなされている。それならば、そのパロディはチョーサー自身の自己解体であると言える。

ホストに話を中断されたチョーサーは、今度は長い散文の「メリベウスの話」を語り直す。過去の批評では、「メリベウスの話」が選ばれた理由として、「サー・トパスの話」で失敗したチョーサーが、今度は当たり障りのない話を選んだ結果であるとか、あるいは宿屋の主人の辛辣なコメントに対して、誰も否定できない立派なテーマの長くつまらない話で「報復」したといった、過度にドラマを読み込んだ解釈もなされた。「メリベウスの話」がチョーサーの二つ目の話として最初から意図されていたかも不明だが、しかし二つの話に共通点を見ることは可能である。騎士道をパロディ化する「サー・トパスの話」と平和主義を提唱する「メリベウスの話」には、反戦という共通点があるという指摘もある。

また、「サー・トパスの話」の失敗を受けて語り直された「メリベウスの話」も同様にジャンルとしての限界を主題化していると言える。「サー・トパスの話」が、今や時代遅れになり、宮廷の聴衆には野暮で洗練されていないと感じられる土着の脚韻ロマンスの限界をパロディによって示しているならば、「メリベウスの話」も同じくジャンルの限界を主題としていると考えられる。第3節で論じたように「メリベウスの話」でプルデンスが果たそうとしてできなかったことは、聖書や教父の作品に見いだされる格言や引用が自己分析の契機として読まれうるようなコンテクストを、キリスト教の枢要徳という視点から構築することであったからである。しかしそれは、「メリベウスの話」自体が失敗作ということではない。本来保守的な教訓的散文であった「メリベウスの話」は、「サー・トパスの話」と並置されて単一の語り手によって語られることにより、コンピラティオとして編纂された教化文学というジャンルの限界を、バーレスクとは異なった方法で浮き彫りにする冒険的な作品へと変容させられたと言えるのである。

「聖堂参事会員の従者の話」における自己投影

「聖堂参事会員の従者の話」も「サー・トパスの話」と同様に、しばしばチョーサー自身の文学観との関連で解釈されてきた話である。

「聖堂参事会員の従者の話」はエルズミア写本では「賄い方の話」の前に位置する最後から三つ目の話である。巡礼一行はブーフトン・アンダー・ブレーという場所までやってくる。この地名はカンタベリーから約五マイルのところにあるので、巡礼地への旅も終わりに近づいている。すると、突然に馬を疾駆させて一行を追いかけてくる人物があらわれる。従者を連れたその人物は、「この楽しそうな一行と一緒に馬に乗って行こうと思って」後を追ってきたと述べる。この飛び入りについては、「総序の歌」のように、語り手によって身なりや物腰が紹介されるが、身分や職業についてはおそらくキャノン（司教座のある聖堂付きの参事会員）、つまり教会関係者であろうという推測しか示されない。さらにその人物は、従者が自分の秘密をばらそうとするのを聞いて一人で先へ行ってしまうため、実際に話をするのはおしゃべりの従者で、その内容は自分の主人が密かに没頭している錬金術の苦労談とそれを使った詐欺の暴露である。

図27　錬金術の器具と実践（トマス・ノートン『錬金術手引書』写本、1477年頃）

錬金術とは紀元前のヘレニズム期のエジプトにまで遡る一つの科学的、哲学的な思想体系と言えるが、この話で言及されるのは狭義の錬金術、「私たちが馬に乗っているこの地面を、カンタベリーの町まですっかりきれいに掘り返して、それを金や銀で敷くという秘技」、つまり鉛のような卑金属から金のような貴金属を作り出す技のことである（図27）。それは人間生活を変革しうる革新的な技術のように思え、一二世紀にはヨーロッパ全域に広がり、錬金術の権威とされる先人も、人類の祖アダムから始まりヘルメス、プラトン、ロジャー・ベーコン、医師として知られるアルナルドゥス・デ・ビラ・ノバ（一二三五頃〜一三一三年頃）など多くを数えた。しかし、一三一七年に教皇ヨハネス二二世がその実践を弾劾する教令を発し、大学のカリキュラムからも排除されて、中世後期にはいかがわしい知識と見なされるようになった。その理由としては、熱中が生む社会的弊害もあったが、そもそも神が創造した自然界を人間の業によって変えられるという前提が不遜と見なされたことにある。それにもかかわらず、中世を通じて膨大な量の錬金術書が著されている。そのどれもが専門用語と独特の比喩表現に満ちており、複雑な相互参照で成り立っていて、文章は比喩と字義どおりの意味が混在していてきわめてわかりにくい。そうした秘伝的な難解さに対して、錬金術を実験により批判的に検証した哲学者のアルベルトゥス・マグヌス（一一九三頃〜一二八〇年）は、哲学者にはあるまじき行為であると非難している。[82]

「聖堂参事会員の従者の話」は、そうした永久に成功することのない錬金術の内幕にせまる暴露話の体裁をとっていて、錬金術の失敗談といかがわしい詐欺の手口に終始しているように思える。最後は賢者の石についての異なった見解の紹介で終わっていて、全体として一貫したプロットもなく、錬金術をめぐるエピソードや知識を連ねた小アンソロジーのような構成である。それにもかかわらず、目的地のカンタベリーまであと一息というところで語り手を一行に加わらせるという手間をかけてまでこの話を追加したのには、それなりの理由があるはずだという前提のもと、さまざまな解釈がなされてきた。「聖堂参事会員の従者の話」は盲目的な物質主義の批判であるとか、直前の「第二の修道女の話」の真っ直ぐな信仰の道と対照的な現世の危険な迷い道の話であるとか、神の創造に対する不謹慎なパロディとして意図されているなど、いくつかの見解が示されてきた。

　チョーサーは『天体観測儀論』を著し、占星学や月暦学に精通したアマチュア科学者でもあった。その意味では、「聖堂参事会員の従者の話」はチョーサーの科学的感心を率直に反映していて、錬金術の諸相を英語で紹介した最初の作品と言える。しかし同時に、この話に関しては、錬金術が『カンタベリー物語』全体、あるいはチョーサーの創作活動のメタファーとして機能している可能性を考えることができる。錬金術は『薔薇物語』（一六〇三五－一一一八行）で示されているように変換の技であり、そこに詩作との共通点があるという指摘がなされている。[83] いっこうに成功しない実験の繰り返しである錬金術を、チョーサー自身の創作活動のアナロジーとして見ることができるのではないだろうか。錬金術を体得することは誰であろうと不可能だと語り手は断言する。

> この技は簡単に学べるとお思いですか？　いやいや、とんでもない。神様はご存じですが、修道士だろうと托鉢修道士だろうと、司祭だろうと律修司祭だろうと、他のどんな人だろうと、この神秘で愚かしい学問を学ばんとして昼も夜も本を前にして坐っていようともすべて無駄で、実際無駄どころじゃないんです。無学な者にこの秘技を教えるなど、とんでもない！　そんなこと口にしないでください、できるわけは無いのですから。学があろうとなかろうと、結局のところ同じことだとわかるでしょう。（八・八三八－四七）

ここで錬金術は「神秘な愚かしい学問」と形容され、また別な箇所でも「神秘な技」と表現されているが、そこで用いられている形容詞は「エルヴィッシュ」で、異界の魔法のような危険で禁制の技という意味が想起される。[84]また、同じ形容詞が「サー・トパスの話」で巡礼チョーサーを形容するのにも用いられていることから、錬金術と詩作を重ね合わせる解釈が引き出される。

錬金術師も詩人も、スコラ学者のような正統な学問体系の担い手ではない。錬金術が周縁的な知だから成功しないのであれば、チョーサーの詩作もまた同じである。特にチョーサーの物語詩は、説教や教化文学のように正統なかたちで人々に真理を教えたり救済へ導いたりするものではない。中世において繰り返し指摘されてきたことだが、物語は、それがロマンスであれ例話であれ、場合によっては聖人伝であっても、そのナラティブとしての面白さで真理や教訓を覆い隠してしまう危険性を常に孕んでいる。チョーサーはこのパラドックスを認識しているからこそ、教区司祭が語る唯一物語ではない話で『カンタベリー物語』を締めくくっていると考えることも可能である。しかし同時に、その結論に到達する前に、言い換えれば巡礼たちがカンタベリーの市壁をくぐる前に、ナラティブの力を確認しておく必要があるのである。

愚かしい錬金術もエルヴィッシュなチョーサーが語る物語も、どちらも失敗の連続かもしれず、さらにその過程で本来の探究心を失ってしまうと、「聖堂参事会員の従者の話」の第二部のように、偽の金で人を欺く営みに堕してしまう危険も両者に共通している。しかし、錬金術が本物の金を生まなくともその夢を見せるように、物語も現実の境界を越えるというスリルをヴァーチャルにだが体験させてくれる。詩人は錬金術師のように、言葉や修辞や比喩を使って、より高尚で美しいものを作ろうとする存在には違いない。飛び入りの聖堂参事会員の従者が語る話は、チョーサー自身の「サー・トパスの話」と同様に、物語るという行為自体をテーマにしたメタナラティブであると言える。

III

物語の終焉――『カンタベリー物語』のその後

1 『カンタベリー物語』の終わりの感覚

「教区司祭の話」と実践的読書

『カンタベリー物語』の最後の話は「教区司祭の話」である。序において、宿屋の主人は、「わたしたちに足りないのはただ一つの話」だけで、すべての階級の人から話を聞いて自分の役目も果たせたと述べている。そして、教区司祭に「あなたは大きな物語を上手に締めくくって下さるように思われますから」と声をかける。司祭ならば、教会で日曜日毎に行う説教で例話として使う、ためになる話をいくつも知っているに相違ないという前提で、そうした話を語って欲しいと頼むのである。しかし、司祭はその願いを即座に拒絶する。

この司祭はすぐに答えました。「私からどんな物語《フェイブル》も聞くことはできませんよ。というのも、「テモテへの手紙」を書いたパウロが、真理を疎んじて、物語やそうした愚かしいことを語る者たちをたしなめていますから。望めば麦を蒔くことができるときに、なぜ私は自分の手から籾殻を蒔く必要がありましょうか。(一〇・三〇－三六)

この返事は「フェイブル」(ラテン語の「ファビュラ」)の意味を意識したジャンル的な発言である。「ファビュラ」とは寓話で、寓意的解釈によって明らかになる真理を隠している神話や作り話のことである。教区司祭は、「俗悪で愚にもつかない作り話は退けなさい。信心のために自分を鍛えなさい」

（『テモテへの手紙一』四・七）という章句を引き合いに出して、そうした寓話を用いて語ることを否定する。そのかわりに道徳や美徳に関する「散文の楽しい話」をすると述べる。「散文の楽しい話」という表現は「メリベウスの話」についても使用されているが、どちらも権威的著作からの抜粋や引用を中心に編纂された教訓的作品で、表層的にはむしろつまらない話で、宿屋の主人が期待する物語とは正反対である。

教区司祭の楽しい話の正体は、物語ではなく七つの大罪とそれに対抗するための七つの美徳に関する長い提要である。その種本は聖職者が信徒の罪の告白を聴くときの手引書として編まれたラテン語の「聴罪規程書」で、特にペナフォルトのレイムンド（一一七五〜一二七五年）の『改悛諸項大全』（一二二四〜二六年）とグイレルムス・ペラルドゥス（一二三六以前〜七一年）の『悪徳と美徳に関する大全』に基づいている。一二一五年の第四ラテラノ公会議で教皇インノケンティウス三世は、男女を問わずすべてのキリスト教徒に対して、年に一度は教区司祭に罪の告白をすることを義務づける教令を定めた。それが契機となってこうした手引書が編まれたと言える。罪を告白するには、どのような行為がいかなる状況で罪となるのかについて、聖職者も信徒も理解していることが前提となるからである。さらに教区司祭は、たんに罪の赦免をして償いを命じるだけでなく、罪が犯された状況について判断し、罪の原因となる罪源やその救済策となる美徳について広汎な知識を持ち、一般信徒を教育できなくてはならないとされたのである。

ゆえに「教区司祭の話」は、読み物というよりは一種のレファレンスブックで、作家や語り手にとっては、物語のための主題とそれを支える権威ある引用を提供してくれる素材集として機能しうる。

そう考えると、『カンタベリー物語』は最後に一つの完成した話ではなく、話になる前の素材へと戻って終わっていると考えることもできるが、実のところ「教区司祭の話」は、ジャンルとして革新的な試みに他ならない。その内容は聴罪規程書だが、聖職者ではなく一般信徒によって、しかもラテン語ではなく俗語で編纂されたヨーロッパ最初の例であり、聖職者が指導要領のように利用する手引書ではなく、むしろ一般信徒の読者が自ら読むべきものとして意図されている。[1] 語り手の教区司祭は自分の話を「黙想」と形容している。黙想とは、神学者のサン・ヴィクトールのフーゴー（一〇九六～一一四一年）によると、痛悔を最終到達点として、想定した道筋に沿ってなされる思考のことで、そのためには自分の記憶を精査して、正しく自己を認識する必要がある。[2] それは心中の良心の本を読んで罪の告白へと繋げてゆく行為であり、巡礼たちには、いよいよカンタベリーに到着するにあたって、そのための機会が示されるのである。

同様に読者にも、「教区司祭の話」を通じて良心を精査するために必要な基本知識と方法を学び、それに基づいて各自が内なる記憶の書を読み、その読書の成果を自分の罪を悔いて告白するという行動で示すことが求められていると考えられる。「教区司祭の話」はそのためのマニュアルとして機能するのであり、その読書は、それまでの楽しみや教訓のための受け身な読書ではなく、悔悛を実践して初めて完了する行動的読書なのである。

チョーサーによる「取り消し文」

長い「教区司祭の話」の後には、『カンタベリー物語』を締めくくる「チョーサーの取り消し文」

として知られる文章が続く。「ここでこの書の作者が暇乞いをする」という見出しの後に、次のように記されている。

私は今、この小さき書を聞いたり読んだりしているすべての人々にお願いします。もしその中に何かお気に召したものがありましたら、そのことについて我らが主イエス・キリストに感謝されますことを。知恵と善はすべてキリスト様から生じるのです。そしてもしお気に召さないものがありましたら、どうかそれは私の技量の無さのせいにして私の意図のせいにしないでください。もし私に力があったならば、喜んでより良いものにしたかったのです。というのも「かつて書かれた事柄は、すべて私たちを教え導くためのものです」(『ローマの信徒への手紙』一五・四)と私たちの聖書も記していますし、それが私の意図ですから。それゆえに、私は神の慈悲にかけて謙虚にあなた方にお願いします、キリスト様が私に慈悲をかけて私の罪を許してくださるように、私のために祈ってくださいますようにと。特に、俗世の虚栄に他ならない私の翻訳や詩作については、それらを私は取り消し文において取り下げます。トロイルスの書、名声の書、二五人の貴婦人の書、侯爵夫人の書、聖ヴァレンタインの日と鳥の議会についての書、カンタベリーの物語中の罪深い話、獅子の書、ならびに私の記憶にある多くの他の書、そして多くの好色な歌や物語詩について、キリスト様が大いなる慈悲をもって私の罪を赦してくださいますように。一方で、ボエティウスの『慰めの書』の翻訳、聖人伝や説教、道徳や信心の書については、私は我らが主イエス・キリストとその祝福されし母君、そして天国のあらゆる聖人たちに感謝を捧げます。そして、今後私の命が尽きる時まで、我が罪を嘆き、我が魂の救済のために精進できるように慈悲をお送りくださり、真の痛悔、告白、償いを現世において成し終える慈悲をお与えくださいますようにと、我らをその心臓の貴重な血をもって贖ってくださった王のなかの王にして、すべての司祭のなかの司祭たるそのお方の慈悲深き恩寵を通して請い願います。そして、私が審判の日に救われる者たちの一人でありますように。（二〇・一〇八一－九二）

前半部分は常套句で、今日でも作者のあとがきに見られるような謙譲のトポスだが、後半では自分のそれまでの著作を書名を挙げて振り返っている。ここでチョーサーは作者として、「教区司祭の話」で読者に求めたのと同じことを自ら実践していると考えられる。チョーサーは内なる記憶の書を精査して、罪深い著作を選別して取り消している。「取り消し文」を読んでいる我々読者は、チョーサーの告白を聴いていることになる。『カンタベリー物語』は、チョーサーが作者そして一人の信仰者として、自分の作家人生を振り返ってそれを再編纂するという行動で終わっていると言える。直前の「教区司祭の話」は、最終的に読者をもこうした行動へと導く作品であり、それまでの話とはジャンルにおいても読書体験においても本質的に異なっている。巡礼たちにとってカンタベリー大聖堂が旅の終着点であるように、読者にとっては、作者チョーサーが示した実例にならって、自ら行動的読書を実践することが終わりなのである。旅も人生も最後は等しく救済を請い願う同じ一つの声に行きつくという意味で、これはきわめて中世的な終わりの感覚であると言えるだろう。『カンタベリー物語』はチョーサーの生涯最後の作品となった。それまでの創作活動を振り返るこの結末は『カンタベリー物語』の終わりであるだけでなく、そこにはチョーサーが一人の作家として神の慈悲を請う、生身の声が聞かれると言える。

だがその一方で別の解釈も可能である。「取り消し文」でさえも複数あるチョーサーの声の一つに過ぎず、そもそも『カンタベリー物語』は最後に一つの声に収斂することも、また作者が生身の姿で登場することもないと考えることもできる。ここまでの多種多様なジャンルの冒険を考えると、「取り消し文」もまた一つの実験であって、『カンタベリー物語』を特徴付けている多声の一つにすぎない。「取り消し文」のチョーサーが最後に神に祈ることで、すべての人間にとって共通している唯一の世界、つまり死後の世界を見据えているのだという証拠は実はどこにもない。むしろ、一つの声に収斂しないこと、さまざまな声が共存して響き合っていることがこの世の変わらぬあり方であることを、「作者チョーサー」というもう一つの別のペルソナで示しているのかもしれないのである。

現実的に考えると、巡礼たちの旅は実はカンタベリー到着では終わらない。比喩としての人生の巡礼は片道しかないが、日常を一時忘れるリクリエーションとしての巡礼には必ず帰路があり、聖トマス・ベケットの霊廟を訪れて敬虔な時間を過ごした翌日には、後述するノーサンバーランド写本の『カンタベリー物語』にまさに見られるように、巡礼たちは帰途について、話くらべは再開される。天地創造で始まった現世の歴史はいつか最後の審判で終わりを迎えるが、それまでは物語はつねに継続中で、「騎士の話」で表現されていたように、行ったり来たり、方向定まらずうろうろしている巡礼たちの世界が再開されるのである。言い換えれば、チョーサーの作家としての旅は終わっても、読者がいるかぎり『カンタベリー物語』の旅はまだまだ続くことを、「取り消し文」は逆説的に示しているのかもしれない。

コルプス・ミスティクムとしての巡礼

最後にもう一度、巡礼たちが展開する話くらべの実際に目を向けてみよう。カンタベリーへの巡礼は、身分や職業の違いを越えてすべての旅人が一緒に旅をするという、非日常的な平等を一時的に作り出す。そこでは全員が宿屋の主人が定めたルールに従って、話くらべという余興に参加する。しかし、それはカーニバル的な非日常ではなく、あくまでゲームにおける平等であり、既存の社会秩序や男女間のジェンダーロールの転覆が意図されているわけではない。しかしながら、そのゲームのルールの範囲内では、ときに反則すれすれの行動がみられる。一部の巡礼たちは旅の仲間を中傷するような話を選び、自分の主張が通らなければ棄権するとごね、酒に酔ってお互いに悪口を言い合い、さらに聖堂参事会員の従者のようにゲームへの飛び入りも許される。語り手のチョーサーは無力な記録係であり、話くらべを実際に差配しているのはコーディネーターとしての宿屋の主人だが、彼とて絶対的な力を持っているわけではない。自分の意図に反して割り込んでくる巡礼に話をさせてやり、口論の仲裁もして、何とかゲームが続くように気をつかっている。

そういう状況では、巡礼たちの総意や寛容さによって作品の方向が決まってゆく。巡礼たちは、作者と読者を交互に演じつつ、全員でまるで一つのコルプス・ミスティクムを作り上げるかのように機能して、『カンタベリー物語』の物語世界を構築しているのである。語り手たちは、功績ならぬ話の宝庫から自由平等に素材を引き出すことで、ダイナミックな語り手間の応酬、そして相互に依存した

図１ 「陣羽織亭」で食卓につく巡礼たち（キャクストン印行『カンタベリー物語』第２版、1483年）

インターテクスチュアルな解読の可能性を作り出していると言える。イギリスに活版印刷術を導入したウィリアム・キャクストン（一四二二頃〜九一／九二年）が印行した『カンタベリー物語』第二版（一四八三年）には「陣羽織亭」で食卓につく巡礼たちの木版挿絵がある（図1）。いみじくも「召喚吏の話」で屁をかがされる托鉢修道士たちと同じように丸くなって円卓を囲む巡礼たちは、「召喚吏の話」の場合とは対照的に、純粋な話の応酬を賛美している連帯の図像、その意味では一つのコルプス・ミスティクムとしての語り手たちの姿のようである。そうしたダイナミックな語りの場から、読者の期待の地平を裏切るような話が次々と展開され、つねにジャンルの可能性を試し続けるのである。

2 『カンタベリー物語』のその後と現代

一五世紀の『カンタベリー物語』

チョーサーの名声は没後に着実に高まり、一五世紀に英語で創作した詩人たちは、チョーサーを自分たちの範となる、最初の英語文学の権威とみなすようになった。チョーサーと面識があったトマス・ホックリーヴ（一三六六〜一四二六年頃）、一五世紀イングランドを代表する多作な詩人ジョン・

リドゲイト（一三七〇頃～一四四九年）、『聖女伝』を記したオズバーン・ボクナム（一三九三～一四六四年以降）、さらにスコットランドでは宮廷風恋愛詩集『王の書』を著したスコットランド国王ジェームズ一世（一三九四～一四三七年）、ロバート・ヘンリソン（一四九〇年頃没）、ウィリアム・ダンバー（一四六〇頃～一五一三あるいは一五三〇年）などが、チョーサーの詩形や文体、題材を何らかの形で受け継いだ詩人たちとして知られている。リドゲイトの『テーバイの包囲』は、ある意味で『カンタベリー物語』へのオマージュとして、カンタベリー巡礼の帰路に話される最初の話という設定のもとで、「騎士の話」への明らかな言及で始まっている（図2）。一五世紀の英語詩人たちはチョーサーを父と敬い、リドゲイトが形容するように「私たちの言語の道しるべの星」とみなしていた。[3] その一方で、チョーサーやガワーが黄金時代の詩人であるのに対して自分たちは遅れてきた「銀の時代」の作家で、父親を越えられないという焦燥も味わっていたようである。

図２　カンタベリーを出立する巡礼たち（リドゲイト『テーバイの包囲』写本、1457–1460 年頃）

　そうしたチョーサーへの尊敬は、作者が没した後の『カンタベリー物語』の伝播にも反映されている。現存する『カンタベリー物語』の写本の大半は一五世紀に制作されたもので、そのなかには未完の『カンタベリー物語』を何とかして完成形に近づけようとした写本の編纂者の工夫が認められる。

　たとえばいくつかの写本では、写字生がさまざまな加筆や編集をして、未完の「料理人の話」に結末をつけようとしている。その方法として最も多い例は、「ガムリンの話」として知られる一四世紀中期に記されたロビン・フッド的なアウトローの話を強引に接ぎ木するというものである。現存する「料理人の話」の「実際は生計のために売春をしていた細君を持っていました」という最終行に続けて、たとえば「そのことはさておいて、今は若きガムリンの話をします」のようなつなぎの行を挟んで、九〇〇行ほどの「ガムリンの話」が続く。また、別の写本では、写字生が自ら話を書き継いで「料理人の話」を終わらせ、徒弟くずれの主人公をはじめとする素行の悪い若者たちが速やかに縛り首になるという独自の結末を付け加えている。[4] この写本はロンドンで制作されたもので、ロンドンの商人層が自分たちの倫理感にもとづいて徒弟たちを教育する意図で編纂されたと考えられており、写字生が付加した結末には注文主の思惑が反映されている。

写字生による改訂のなかでも最も大胆で興味深い例が、一五世紀後半に編纂された一写本に見られる。[5] ノーサンバーランド写本として知られるこの写本は、『カンタベリー物語』を構成する話をカンタベリー巡礼の往路と復路に割り振っていて、さらに中間には、巡礼たちがカンタベリーに到着した後の様子も独自に描かれている。カンタベリーに到着した巡礼たちは巡礼宿に落ち着くと早速大聖堂を訪れる。騎士や身分の高い巡礼たちは早速に献金をするが、一方で免償説教家や粉屋などは、ステンドグラスを眺めて雑談に興じている。

免償説教家や粉屋や他の教養のない連中は、教会のなかでいやしい山羊のように、上方のステンドグラスをじっと眺め、紳士のふりをして紋章を言い当てようとし、意匠を読み解き、由来を想像し、ひどく見当外れの解釈をした。「あいつは熊手の柄のような棍棒を持ってるぜ」と一人が言うと、粉屋が「違う、寝ぼけてんじゃないよ、あれは先っぽがとがってる槍だ、見えるだろう、敵を押し倒して肩を貫くんだ」と言う。「静かに！」サザークの宿屋の主人が言う、「ステンドグラスはほっといて、ぼんやりしてないで、奥へ行って献金をしてこい」。

さらに彼らは土産物の巡礼バッジを買いあさる。

そして習慣に従って、そこで彼らはバッジを買いました。彼らがどの聖人を詣でてきたのかが、故郷の人たちにわかるように。皆それぞれ好きなものを買いました。そうしている間に、粉屋はカンタベリーの印がついたバッジを沢山懐に押し込んで、誰にもばれないように後で免償説教家と二人で密かにポケットに移したのです。でも召喚吏だけはそれを見て、耳元でそっとささやいて、こう言いました。「聞けよ、半分よこせよ。」「しーっ、静かに！」粉屋は言いました。「托鉢修道士が頭巾の下で物欲しそうな眼をしているのが見えないか。奴にばれないように秘密にしておくんだ。」[6]

人気の巡礼地では守護聖人の姿などをかたどった安価なバッジが売られていて、巡礼者は旅の記念やお守りに購入した（図3）。バッジはしろめや鉛製の薄く小さなもので、帽子や外套にピンで留めたり糸で縫いつけられた。

図３　中世末期の巡礼バッジ各種

この追加の記述からは中世の巡礼たちの行動が想像できるだけでなく、作者が誰にせよ、『カンタベリー物語』を熟知していたことがうかがえる。翌朝になってロンドンへの帰路につくと、「総序の歌」の冒頭を敷衍したような季節描写に続いて宿屋の主人が話しくらべの再開を促し、それに答えて貿易商人が「ベリンの話」という、騎士ではなく商人になろうとして若い貴族が苦労する話を披露する。こうした大胆な改変は『カンタベリー物語』が未完であることに触発されたとはいえ、第Ⅰ章で論じたような、読者中心の中世の文学観を反映している。読者のもとで本文や構造が変化し続けることが『カンタベリー物語』の特徴なのである。

近代における受容

ウェストミンスターにイングランド最初の印刷工房を開設したウィリアム・キャクストンは、一四七七年に『カンタベリー物語』を全三七四葉からなる二つ折り本として刊行する。『カンタベリー物語』は、単独あるいはチョーサー全集の形でその後も途切れることなく刊行され続け、六〇〇年以上にわたって英文学を代表する古典として読まれ続けている。

ルネサンス期になり、チョーサーの中英語が古風に聞こえるようになるにつれて、英語を変革した詩人という評価は薄れ、代わりに学識豊かな思想家というチョーサー像が生まれる。宗教改革期には、英知溢れるチョーサーはカトリック的な迷信とは無縁で、プロテスタント派に同情的であったに相違ないとされた。歴史家のジョン・フォックス（一五一六／一七～一五八七年）は、プロテスタントに対する迫害をまとめた『殉教者伝』（一五六三年初版）のなかで、チョーサーはウィクリフ派であったと主張している。また、チョーサーは偉大な科学者だったとも考えられ、古事研究家で錬金術の研究家でもあったイライアス・アシュモール（一六一七～九二年）は自著のなかでチョーサーを錬金術師の一人として挙げているが、その背後に「聖堂参事会員の従者の話」の存在があることは間違いない。[7]

エリザベス朝の劇作家にとってもチョーサーは学識ある「英詩の父」であったが、実際の影響は限定的なようである。『カンタベリー物語』のなかでは「騎士の話」がシェイクスピアの『ヴェローナの二紳士』を初めとして複数の劇作家に影響を与えている以外は、「学僧の話」、「バースの女房の話」、「郷士の話」がそれぞれ劇化されているに留まっている。[8]

こうしたチョーサー像の変遷から推測できるように、読者の興味は作品よりもチョーサーその人に向けられていた。『カンタベリー物語』そのものが本格的に批評されるのは、一九世紀後半にチョーサーの写本研究が本格化してからであると言っても過言ではない。『オクスフォード英語辞典』の編者の一人としても知られる英語学者のF・J・ファーニヴァル（一八二五～一九一〇年）は、一八六四年に「初期英語テクスト協会」を、そして一八六八年には「チョーサー協会」を設立して初期英語作品の書誌学、文献学的研究の環境を整備し、それはスキートによる六巻本のチョーサー全集に結実したのである。時を同じくしてチョーサー作品の本格的な批評も始まり、特に『カンタベリー物語』は、ニュー・クリティシズム、一九六〇年代の聖書釈義学批評を皮切りに、あらゆる批評的立場から論じられて今日に至っている。

『カンタベリー物語』の視覚化——挿絵と絵画

文学作品はしばしば絵画に画題を提供し、また映画化もされるが、そうした事例は作品の人気を知る一つの目安となってくれる。中世文学の視覚化は、同時代の写本に挿入された挿絵や装飾イニシャルを端緒とすることが多い。たとえば『薔薇物語』やボッカッチョの『デカメロン』には、物語の一場面を描いた挿絵が入った豪華写本がかなりの数で現存している。中世イギリス文学に関するかぎり、作品の内容に対応した挿絵が挿入されている写本は少ない。作者が自作を朗読している場面の扉絵を持つ『トロイルスとクリセイデ』の写本（第Ⅰ章注6参照）の場合は、本文中にも九〇点ほどの挿絵が挿入される予定で、完成すればフランスやイタリアの例に引けを取らない豪華写本になったと推測されるが、本文中の挿絵は未完成のまま残された。『カンタベリー物語』に関しては、何らかの挿絵が入っている写本は八四点中七点に留まる。ほとんどの挿絵は、話そのものではなく語り手を描いていて、たとえばエルズミア写本ではそれぞれの話の冒頭の余白に語り手のポートレートが描かれている。また、キャクストンが印行した『カンタベリー物語』の第二版（一四八三年）でも、騎乗の巡礼たちの木版画が登場する。エルズミア写本の場合は、たとえばバブパイプを手にした粉屋、臑《すね》にできものがある料理人、あるいは猟犬と一緒に描かれる修道士のように、挿絵は明らかに「総序の歌」の記述を下敷きとしている。対照的にキャクストン版の挿絵では、ほとんどすべての巡礼が数珠を持った姿で描かれているが、「総序の歌」で数珠が言及されているのは女子修道院長のみである。むしろ、同じ様式の挿絵を一貫して規則正しく挿入することで、たんなる物語集ではない統一感を作りだしていると言える[9]（図4）。

チョーサー自身も巡礼に参加しているので、挿絵にはチョーサーも登場する。たとえばエルズミア写本の「メリベウスの話」の余白には恰幅のよい威厳のある初老の人物として描かれている。[10] また、写本によっては、「総序の歌」一行目の最初の文字Wのなかに、小さく詩人の姿が描かれていることもある。こうした「挿絵入りイニシャル」は何点か現存するが、たとえば一四一〇年頃におそらくロンドンで制作された写本では、本を手にして立つ詩人の姿が描かれている（図5）。

図4　「バースの女房」（キャクストン印行『カンタベリー物語』第2版、1483年）

図5　頭文字（W）のなかに描かれたチョーサー像（『カンタベリー物語』写本、1410年頃）

図6　陣羽織亭を出立する巡礼たち（アーリ編『チョーサー全集』1721年）

図7　騎士と老婆の出会い（「バースの女房の話」、『ドライデンの寓話』1797年）

一八世紀に出版された詩や小説の刊本にはしばしば木版やエッチングの挿絵が含まれているが、チョーサーも例外ではない。ジョン・アーリ編『チョーサー全集』（一七二一年）では、『カンタベリー物語』の巻頭に巡礼に出立する巡礼たちの様子が木版で描かれ、また各話の冒頭に語り手のポートレートが挿入されている（図6）。また、ジョン・ドライデンの『古代と現代の寓話』の一七九七年版はフォリオ版の大型本で、「パラモンとアルシーテ」（「騎士の話」）をはじめ「バースの女房の話」と「修道女付き聖職者の話」に数点の挿絵が挿入されていて、これらは語り手のポートレートではなく物語場面の挿絵としては最初期の例である（図7）。挿絵を担当したダイアナ・ビュークラーク（一七三四～一八〇八年）は他にも何点かの文学作品に挿絵を付すとともに、ウェッジウッドのジャスパーウェアのためのデザインも担当した。物語の挿絵として最も有名な例は、ウィリアム・モリスが印行したケルムスコット版のチョーサー全集（一八九六年刊）のエドワード・バーン＝ジョーンズ（一八三三～九八年）による木版挿絵である。[11] ただし、ヴィクトリア朝的な道徳感を反映してか、すべての話に均等に挿絵が挿入されているわけではなく、挿絵は「騎士の話」を筆頭にロマンス的な話に集中していて、ファブリオ的な話にはほとんど無い。

挿絵ではなく、『カンタベリー物語』を画題として描いた絵画のなかでは、おそらく詩人で画家のウィリアム・ブレイク（一七五七～一八二七年）の『カンタベリーの巡礼たち』（一八〇九年）が最も有名である。ブレイクは絵画に付した解説で、チョーサーの巡礼たちは時空を越えた普遍的な型であると力説している。ほぼ同時期に描かれたトマス・ストーサード（一七五五～一八三四年）の『カンタベリーへの巡礼』（一八〇六年）もやはり二九名の巡礼たちを描いて、一体感を演出している。ストーサードは人気の高い挿絵画家で、当時刊行された多くの小説や詩の図版の原画を手がけている。この二点の作品の成功により、同じ画題の絵画が一九世紀末までに少なくとも八点制作されることとなった。[12]

ラファエロ前派は文学作品を画題とした物語画を好んだが、チョーサー自身を描いた二作品――フォード・マドックス・ブラウン（一八二一～九三年）の『クスタンス伝をエドワード三世と宮廷人たちに朗読するチョーサー』（一八五一年）、エドワード・ヘンリー・コーボールド（一八一五～一九〇五年）の『陣羽織亭の前庭に集合したカンタベリーの巡礼たち』（一八七二年）――はいずれも作者のチョーサーを中心に据えている。フォード・マドックス・ブラウンは、英文学を代表する九名の詩人を

図8　エドワード・バーン＝ジョーンズ「女子修道院長の話」（1869–98 年の間、デラウェア美術館蔵）

描いた『英文学の種と果実』（一八四五〜五三年）のなかにもチョーサーを描いている。[13]一方で、話自体を画題とした絵画としてはバーン＝ジョーンズの「女子修道院長の話」（図8）が有名だが、数は多くない。物語の一場面よりも、巡礼たちと作者が注目されるという特徴は、挿絵と絵画に共通して見られるだけでなく、二〇世紀初めまでの『カンタベリー物語』の批評傾向とも合致するのである。

グローバル・チョーサー

二〇世紀になって『カンタベリー物語』は映像化もされているが、それらは枠組や背景として『カンタベリー物語』を利用している映画と『カンタベリー物語』そのものの映像によるアダプテーションに分けられる。[14]

「カンタベリーの物語」（マイケル・パウエル、エメリック・プレスバーガー監督、一九四四年、英国）と「騎士の話」（邦題：『ロック・ユー！』、ブライアン・ヘルゲランド監督、二〇〇一年、米国）は、どちらもタイトルは『カンタベリー物語』を連想させるが、『カンタベリー物語』そのものの映像化ではない。しかし、前者の舞台は第二次世界大戦末のイギリスで、たまたま道連れとなったカンタベリーへ向かう旅人たちという枠組を『カンタベリー物語』から借りているし、後者は、中世イングランドを舞台に、無名の主人公が騎士となって活躍する話で、チョーサーが脇役として登場している。『カンタベリーの猥談』（バド・リー監督、一九八五年、米国）はポルノグラフィーだが、『カンタベリー物語』の枠組をより有機的に活用している。映画は陣羽織亭の「女」主人の提案により、カンタベリーへの道中に順番に話を披露することが決まる場面で始まる。道中では騎士、バースの女房、粉屋など六人の巡礼が話をする。話そのものは『カンタベリー物語』とは無関係だが、大工の話は明らかに「荘園領管理人の話」を元にしている。

一方で『カンタベリー物語』そのものの映像化は数多くはないが、いずれもそれなりの評価を得ている。ピエル・パオロ・パゾリーニ（一九二二～七五年）のイタリア映画『カンタベリー物語』（一九七二年）は、『カンタベリー物語』のなかから主にファブリオ的な話八篇を選んで映像化しており、監督自らチョーサーの役で最後に登場することで、かろうじて枠物語であることが示される。ジョナサン・マイヤソン（一九六〇生）が監督した、三つのエピソード（各三〇分）で構成されるアニメーションによる『カンタベリー物語』（一九九八～二〇〇〇年、英国）はさまざまな賞を獲得したが、やはり世俗的な話一〇篇を選んでいる。

その意味で斬新な試みは、二〇〇三年にイギリスのＢＢＣが制作した『カンタベリー物語』で、「粉屋の話」、「バースの女房の話の序」、「騎士の話」、「船長の話」、「免償説教家の話」、「弁護士の話」に基づいた六エピソードから成っている。「粉屋の話」は田舎町のカラオケ・パブが舞台となり、「弁護士の話」のコンスタンスはナイジェリアからの移民という設定になるなど、どれも現代イギリス社会の一断面として演出されている。この作品は、チョーサーのグローバル化の一例と考えることができる。『カンタベリー物語』にせよヨーロッパ中世文学のどの作品にせよ、その現代における役割は、中世のファンタジーを作りだすことで現代が失ってしまったものを過去から想起させることにあるのではない。むしろ、たとえば二一世紀のシェイクスピア受容において顕著に見られるように、時空を越えて異なった文化のもとで作品を語り直し、読み直すという営み自体に意義があり、それを、伝統的にチョーサーを文学教育の一部としてきた英語圏文化へと逆輸出することは、古典を活性化させるだけでなく、現代文化への一つの視点を提供する。ジョナサン・カラーが指摘したように「意味は文脈に依存するが、文脈には境界はない」ので、作品を包み込む新たな文脈のもとではつねに新たな読みが誕生する可能性がある。[15]

序章で言及したジョン・ドライデンは、『カンタベリー物語』は神が与えし豊穣に溢れていると記した。ドライデンは、巡礼たちの性格、言動、服装などが細部にわたるまで実に丁寧に描き分けられていること、そこにはイギリス人のあらゆる類型が見られることを力説している。まさにそうした細部にこそ神が宿るということだが、「神は細部に宿る」とはアビ・ヴァールブルク（一八六六〜一九二九年）がモットーとした言葉でもある。今日の文化科学の祖の一人であるヴァールブルクの場合は、このモットーは、一見無関係にうつる多種多様な事象を未知の隣人として結びつけてゆく、ダイナミックな文化史の方法論を支えている。しかし、それは『カンタベリー物語』を読む体験にも当てはまる。

細部を大切にしつつ、すべての話をまんべんなく読むことで見えてくるものは視点と前提のダイヴアーシティである。すべての話は最終的に「天上のエルサレム」への霊的巡礼へと収斂され、さらに、物語ではない「教区司祭の話」によって、読者はフィクションの外へと出て行くことを促される。その意味では、『カンタベリー物語』はキリスト教的な正統性に裏打ちされていると言ってよい。しかし、最後にもう一度、『カンタベリー物語』の枠組となっている巡礼の旅に立ち返ってみて、語り手たちもわれわれ読者もまだ旅の途中であることを思い起こす必要がある。

今日でもカンタベリーの人気はまったく衰えていない。カンタベリー大聖堂は、隣接する聖アウグスティヌス修道院の廃墟などとともにユネスコの世界遺産であり、『カンタベリー物語』も同市の観光に一役買っている（図9）。カンタベリーは、シェイクスピアにとってのストラットフォード・アポン・エイボンと同様に、チョーサー愛好者にとっての巡礼地である。作家の生誕地や物語の舞台となった場所を訪れる「文学ツーリズム」は、フィクションにリアルな輪郭を与えることで、作品の正典化に寄与してきた。[16]『カンタベリー物語』も例外ではなく、現実の地図の上に作品の舞台の場所を求めることは、ノーサンバーランド写本においてすでに見られると言ってよい。

図9　2016年に完成したブロンズ製のチョーサー像（カンタベリー、ハイ・ストリート）

しかし、『カンタベリー物語』はそうした固定化を拒む作品である。枠として機能する巡礼の旅は、ロンドン市外のサザークを出発点として、カンタベリーの市門をくぐる前で終わっている。陣羽織亭はターミナル駅のようなもので、その場所に集まった時点ですでに旅は始まっている。「総序の歌」によると巡礼には五人の富裕なロンドン市民が参加しているが、彼らが話をすることはなく、また、ロンドンを舞台とした唯一の話である「料理人の話」は短い断片に過ぎない。つまり、ロンドンもカンタベリーも、地理的にも物語の舞台としても不在なのであり、物語はつねに旅の途上で展開するし、半分近くの話がイングランドの外を舞台としている。つねにロード・ナラティブであり続けることで、話によって紡がれてゆくフィクションの旅はどの文化にも居場所を見いだし、視点も主張も多様化した現代において果たしうる役割を保ち続けているのである。

注

序

1 Harold Bloom, *The Western Canon: the Books and School of the Ages* (London, 1995), p. 105.

2 『カンタベリー物語』からの翻訳、引用はすべて L. D. Benson, gen. ed., *The Riverside Chaucer*, 3rd edn (1988; Oxford, 2008) に拠る。

I

1 David Wallace, 'Chaucer's Italian Influence' in *The Cambridge Companion to Chaucer*, ed. by Piero Boitani and Jill Mann, 2nd edn (Cambridge, 2003), p. 21.

2 T. Atkinson Jenkins, 'Deschamps' Ballade to Chaucer', *Modern Language Notes*, 33 (1918), 268–78.

3 Lee Patterson, *Temporal Circumstances: Form and History in the Canterbury Tales* (New York, 2006), p. 98.

4 C. S. Lewis, *Studies in Medieval and Renaissance Literature* (Cambridge, 1966), p. 37.

5 A. S. G. Edwards, 'To speken short and pleyn: How a Victorian misreading has distorted our view of the *Canterbury Tales*', *Times Literary Supplement* (June 29, 2018), p. 16.

6 Cambridge, Corpus Christi College, MS 61, fol. 1v; 'Parker Library on the Web' https://parker.stanford.edu/parker/catalog/dh967mz5785 で閲覧可。 Cf. Derek Pearsall, 'The "Troilus" Frontispiece and Chaucer's Audience', *The Yearbook of English Studies* 7 (1977), 68–74; *Troilus and Criseyde: a Facsimile of Corpus Christi College Cambridge MS 61*, with introd. by M. B. Parkes and Elizabeth Salter (Cambridge, 1978).

7 Aberystwyth, The National Library of Wales, Peniarth MS 392D ('the Hengwrt Chaucer' https://www.library.wales/discover/digital-gallery/manuscripts/the-middle-ages/the-hengwrt-chaucer/; San Marino, CA, The Huntington Library, MS EL 26 C 9 ('the Ellesmere Chaucer'), https://hdl.huntington.org/digital/collection/p15150coll7/id/2838

8 A. I. Doyle and M. B. Parkes, 'The Production of Copies of the *Canterbury Tales* and the *Confessio Amantis* in the Early Fifteenth Century', in *Medieval Scribes, Manuscripts & Libraries: Essays Presented to N.R. Ker*, ed. by M. B. Parkes and A. G. Watson (London, 1978), pp. 163–210.

9　Paul Zumthor, *Essai de poétique médiévale* (Paris, 1972). Cf. Bella Millet, 'What is mouvance?' http://www.southampton.ac.uk/~wpwt/mouvance/mouvance.htm

10　*Riverside Chaucer*, p. 650.

11　小林宜子「ジョン・ガワー」髙宮利行・松田隆美編『中世イギリス文学入門――研究と文献案内』（雄松堂出版、二〇〇八年）、一五九頁。

12　Anne J. Duggan, 'Canterbury: the Becket Effect', in *Canterbury: A Medieval City*, ed. by Catherine Royer-Hemet (Newcastle upon Tyne, 2010), pp. 67–91 (pp. 70–71); H. C. Lea, *A History of Auricular Confession and Indulgences in the Latin Church*, 3 vols (1896; repr. New York, 1968), 2, 130–1.

13　*Medieval Handbook of Penance: A Translation of the Principal Libri Poenitentiales and Selections from Related Documents*, ed. by John T. McNeil and Helena M. Gamer (1938; repr. New York, 1990), pp. 367, 425.

14　G. L. Kittredge, *Chaucer and His Poetry* (Cambridge, 1915), p. 155.

15　V. A. Kolve, *Chaucer and the Imagery of Narrative: the First Five Canterbury Tales* (Stanford, CA, 1984), pp. 259, 265–66.

16　C. David Benson, 'The *Canterbury Tales*: Personal Drama or Experiments in Poetic Variety?', in Boitani and Mann, *The Cambridge Companion to Chaucer*, pp. 127–42 (p. 138).

17　ジェラール・ジュネット『アルシテクスト序説』和泉涼一訳（水声社、一九八六年）、一三八－三九頁。

18　Paul Strohm, 'Middle English Narrative Genres', *Genre* 13 (1980), 379–88 (p. 384).

19　H. R. Jauss, *Toward an Aesthetic of Reception*, trans. by T. Bahti and introd. by Paul de Man (Brighton, 1982), p. 88.

II

1　「三〇　セスティーナ」『ペトラルカ　カンツォニエーレ――俗事詩片』池田廉訳（名古屋大学出版会、一九九二年）、五五頁。

2　Giovanni Boccaccio, *Teseida delle nozze d'Emilia*, a cura di Alberto Limentani, Oscar classici (Milano, 1992); Cf. *Chaucer's Boccaccio: Sources of Troilus and the Knight's and Franklin's Tales*, trans. by N. R. Havely (Cambridge, 1980).

3　『アミとアミルの友情』、『フランス中世文学集3　笑いと愛と』（白水社、一九九一年）所収。『アミスとアミルーン』、

『中世英国ロマンス集〈第4集〉』（篠崎書林、二〇〇一年）所収。

4 チョーサー『ボエス』第四部、散文六、一四九－五三行参照。ラテン語原典は、ボエティウス『哲学の慰め』畠中尚志訳（岩波文庫、一九三八年）、一八六頁。

5 J. A. Burrow, 'The *Canterbury Tales* I: Romance', in Boitani and Mann, *The Cambridge Companion to Chaucer*, pp. 143–59 (p. 158).

6 Derek Pearsall, 'The *Canterbury Tales* II: Comedy', in Boitani and Mann, *The Cambridge Companion to Chaucer*, pp. 160–77 (pp. 161–62).

7 ジャン・ヴェルドン『図説　夜の中世史』吉田春美訳（原書房、一九九五年）、一八四頁。

8 V. A. Kolve, *Telling Images: Chaucer and the Imagery of Narrative II* (Stanford, CA, 2009), pp. 93–170.

9 Glenn Burger, 'Queer Theory', in *Chaucer: An Oxford Guide*, ed. by Steve Ellis (Oxford, 2005), pp. 432–47 (pp. 444–45).

10 ジャック・ル・ゴッフ『中世の高利貸――金も命も』渡辺香根夫訳（法政大学出版局、一九八九年）参照。

11 Brunetto Latini, *Li Livres dou tresor*, ed. F.J. Carmody (1948; Genève, 1975), p. 231; Odon Lottin, *Psychologie et morale aux XIIe et XIIIe siècles*, 6 vols (Gembloux, 1941–60), 3, 256.

12 *Piers Plowman*, ed. Derek Pearsall (London, 1978), C. XXI. 455–58.

13 Gail Ashton, 'Feminisms', in Ellis, *An Oxford Guide*, pp. 369–83 (p. 375).

14 ギヨーム・ド・ロリス、ジャン・ド・マン『薔薇物語』篠田勝英訳（平凡社、一九九六年）。

15 H. Oskar Sommer, *The Kalender of Shepherdes* (London, 1892), p. 143 (from Richard Pynson's first edition, 1506).

16 ジョン・ガワー『恋する男の告解』伊藤正義訳（篠崎書林、一九八〇年）。類話については、John Withrington and P. J. C. Field, 'The Wife of Bath's Tale', in *Sources and Analogues of the Canterbury Tales II*, ed. by Robert M Correale and Mary Hamel (Cambridge, 2005), pp. 405–48.

17 *The History of the Norman People: Wace's Roman de Rou*, trans. by Glyn S. Burgess (Woodbridge, 2004), p. 162.

18 Odon Lottin, 'La Connexion des vertus morales acquises chez Saint Thomas d'Aquin et ses contemporains', *Ephemerides Theologicae Lovcenienses*, 14 (1937), 585–99 (pp. 593–94).

19 ボッカッチョ『デカメロン』平川祐弘訳（河出書房新社、二〇一二年）、六九二頁。

20 同、六九六頁。

21 Thomas J. Farrell and Amy W. Goodwin, 'The Clerk's Tale', in *Sources and Analogues of the Canterbury Tales I*, ed. by Robert M Correale and Mary Hamel (Cambridge, 2002), pp. 101–67 (p. 129, ll. 396–405).

22 Ibid., p. 117, ll. 157–61.

23 Giovanni Boccaccio, Francesco Petrarca, *Griseida*, a cura di Luca Carlo Rossi (Palermo, 1991), p. 78.

24 Jill Mann, 'Satisfaction and Payment in Middle English Literature', *Studies in the Age of Chaucer* 5 (1983), 17–48 (pp. 40–45); Cf. Robert W. Frank, 'Pathos in Chaucer's Religious Tales', in Benson and Robertson, *Chacuer's Religious Tales*, pp. 39–52 (pp. 48–50).

25 Christine de Pizan, *La Cité des Dames*, traduit par Thérèse Moreau et Eric Hicks (Paris, 1986); Christine de Pizan, *The Book of the City of Ladies*, trans. by Earl J. Richards (London, 1983).

26 John Phillip, *The Play of Patient Grissell* (*1565*), introd. by W.W. Greg, The Malone Society Reprints (London, 1909).

27 Seth Lerer, *Chaucer and His Readers: Imagining the Author in Late-Medieval England* (Princeton, NJ: Princeton UP, 1993), pp. 100–16 (p. 101).

28 Ashton, 'Feminisms', p. 377.

29 *Thomae de Chobham Summa Confessorum*, ed. by F. Broomfield (Louvain, 1968), p. 375; Cf. Sharon Farmer, 'Clerical Images of Medieval Wives', *Speculum* 61 (1986), 517–43 (p. 517).

30 Patterson, *Temporal Circumstances*, p. 111.

31 Ibid., p. 119.

32 *Sacraments and Forgiveness: History and Doctrinal Development of Penance, Extreme Unction, and Indulgences*, ed. by Paul. F. Palmer (Westminster, MD, 1959), p. 341.

33 Rosemary Horrox, 'The Pardoner', in *Historians on Chaucer: the 'General Prologue' to the Canterbury Tales*, ed. by Stephen H. Rigby (Oxford, 2014), pp. 443–59 (p. 456).

34 *The English Works of Wyclif*, ed. by F. D. Matthews, EETS OS 74 (London, 1902), p. 638.

35 Ian Forrest, 'The Summoner', in Rigby, *Historians on Chaucer*, pp. 421–42 (pp. 422, 438).

36 *Peter of Cornwall's Book of Revelations*, ed. by Robert Easting and Richard Sharpe (Toronto, 2013), pp. 334–36.

37 Jacques Chiffoleau, *La Comptabilité de l'au-delà: les hommes, la mort et la religion dans la région d'Avignon à la fin du Moyen Age* (*vers 1320 - vers 1480*)

(Rome, 1980).

38 Penn R. Szittya, *The Antifraternal Tradition in Medieval Literature* (Princeton, NJ, 1986), p. 236.

39 Alan Levitan, "The Parody of Pentecost in Chaucer's *Summoner's Tale*," *University of Toronto Quarterly* 3 (1971), 236–46; Glending Olson, "The End of *The Summoner's Tale* and the Uses of Pentecost," *Studies in the Age of Chaucer* 21 (1999), 209–45.

40 アウグスティヌス『神の国』服部英次郎訳、全五巻（岩波文庫、一九八二～九一年）第四巻、一四八－四九頁。

41 『アンセルムス全集』古田暁訳　改訂増補版（聖文舎、一九八七年）、五九三頁。

42 Michael E. Goodich, *Miracles and Wonders: the Development of the Concept of Miracle, 1150–1350* (Aldershot, 2007), pp. 19–20.

43 ティルベリのゲルバシウス『皇帝の閑暇』池上俊一訳（青土社、一九九七年）、一八－一九頁。

44 Robert M. Correale, 'The Man of Law's Prologue and Tale', in Correale and Hamel, *Sources and Analogues of the Canterbury Tales II*, pp. 277–350 (p. 285).

45 『中世英国ロマンス集〈第2集〉』（篠崎書林、一九八六年）所収。

46 Marie Cornelia, 'Chaucer's Tartarye', *Dalhousie Review* 57 (1977), 81–89.

47 『マンデヴィルの旅』大手前女子大学英文学研究会編訳（英宝社、一九九七年）、オドリコ『東洋旅行記　カタイ（中国）への道』家入敏光訳（光風社出版、一九九〇年）、『マルコ・ポーロ　東方見聞録』月村辰雄、久保田勝一訳（岩波書店、二〇一二年）。

48 『サー・ガウェインと緑の騎士』池上忠弘訳（専修大学出版局、二〇〇九年）、『ガウェイン卿と緑の騎士　中世イギリスロマンス』菊池清明訳（春風社、二〇一七年）。

49 （古仏語版「フロワールとブランシュフルール」）『バビロニアの幽閉塔』森本英夫訳（社会思想社、一九八九年）、（中英語版「フローリスとブランチフルール」）『中世英国ロマンス集〈第3集〉』（篠崎書林、一九九四年）所収。Cf. Patricia E. Grieve, *Floire and Blancheflor and the European Romance* (Cambridge, 1997), pp. 53–85.

50 『十二の恋の物語　マリー・ド・フランスのレー』月村辰雄訳（岩波文庫、一九八八年）、マリ・ド・フランス『レ　中世フランス恋愛譚』森本英夫、本田忠雄訳（東洋文化社、一九八〇年）。

51 『中世英国ロマンス集〈第2集〉』（篠崎書林、一九八六年）所収。

52 Kathryn Hume, 'Why Chaucer Calls the Franklin's Tale a Breton Lai', *Philological Quarterly* 51 (1982), 365–79.

53 Kolve, *Telling Images*, pp. 181–83.

54 Robert R. Edwards, 'The Franklin's Tale', in Correale and Hamel, *Sources and Analogues of the Canterbury Tales I*, pp. 211–65 (pp. 220–38).

55 「一四〇　ソネット」『ペトラルカ　カンツォニエーレ――俗事詩片』池田廉訳、二五二頁。

56 *Le Romans de Chrétien de Troyes II: Cligés*, ed. by Alexandre. Micha, SATF 84 (Paris, 1970); Cf. Burrow, 'The *Canterbury Tales* I: Romance', in Boitani and Mann, *The Cambridge Companion to Chaucer*, p. 159, n.8.

57 Jill Mann, *Feminizing Chaucer*, rev edn (Cambridge, 2002), p. 93.

58 Patterson, *Temporal Circumstances*, p. 99.

59 Elizabeth Robertson, 'Aspects of Female Piety in the *Prioress's Tale*', in *Chaucer's Religious Tales*, ed. by C. David Benson and Elizabeth Robertson (Cambridge, 1990), pp. 145–60 (p. 152).

60 Patterson, *Temporal Circumstances*, pp. 153–54.

61 Ibid., p. 131.

62 Ibid., p. 138.

63 Jeffrey J. Cohen, 'Postcolonialism', in Ellis, *An Oxford Guide*, pp. 448–62 (pp. 458–60).

64 Sherry L. Reames, 'The Second Nun's Prologue and Tale' in Correale and Hamel, *Sources and Analogues of the Canterbury Tales I*, pp. 491–527. ヤコブス・デ・ウォラギネ『黄金伝説』全四巻（平凡社ライブラリー、二〇〇六年）、第四巻、二八二－九六頁。

65 John C. Hirsh, *The Boundaries of Faith: the Development and Transformation of Medieval Spirituality* (Leiden, 1996), p. 87.

66 Katherine Little, 'Images, Texts, and Exegetics in Chaucer's *Second Nun's Tale*', *Journal of Medieval and Early Modern Studies*, 36 (2006), 104–33 (p. 119); Elizabeth Robertson, 'Apprehending the Divine and Choosing to Believe: Voluntarist Free Will in Chaucer's *Second Nun's Tale*', *The Chaucer Review*, 46 (2011), 111–30 (pp. 121–22).

67 Robertson, 'Apprehending the Divine', pp. 111–16, 127–28.

68 松田隆美「イメージの効用をめぐる不安――一五世紀イングランドの宗教文学をめぐって」神崎忠昭編『断絶と新生――中近世ヨーロッパとイスラームの信仰・思想・統治』（慶應義塾大学出版会、二〇一六年）、一一五－三三頁参照。

69 Lianna Farber, 'The Creation of Consent in the Physician's Tale', *The Chaucer Review*, 39 (2004), 151–64 (p. 159).

70 Mann, *Feminizing Chaucer*, p. 112.

71 Henry Angsar Kelly, 'The Evolution of *The Monk's Tale*: Tragical to Farcical', *Studies in the Age of Chaucer*, 22 (2000), 407–14 (p. 408).

72 Richard Neuse, 'They Had Their World as in Their Time: the Monk's "Little Narratives"', *Studies in the Age of Chaucer*, 22 (2000), 415–23 (pp. 419–22).

73 Robert Boenig, 'Is The Monk's Tale a Fragment?' *Notes and Queries*, 241 (1996), 261–64.

74 Helen Cooper, 'Responding to the Monk', *Studies in the Age of Chaucer*, 22 (2000), 425–33 (p. 427).

75 Marilyn Oliva, 'The Nun's Priest', in Rigby, *Historians on Chaucer*, pp. 114–36 (p. 117).

76 『狐物語』鈴木覺・福本直之・原野昇訳（白水社、一九九四年）、四一－五三頁。

77 John Finlayson, 'Reading Chaucer's *Nun's Priest's Tale*: Mixed Genres and Multi-Layered Worlds of Illusion', *English Studies*, 86 (2005), 493–510 (pp. 493–97).

78 Edmond Faral, *Les Arts poétiques du XIIe et du XIIIe siècles* (1924; Genève, 1982), p. 208 (ll. 375–76).

79 オウィディウス『変身物語』中村善也訳、全二巻（岩波文庫、一九八一年）、上巻、七七－七八頁。

80 *Ovide moralisé*, ll. 2546–48; *The Sources and Analogues of the Canterbury Tales*, ed. by W. F. Bryan and G. Dempster (London, 1941), p. 707; John Gower, *Confessio Amantis*, ed. by Russell A. Peck, 3 vols (Kalamazoo, MI, 2003–2006), II, 362 (note to 784ff.).

81 Wayland J. Chase, *The Distichs of Cato: A Famous Medieval Textbook* (Madison, WI, 1922); Cf. J. S. P. Tatlock, 'The Date of the Troilus: And Minor Chauceriana', *Modern Language Notes*, 50 (1935), 277–296 (p. 296).

82 Patterson, *Temporal Circumstances*, pp. 167–72.

83 Mark J. Bruhn, 'Art, Anxiety, and Alchemy in the *Canon's Yeoman's Tale*', *The Chaucer Review*, 33 (1999), 288–315; David Raybin, '"And Pave It Al of Silver and of Gold": the Humane Artistry of the Canon's Yeoman's Tale', in *Rebels and Rivals: the Contestive Spirit in The Canterbury Tales*, ed. by Susanna Greer Fein, David Raybin, and Peter C. Braeger (Kalamazoo, MI, 1991), pp. 189–212.

84 Patterson, *Temporal Circumstances*, p. 103.

Ⅲ

1 Larry Scanlon, *Narrative, Authority, and Power: The Medieval Exemplum and the Chaucerian Tradition* (Cambridge, 1994), p. 14.

2 Thomas H. Bestul, 'Chaucer's Parson's Tale and the Late-Medieval Tradition of Religious Meditation', *Speculum* 64 (1989), 600–19 (p. 604).

3 Carolyn Colette, 'Afterlife', in *A Companion to Chaucer*, ed. by Peter Brown (Oxford, 2000), pp. 8–22 (p. 10).

4 *The Canterbury Tales: Fifteenth-Century Continuations and Additions*, ed. by John M. Bowers, (Kalamazoo, MI, 1992), pp. 35–37.

5 Alnwick Castle, Collection of the Duke of Northumberland MS 455 (c. 1450–70).

6 Bowers, *The Canterbury Tales: Fifteenth-Century Continuations and Additions*, pp. 64–65 (ll. 147–58, 171–81).

7 Colette, 'Afterlife', in *A Companion to Chaucer*, pp. 11–13.

8 Ann Thompson, *Shakespeare's Chaucer: A Study in Literary Origins* (Liverpool, 1978), p. 17.

9 Paul Needham, 'The *Canterbury Tales* and the Rosary: A Mirror of Caxton's Devotions?', in *The Medieval Book and a Modern Collector: Essays in Honour of Toshiyuki Takamiya*, ed. by Takami Matsuda, Richard A. Linenthal and John Scahill (Cambridge and Tokyo, 2004), pp. 313–56.

10 San Marino, CA, The Huntington Library, MS EL 26 C 9, fol.153v, https://hdl.huntington.org/digital/collection/p15150coll7/id/2671

11 https://www.bl.uk/collection-items/the-kelmscott-chaucer で閲覧可。

12 Richard D. Altick, *Paintings from Books: Art and Literature in Britain, 1760–1900* (Columbus OH, 1985), p. 339.

13 *Chaucer Illustrated: Five Hundred Years of The Canterbury Tales in Pictures*, ed. by William Finley and Joseph Rosenblum (New Castle, DE, 2003), pl. 35, 37.

14 *Chaucer on Screen: Absence, Presence, and Adapting the Canterbury Tales*, ed. by Kathleen Coyne Kelly and Tison Pugh (Columbus, OH, 2016), pp. 111–248.

15 Jonathan Culler, *On Deconstruction: Theory and Criticism after Structuralism* (Ithaca, NY, 1982), p. 123; qtd in Boitani and Mann, *The Cambridge Companion to Chaucer*, p. 274.

16 Cf. Nicola J. Watson, *The Literary Tourist* (London, 2006).

参考文献

チョーサーに関する研究文献は、『カンタベリー物語』に限定しても膨大な数にのぼるので、本書で活用した重要文献に限って挙げる。

1　『カンタベリー物語』の校訂版と翻訳

中英語による原典の校訂版

Chaucer, Geoffrey, *The Canterbury Tales*, ed. by Jill Mann (London, 2005)

L. D. Benson, gen. ed., *The Riverside Chaucer*, 3rd edn (1988; Oxford, 2008)

Chaucer, Geoffrey, *The Canterbury Tales by Geoffrey Chaucer Edited from the Hengwrt Manuscript*, ed. by N. F. Blake (London, 1980)

現代英語版

Geoffrey Chaucer, *The Canterbury Tales*, trans. by Nevill Coghill (1951; rpt. London, 2003)

Geoffrey Chaucer, *The Canterbury Tales: A Retelling by Peter Ackroyd* (London, 2010)

日本語訳（現在購入可能な版を挙げる）

チョーサー『完訳　カンタベリー物語』桝井迪夫訳　全三巻（岩波文庫、一九九五年）

チョーサー『カンタベリ物語』西脇順三郎訳　全二巻（ちくま文庫、一九八七年）

ジェフリー・チョーサー『カンタベリー物語（全訳）』笹本長敬訳（英宝社、二〇〇二年）

チョーサー『カンタベリー物語』金子健二訳（角川e文庫、二〇一三年）

その他のチョーサー作品の日本語訳

ジェフリー・チョーサー『トロイルス』岡三郎訳、トロイア叢書4（国文社、二〇〇五年）
ジェフリー・チョーサー『トロイルスとクリセイデ　付・アネリダとアルシーテ』笹本長敬訳（英宝社、二〇一二年）
ジェフリー・チョーサー『チョーサー　初期夢物語詩と教訓詩』笹本長敬訳（大阪教育図書、一九八八年）

主要写本のファクシミリ版

Chaucer, Geoffrey, *The Canterbury Tales: A Facsimile and Transcription of the Hengwrt Manuscript with Variants from the Ellesmere Manuscript*, ed. by Paul G. Ruggiers（Norman, OK,［n.d］）
The Hengwrt Chaucer Digital Facsimile［*Electronic Resource*］, ed. by Estelle Stubbs（Leicester, 2000）
The Ellesmere Manuscript of Chaucer's Canterbury Tales: A Working Facsimile, introd. by Ralph Hanna III（Woodbridge, 1989）

2　研究案内、関連資料集

Boitani, Piero, and Jill Mann, eds, *The Cambridge Companion to Chaucer*, 2nd edn（Cambridge, 2003）
Brown, Peter, ed., *A Companion to Chaucer*（Oxford, 2000）
Bryan, W. F., and G. Dempster, eds, *The Sources and Analogues of the Canterbury Tales*（London, 1941）
Cooper, Helen, *The Oxford Guide to Chaucer: The Canterbury Tales*, 2nd edn（Oxford, 1996）
Correale, Robert M., and Mary Hamel, eds, *Sources and Analogues of the Canterbury Tales*, 2 vols（Cambridge, 2002, 2005）
Ellis, Steve, ed., *Chaucer: An Oxford Guide*（Oxford, 2005）
Miller, R. P., ed., *Chaucer: Sources and Backgrounds*（Oxford, 1977）

3　『カンタベリー物語』の研究文献

Bennett, J.A.W., *Chaucer at Oxford and Cambridge*（Oxford, 1974）
Blurton, Heather, and Hannah Johnson, *The Critics and the Prioress: Antisemitism, Criticism, and Chaucer's Prioress's Tale*（Ann Arbor, MI, 2017）
Boitani, Piero, ed., *Chaucer and the Italian Trecento*（Cambridge, 1983）

Brewer, D. S., *Tradition and Innovation in Chaucer* (London, 1982)
Brewer, Derek, ed., *Geoffrey Chaucer: The Writer and His Background*, 2nd edn (Cambridge, 1990)
Bronfman, Judith, *Chaucer's Clerk's Tale: The Griselda Story Received, Rewritten, Illustrated* (New York, 1994)
Burnley, J. D., *Chaucer's Language and the Philosophers' Tradition* (Cambridge, 1979)
Butterfield, Ardis, *Chaucer and the City* (Cambridge, 2006)
Cannon, Christopher, *The Making of Chaucer's English: A Study of Words* (Cambridge, 1998)
Clarke, K. P., *Chaucer and Italian Textuality* (Oxford, 2011)
Cole, Andrew, *Literature and Heresy in the Age of Chaucer* (Cambridge, 2008)
Cooper, Helen, *The Structure of the Canterbury Tales* (Athens, GA, 1983)
Dinshaw, Carolyn, *Chaucer's Sexual Poetics* (Madison, WI, 1989)
Doyle, A. I., and M. B. Parkes, 'The Production of Copies of the *Canterbury Tales* and the *Confessio Amantis* in the Early Fifteenth Century', in *Medieval Scribes, Manuscripts & Libraries: Essays Presented to N.R. Ker*, ed. by M. B. Parkes and A. G. Watson (London, 1978), pp. 163–210
Fein, Susanna, and David Raybin, eds, *Chaucer: Contemporary Approaches* (University Park, PA, 2009)
Fein, Susanna, and David Raybin, eds, *Chaucer: Visual Approaches* (University Park, PA, 2016)
Finley, K. William, and Joseph Rosenblum, *Chaucer Illustrated: Five Hundred Years of The Canterbury Tales in Pictures* (New Castle, DE, 2003)
Hamaguchi, Keiko, *Non-European Women in Chaucer: A Postcolonial Study* (Frankfurt/M, 2006)
Hamaguchi, Keiko, *Chaucer and Women* (Tokyo, 2007)
Hines, John, *The Fabliau in English* (London, 1993)
Horobin, Simon, *Chaucer's Language*, 2nd edn (Basingstoke, 2013)
河崎征俊『チョーサー文学の世界―〈遊戯〉とそのトポグラフィー』(南雲堂、一九九五年)
Kelly, Kathleen Coyne, and Tison Pugh, eds, *Chaucer on Screen: Absence, Presence, and Adapting the Canterbury Tales* (Columbus, OH, 2016)
Kolve, V. A., *Chaucer and the Imagery of Narrative: the First Five Canterbury Tales* (Stanford, CA, 1984)
Kolve, V. A., *Telling Images: Chaucer and the Imagery of Narrative II* (Stanford, CA, 2009)

Lerer, Seth, *Chaucer and His Readers: Imagining the Author in Late-Medieval England*（Princeton, NJ, 1993）
Lynch, Kathryn L., *Chaucer's Philosophical Visions*（Cambridge, 2000）
Lynch, Kathryn L., ed, *Chaucer's Cultural Geography*（New York, 2002）
Manly, John M., and Edith Rickert, *The Text of the Canterbury Tales*, 8 vols（Chicago, 1940）
Mann, Jill, *Chaucer and Medieval Estates Satire: The Literature of Social Classes and the General Prologue to the Canterbury Tales*（Cambridge, 1973）
Mann, Jill, *Feminizing Chaucer*, rev edn（Cambridge, 2002）
松田隆美「チョーサーの「メリベウスの話」とprudentia」『藝文研究』五八（一九九〇年）、二四三－五六頁。
Matsuda, Takami, 'Death, Prudence, and Chaucer's *Pardoner's Tale*', *Journal of English and Germanic Philology* 91（1992）, 313–24
松田隆美「チョーサーの「騎士の話」と死後の世界」『藝文研究』七一（一九九六年）、一八四－九六頁。
Matsuda, Takami, 'Griselda and her Virtues',『藝文研究』73（1997）, 27–47
松田隆美「ナラティヴ・ジャンルの「権威」への挑戦──『カンタベリ物語』の場合」『英語青年』二〇〇〇年一一月号、四九三－九五頁。
Matsuda, Takami, 'The *Summoner's Prologue* and the Tradition of the Vision of the Afterlife', *Poetica* 55（2001）, 75–82
松田隆美「第一章　中世──チョーサーの時代」河内恵子・松田隆美編『ロンドン物語──メトロポリスを巡るイギリス文学の七〇〇年』（慶應義塾大学出版会、二〇一一年）、一－三三頁。
松田隆美「「近習の話」の中断──『カンタベリー物語』における驚異の幻滅」『チョーサーと英米文学：河崎征俊教授退職記念論文集』（金星堂、二〇一五年）、四四－五九頁。
松田隆美「ヨーロッパ中世の俗語文学──チョーサー『カンタベリー物語』」明星聖子・納富信留編『テクストとは何か──編集文献学入門』（慶應義塾大学出版会、二〇一五年）、八一－一〇四頁
Matsuda, Takami, 'Performance, Memory, and Oblivion in the *Parson's Tale*', *The Chaucer Review*, 51（2016）, 436–52
Matsuda, Takami, 'Lie and Fable in Chaucer's *Manciple's Tale*',『藝文研究』113–2（2017）, 29–39
Matsuda, Takami, 'Palmer and *corpus mysticum* in the *Canterbury Tales*', *Studies in Medieval English Language and Literature* 32（2017）, 1–15
Matsuda, Takami, 'The Ravishment of Body and Soul in the *Friar's Tale* and the *Summoner's Tale*', *Spicilegium: Online Journal of Japan Society for Medieval Eu-*

ropean Studies, 1 (2017), 28–38
Minnis, A. J., *Chaucer and Pagan Antiquity* (Cambridge, 1982)
Minnis, Alastair, *Fallible Authors: Chaucer's Pardoner and Wife of Bath* (Philadelphia, PA, 2008)
Minnis, Alastair, *The Cambridge Introduction to Chaucer* (Cambridge, 2014)
Muscatine, Charles, *Chaucer and the French Tradition* (Berkeley, CA, 1957)
中尾佳行『Chaucer の曖昧性の構造』（松柏社、二〇〇四年）
Patterson, Lee, *Chaucer and the Subject of History*, rev. edn (Madison, WI, 1991)
Patterson, Lee, *Temporal Circumstances: Form and History in the Canterbury Tales* (New York, 2006)
Pearsall, Derek, 'The 'Troilus' Frontispiece and Chaucer's Audience', *The Yearbook of English Studies* 7 (1977), 68–74
Pearsall, Derek, *The Canterbury Tales* (London, 1985)
Philips, Helen, ed., *Chaucer and Religion* (Cambridge, 2010)
Raybin, David, and Peter C. Braeger, eds, *Rebels and Rivals: the Contestive Spirit in The Canterbury Tales* (Kalamazoo, MI, 1991)
Raybin, David, and Linda Tarte Holley, eds, *Closure in The Canterbury Tales: The Role of The Parson's Tale* (Kalamazoo, MI, 2000)
Rigby, Stephen H. ed., *Historians on Chaucer: the 'General Prologue' to the Canterbury Tales* (Oxford, 2014)
齋藤勇『イギリス中世文学の聖と俗』（世界思想社、一九九〇年）
齋藤勇『チョーサー　曖昧・悪戯・敬虔』（南雲堂、二〇〇〇年）
Salisbury, Eve, *Chaucer and the Child* (New York, 2017)
Scanlon, Larry, *Narrative, Authority, and Power: The Medieval Exemplum and the Chaucerian Tradition* (Cambridge, 1994)
Strohm, Paul, *Social Chaucer* (1989; Cambridge, MA, 1994)
髙宮利行・松田隆美編『中世イギリス文学入門　研究と文献案内』（雄松堂出版、二〇〇八年）
Thompson, Ann, *Shakespeare's Chaucer: A Study in Literary Origins* (Liverpool, 1978)
Trigg, Stephanie, *Congenial Souls: Reading Chaucer from Medieval to Postmodern* (Minneapolis, MN, 2002)
Turner, Marion, *Chaucerian Conflict: Languages of Antagonism in Late Fourteenth-Century London* (Oxford, 2007)

Wallace, David, *Chaucerian Polity: Absolutist Lineages and Associational Forms in England and Italy* (Stanford, CA, 1997)
Wallace, David, *Geoffrey Chaucer: A New Introduction* (Oxford, 2017)
Wetherbee, Winthrop, *Chaucer: The Canterbury Tales* (Cambridge, 1989)

あとがき

古典が古典であり続けるためには、つねにメンテナンスが必要である。それは、最新の研究の知見を反映させた新たな校訂版の編集、（古典文学や外国文学の場合は）現代の読者を念頭においた改訳や新訳、そして多様な視点や方法論による絶え間ない作品批評といったかたちをとる。『カンタベリー物語』は一九世紀末のスキート版以来数度にわたって校訂されてきたし、さらに今、新たな学術校訂版がケンブリッジ大学出版局から刊行準備中と聞く。日本語への完訳はすでに三度なされているが、新たな翻訳がいずれ刊行されるかもしれない。『カンタベリー物語』の専門的研究は、チョーサー研究に特化した専門学術誌が定期的に刊行されて着実に続けられており、また、主に大学生を対象とした研究案内的な入門書も英米の主要な出版社から何点も刊行されている。古典を取り巻く読者は時代とともにつねに変わり続けているので、こうした営みはすべて古典と読者をつなぐために欠くことはできないものであり、チョーサーが『カンタベリー物語』を著した一四世紀以降、何層にもなって作品を包み込み、批評の伝統を形成してきた。現代においても、作品本来の文化的文脈を再構築して『カンタベリー物語』を「中世的に」読み直すと同時に、一方で、たとえばクリア理論やポストコロニアリズムの視座から二一世紀的に解釈を試みることで、それぞれに斬新な読みが実現されうる。また、古典の本文そのものが後世の読者にとってはしばしば難解であるため、そうした批評行為全般は古典受容において重要な役割を担っている。

この状況は、日本において『カンタベリー物語』を読む場合も変わらない。ユーラシア大陸の西端の島で六〇〇年以上前に書かれたこの作品は、英語圏において古典であり続けてきただけでなく、世界文学の一冊として普遍的なアピールを持っている。その面白さと意義を広く読者に向けて日本語で紹介することは重要で、わかりやすい入門書として、過去に斎藤勇『カンタベリ物語――中世人の滑稽・卑俗・悔悛』（中公新書、一九八四年）があるが、すでに三〇年以上も前であり、その間にチョーサー研究も作品を取り巻く環境も大きく変化した。また、残念なことに、大学での学部改組やカリキュラム変更により、文学を教え研究する高等教育機関が減少したために、大学教育の過程で古典と出会う機会も三〇年前に比べ確実に減っている。しかし、古典を、それが自国のものであれ他国のものであれ、つねに読めるように保守し、変化のなかで新たな意味を見いだし続けてゆくことは人文学の役割であり、価値観が多様化した現代においてなすべき貢献である。『カンタベリー物語』は、私たちがそれぞれに自らの視点で「世界を読み解く」ための一冊の本になりうると信じて、この小書を世に送り出したい。

筆者は、これまでに『カンタベリー物語』のいくつかの話について、英語や日本語で論文を発表してきた。それらについては参考文献として挙げてある。本書はそうした成果をもとに、『カンタベリー物語』の全体像を描き出すべく、あらたな視点から広範な読者を念頭においてまとめたものである。本書の執筆に際しては、上村和馬氏、山岸恵美子氏に推敲や校正の段階でお世話になった。記して謝意を示したい。

二〇一九年一月　松田隆美

6　*The Works of Geoffrey Chaucer,...* by John Urry（London: Bernard Lintot, 1721）, p. 1（PR1851.U8 1721 Cage. Photograph by Takami Matsuda, from the collection of the Folger Shakespeare Library）.

7　*The Fables of John Dryden, Ornamented with Engravings from the Pencil of the Right Hon. Lady Diana Beauclerc*（London: T. Bensley, 1797）bet. pp. 204–5（PR3415.F3 1797 Cage. Photograph by Takami Matsuda, from the collection of the Folger Shakespeare Library）.

8　https://commons.wikimedia.org/wiki/File:Prioress%27s_Tale_DAM_1935-41.jpg

9　撮影筆者。

10　Patricia A. Emison, *The Art of Teaching: Sixteenth-Century Allegorical Prints and Drawings*（New Haven, CT, 1986）, p. 83.

11　*Here begynneth the kalender of shepardes*（London: William Powell, 1556）, L3v.（慶應義塾図書館蔵）。

12　Ovidius Naso. *Pub. Ovidii Nasonis Metamorphoseon Libri XV*（Frankfurt: Georgius Corvinus, Sigismund Feyerabent & heirs of Wigandus Gallus, 1567）, pp. 130, 388.（慶應義塾図書館蔵）。

13　Web Gallery of Art. https://www.wga.hu/html_m/p/pesellin/griseld1.html

14　撮影筆者。

15　London, BL MS Royal 19 C XI, fol. 52r（© The British Library Board）.

16　慶應義塾図書館蔵。Berlin, SMPK, KK, 78 B 12, fol.220v. Hansjakob Becker, Bernhard Einig and Peter-Otto Ullrich, eds, *Im Angesicht des Todes: Ein interdisziplinäres Kompendium I*（St. Ottilien, 1987）, pl.7.

17　Chantilly, Musée Condé, MS 65, fol. 108r; *The Très Riches Heures of Jean, Duke of Berry*, introd. by Jean Longnon and Raymond Cazelles（New York, 1969）.

18　Book of Hours, Use of Bayeux, in Latin. Rouen, c. 1465–80, fol. 66r.（慶應義塾図書館蔵）。

19　Isidorus Hispalensis, *Etymologiae*（[Strassburg]：[Johann Mentelin]［c. 1473]）（慶應義塾図書館蔵）。London, BL MS Add. 28681, f. 9r（© The British Library Board）.

20　Paris, BN MS fr. 2813, fol.473v. https://gallica.bnf.fr/ark:/12148/btv1b84472995/f958.item.r=2813

21　Shrine of Little St.Hugh（cc-by-sa/2.0 - © Richard Croft - geograph.org.uk/p/3246925）.

22　撮影筆者。

23　London, BL MS Harley 2897, fol. 440v（© The British Library Board）.

24　London, BL MS Egerton 881, fol. 40r（© The British Library Board）.

25　London, BL MS Royal 18 D II, fol. 30v（© The British Library Board）.

26　撮影筆者。

27　London, BL MS Add. 10302, fol.1r（© The British Library Board）.

Ⅲ

1　Geoffrey Chaucer, *The Canterbury Tales*, 2nd edition［Westminster: William Caxton, 1483］, c4r. https://www.bl.uk/treasures/caxton/pagemax.asp?page=20r&strCopy=2&vol=（© British Library Board; digitized by HUMI Project, Keio University）.

2　London, BL MS Royal 18 D II, fol. 148r（© The British Library Board）.

3　撮影筆者。

4　Geoffrey Chaucer, *The Canterbury Tales*, 2nd edition［Westminster: William Caxton, 1483］, b5v. https://www.bl.uk/treasures/caxton/pagemax.asp?Page=13v&vol=1&strCopy=2&strResize=no（© British Library Board; digitized by HUMI Project, Keio University）.

5　London, BL MS Lansdowne 851, fol. 2r（© The British Library Board）.

図版出典一覧

I

1　https://upload.wikimedia.org/wikipedia/commons/7/72/Geoffrey_Chaucer_%2817th_century%29.jpg

2　撮影筆者。

3　*The Works of Geoffrey Chaucer,... by John Urry*（London: Bernard Lintot, 1721）, title-page.（PR1851.U8 1721 Cage. Photograph by Takami Matsuda, from the collection of the Folger Shakespeare Library）.

4　撮影筆者。

5　撮影筆者。

6　撮影筆者。カンタベリー大聖堂については、https://upload.wikimedia.org/wikipedia/commons/1/1f/Canterbury-cathedral-wyrdlight.jpg（© Antony McCallum）.

7　撮影筆者。

8　撮影筆者。

9　London, BL Cotton Tiberius A. vii, f. 91v（© The British Library Board）. カンタベリー大聖堂ステンドグラスは撮影筆者。

10　Cambridge, CUL Gg. 4. 27, f.192r; Huntington Library, MS EL 26 C9, f.47r; V. A. Kolve, *Chaucer and the Imagery of Narrative: the First Five Canterbury Tales*（Stanford, CA: Stanford University Press, 1984）, pp. 259, 265–66.

II

1　Giordana Mariani Canova, 'The Laurel and the Serpent' *FMR* 74（1995.6）, 114.

2　Mariotto di Nardo, 'Giardino d'Amore, con episodi del Teseida'（c.1400–10）, Stuttgart, Staatliche Galerie. Cecilia de Carli, *I Deschi da Parto e la pittura del primo Rinascimento toscano*（Torino, 1997）, p. 82.

3　Paris, BN ms. fr. 854, fol. 121v. http://gallica.bnf.fr/ark:/12148/btv1b8419245d/f256.image

4　https://commons.wikimedia.org/wiki/File:Osney_cathedral.jpg. 撮影筆者。

5　Paris, BN ms. fr. 239, fol. 256v. https://gallica.bnf.fr/ark:/12148/btv1b8458435h/f516.item.r=Decameron. cf. Kolve, *Chaucer and the Imagery of Narrative*, p. 250.

6　撮影筆者。

7　撮影筆者。時禱書零葉（ルーアン、1490 年頃）。*Les presentes heures a lusaige de Rome*（Paris: Philippe Pigouchet for Simon Vostre, 1498）, a5r（慶應義塾図書館蔵）。

8　*Here begynneth the book of the subtyl historyes and fables of Esope...*（Westminster: William Caxton, 1484）, fol.132r［EEBO］.

9　https://upload.wikimedia.org/wikipedia/commons/9/9f/Quentin_Massys_001.jpg

松田隆美 まつだ たかみ

慶應義塾大学文学部教授。イギリス中世文学。慶應義塾大学大学院文学研究科博士課程修了、ヨーク大学大学院博士課程修了。
著作に、『ヴィジュアル・リーディング』（ありな書房、2010年）、『煉獄と地獄』（ぷねうま舎、2017年）、『世界を読み解く一冊の本』（編著、慶應義塾大学出版会、2014年）などがある。

あなたにとって本とは何ですか？

本を読むことも集めることも好きなので、本というと、ひとつにはヨーロッパの古書を思い浮かべる。一五世紀のフランスで制作された彩色写本の零葉や一八世紀のイタリアで刊行された旅行ガイドブックを、読者の書き込みやページの汚れまでつぶさに観察して、時空を越えた文化と身体的につながっているという錯覚を楽しんでいる。本は異文化への窓だが、ヨーロッパ中世の文学を専門とする私の場合、その異文化が地理的にも歴史的にも隔たった遠い過去にあることが多く、その世界へと手を伸ばすには古書は恰好の存在なのである。

本は世界を読み解いてくれる存在でもある。「世界を読み解く一冊の本」とは、以前に私が大学の同僚の徳永聡子氏とともに編集した書物史関連の論集のタイトルで、それを編集部が気に入ってくれて、今回のシリーズ名に用いて魅力的な企画を考えてくれた。

本は、私なりに世界を読み解くための色々な鍵を提供してくれる。物語のなかで出会う他者は、同じ時代を生きている隣人であったり、あるいは遠い過去や未来の住人であったりさまざまだが、自分の想像力の境界を少しずつだが着実に広げてくれて、この世で生きやすくしてくれる。人生のどの世代であっても、時々読み返したい、また会いたいと思える本に出会えることはありがたい。

シリーズウェブサイト　http://www.keio-up.co.jp/sekayomu/
キャラクターデザイン　中尾悠

世界を読み解く一冊の本
チョーサー『カンタベリー物語』
——ジャンルをめぐる冒険

2019年4月25日　初版第1刷発行

著　者————松田隆美
発行者————依田俊之
発行所————慶應義塾大学出版会株式会社
〒108-8346　東京都港区三田2-19-30
TEL〔編集部〕03-3451-0931
〔営業部〕03-3451-3584〈ご注文〉
〔　〃　〕03-3451-6926
FAX〔営業部〕03-3451-3122
振替　00190-8-155497
http://www.keio-up.co.jp/
装　丁————岡部正裕（voids）
印刷・製本——株式会社理想社
カバー印刷——株式会社太平印刷社

Printed in Japan　ISBN 978-4-7664-2560-4

世界を読み解く一冊の本　刊行にあたって

書物は一つの宇宙である。世界は一冊の書物である。事実、人類は世界の真理を収めるような書物を多数生み出し、時代や文化の違いをこえて営々と読み継いできた。本シリーズでは、作品がもつ時空をこえる価値を明らかにするのみならず、作品が一冊の書物として誕生し、読者を獲得しつつ広がっていったプロセスにも光をあてる。書物史、文学研究、思想史、文化史などの第一人者が、古今東西の古典を対象として、その作品世界と社会や人間に向けられた眼差しをわかりやすく解説するとともに、そもそもその書物がいかにして誕生し、読者の手に渡り、時代をこえて読み継がれ、さらに翻訳されて異文化にも受け入れられたのかを書物文化史の視点から考える。書物の魅力を多角的にとらえることで、その書物がいかにして世界を読み解く一冊の本としての位置を文化のなかに与えられるに至ったかを、書物を愛する全ての読者に向かって論じてゆく。

二〇一八年十月

シリーズアドバイザー　松田隆美

せかよむ★キャット

あたまの模様は世界地図。
好奇心にみちあふれたキラめく瞳で
今日も古今東西の本をよみあさる！